SCIENCE FICTION

Ein Verzeichnis aller im HEYNE VERLAG
erschienenen STAR TREK®-Romane finden Sie
am Schluß des Bandes.

**JOHN DE LANCIE & PETER DAVID**

# STAR TREK®
## THE NEXT GENERATION

### ICH, Q

Roman

**Star Trek®
The Next Generation™
Band 68**

Deutsche Erstausgabe

WILHELM HEYNE VERLAG
MÜNCHEN

HEYNE SCIENCE FICTION & FANTASY
Band 06/5768

Titel der amerikanischen Originalausgabe
I, Q
Deutsche Übersetzung von
ANDREAS BRANDHORST

*Umwelthinweis:*
Dieses Buch wurde auf chlor- und
säurefreiem Papier gedruckt

Redaktion: Rainer-Michael Rahn
Copyright © 1999 by Paramount Pictures
All Rights Reserved.
STAR TREK is a Registered Trademark of Paramount Pictures
Erstausgabe by Pocket Books/Simon & Schuster Inc., New York
Copyright © 2000 der deutschen Ausgabe und der Übersetzung by
Wilhelm Heyne Verlag GmbH & Co. KG, München
http://www.heyne.de
Printed in Germany 2000
Umschlagbild: Pocket Books/Simon & Schuster, New York
Umschlaggestaltung: Nele Schütz Design, München
Technische Betreuung: M. Spinola
Satz: Schaber Satz- und Datentechnik, Wels
Druck und Bindung: Ebner Ulm

ISBN 3-453-17937-4

Es schien keinen Grund zu geben weiterzumachen.

Die Planeten ... Die Planeten hatten sie fasziniert. Früher einmal.

Sie hatte über jene Wunder der natürlichen Konstruktion nachgedacht, die in entspannten elliptischen Bahnen ihre jeweiligen Sonnen umkreisten. Offenbar zeichneten sie sich durch eine unendliche Vielfalt aus. Sie waren groß und klein, manche von Ringen umgeben, die das schwache Licht der Zentralgestirne einfingen und es glitzernd reflektierten. Manche waren kalt, Eiskugeln im All, während auf anderen heftige vulkanische Aktivität herrschte, die ihre Oberflächen brodeln ließ, wodurch sie fast lebendig wirkten. Zwischen diesen Extremen spannte sich ein breites Spektrum von möglichen Zuständen: gemäßigtes Klima, trocken, üppiges Grün, flach und öde. Ein unendliches Angebot von Planeten, aus dem man frei wählen konnte ...

Aber. Aber, aber, aber ...

Sie hatte es satt, Ausschau zu halten. Die unendliche Auswahl wurde monoton. Große Welten, kleine Welten, bewohnbar, unbewohnbar ... Was spielte es für eine Rolle? Die Vielfalt war so enorm, dass die Unterschiede paradoxerweise an Bedeutung verloren.

Natürlich gab es das Multiversum. Das Multiversum hatte sie ebenfalls fasziniert. Früher einmal.

Damals wäre sie imstande gewesen, sich eine *Ewigkeit* lang mit seinen Geheimnissen zu befassen und ganze Äonen damit zu verbringen, über seine unendlichen Aspekte nachzudenken. Sie sah ungezählte Möglichkeiten, die sich gleichzeitig und auf eine atemberaubende Weise entfalteten, als eine Prozession von Realitäten. In einem Universum führte ein bestimmtes Ereignis zum Krieg. In einem anderen bot der gleiche Vorgang die Grundlage für einen dauerhaften Frieden. Zahllose Ereignisse bewirkten zahllose Realitäten, verhielten sich wie kosmische Dominosteine. Ja, es konnte sehr interessant sein, so etwas zu beobachten.

Manchmal hatte sie Gefallen daran gefunden, sich mit einer einzelnen – zufällig ausgewählten – Galaxie in einem der vielen Universen zu beschäftigen, aus dem das Multiversum bestand.

Sie lebte in allen Zeiten gleichzeitig und konnte daher Vergangenheit, Gegenwart und Zukunft auf einmal untersuchen, um den zarten Fäden im Gewebe der Ewigkeit zu folgen. Gelegentlich kehrte sie zurück, um mehr über die Entwicklung einer Galaxie oder gar einer einzelnen Welt herauszufinden. Oder sie wählte einfach einen Planeten aus und beobachtete, was auf ihm geschah. Trotz ihres grenzenlosen Wissens verhinderten die Umstände manchmal, dass sie einen Blick in die Zukunft warf, und dann mochte sie ein bestimmter Aspekt der planetaren Entwicklung überraschen. Dann und wann behielt sie die Evolution mehrerer Welten im Auge, verglich sie miteinander und freute sich über die Unterschiede.

Aber. Aber, aber, aber ...

Sie hatte es satt, Ausschau zu halten. Denn inzwischen wusste sie, dass nichts eine Rolle spielte. Es würde nie etwas wirklich Wichtiges passieren, denn es gab nichts Absolutes, mit einer Ausnahme vielleicht: Das Multiversum war absolut langweilig geworden. Da alles passieren konnte, erschien alles sinnlos.

Natürlich gab es Personen. Individuen hatten sie fasziniert. Früher einmal.

Manche Individuen waren so durch und durch niederträchtig, dass sie nie einen Beitrag für das gemeinsame Wohl leisteten – von solchen Leuten ging nichts Positives aus. Andererseits existierten auch Individuen von solcher Lauterkeit, dass sie unfähig waren, jemand anders ein Leid zuzufügen.

Natürlich kam es vor, dass die Bösen manchmal jemanden umbrachten, der noch böser war als sie selbst, und auf diese Weise verhinderten sie größeres Unheil. Und gelegentlich halfen die Lauteren jemandem, der keine Hilfe verdiente, wodurch der Betreffende die Möglichkeit bekam, noch viel mehr Schaden anzurichten. Eine seltsame Ironie, vergleichbar damit, dass das Wort ›Vers‹ in ›Multiversum‹ enthalten war – ebenso wie in ›pervers‹.

Aber. Aber, aber, aber ...

Im Multiversum gab es nichts, worauf man sich wirklich verlassen konnte, nichts, das die Funktion von Grundgestein erfüllte. Das Zentrum wurde instabil, und das großartige Experiment des Multiversums erwies sich als ein katastrophaler Fehlschlag.

Leben. Das Leben hatte sie fasziniert. Früher einmal.

Die Vielfalt des Lebens war grenzenlos. In einer Galaxie gab es ein so altes Volk, dass es vergessen hatte, lebendig zu sein. Eine andere diente als Heimstatt von Wesen, die allein aus Gedanken bestanden. In einer dritten hielten sich bestimmte Geschöpfe für dominant, ohne zu ahnen, das eine viel höher entwickelte, mikroskopische Spezies in Form unentdeckter Entitäten im Bewusstsein eben jener ›überlegenen‹ Wesen existierte. Jeder Krieg, jede Entdeckung, jeder Schritt vor oder zurück – alles war Ausdruck des kollektiven Lebens einer Spezies, von der das andere, ach so hoch entwickelte Volk nie etwas ahnen würde.

Doch wie sehr sich die einzelnen Lebensformen auch voneinander unterschieden, sie alle strebten nach den gleichen Dingen: Überleben, Glück – in dieser Hinsicht gingen die Vorstellungen weit auseinander –, Fortpflanzung, gutes Essen, gute Gesellschaft, gutes ... Leben.

Aber. Aber, aber, aber ...

Sie waren so verdammt laut!

Zu Beginn wimmelte es im Multiversum nicht von Leben. Eine herrliche, wundervolle Stille herrschte. Damals war es möglich, in aller Ruhe nachzudenken, sich umzusehen und das Multiversum als solches zu bewundern. Unglücklicherweise blieb es nicht bei diesem Zustand. Mehr Leben entwickelte sich, eins nach dem anderen, bis das Multiversum zu einer Kakophonie aus Stimmen wurde, die voller Freude schrien oder protestierend kreischten. Es war eine störende und sehr ärgerliche Angelegenheit, und oft sehnte sie sich nach der Situation zu Beginn zurück.

Sie stand jetzt an einem Strand und dachte darüber nach, alles zu beenden.

Sie mochte den Strand. Es gefiel ihr, wie das Wasser ans Ufer platschte und den Sand liebkoste. Ihr gefiel der Horizont dort, wo der rosarote Himmel den Ozean berührte, oder das Land. Nun, das war natürlich ein wenig abstrus, denn eigentlich trafen sie gar nicht aufeinander. Es hatte nur den Anschein.

Und genau darin bestand das Problem, nicht wahr? Die Realität zeichnete sich durch eine bemerkenswert subjektive Natur aus. Eigentlich beschränkte sich ihre Bedeutung auf die eines Begriffes, der von geringeren Wesen geprägt worden war, von Geschöpfen, denen eine Vorstellung vom ›Sein der Dinge‹ fehlte. Das Multiversum präsentierte eine sehr eindrucksvolle Illusion der Realität – ein Gedanke, der sie an diesem besonders verhängnisvollen Morgen noch depressiver werden ließ.

Der Himmel war jetzt dunkelblau – vielleicht spiegelte er ihre wachsende Verzweiflung wider. Sie erlaubte dem Sand, zwischen ihre Zehen zu geraten. Die Zehen hatten ihr nie gefallen. Sie waren zu lang, nicht ›weiblich‹ genug. Solche Zehen standen eigentlich einem Mann zu.

Mit dem Rest von ihr war sie mehr oder weniger zufrieden: lange, wohlgeformte Beine, die Hüften hübsch rund, die Brüste fest. Kleidung trug sie nicht; auf solche Dinge konnte sie getrost verzichten. Ein leichter Wind strich ihr übers lange Haar und streichelte die Schultern. Es fühlte sich angenehm an … Aber welchen Sinn hatte es, wenn sich irgendetwas angenehm anfühlte? Früher oder später endete ein solches Empfinden, wie auch alles andere. *Alles* musste irgendwann ein Ende finden.

Sie sank auf die Knie und baute eine Sandburg. Es war eine imposante Konstruktion. Mit großer Sorgfalt entwarf sie die Türme, schuf sogar einen Hof und einen Burggraben. Schließlich wich sie zurück, setzte sich auf die Fersen und beobachtete ihr Werk, während der Himmel noch dunkler wurde.

Das Wasser stieg, strömte durch den vorbereiteten Kanal und füllte den Burggraben. Der Graben schien den Belastungen zunächst standhalten zu können, und die Burg wirkte wie ein selbst für die Flut unüberwindliches Bollwerk.

Aber nach einer Weile gab das Fundament nach, so wie alle Dinge früher oder später nachgaben.

Sie beobachtete das kleine Drama, während sie einige Meter entfernt saß, mit angezogenen Beinen, die Arme um die Knie geschlungen.

Es dauerte nicht lange, bis die ganze Burg zusammenbrach. Die stolzen Türme verschwanden im Wasser, und von den uneinnehmbar scheinenden Wällen blieb nichts übrig.

Die Flut stieg auch weiterhin.

Sie beobachtete noch immer.

Das dunkle Wasser verharrte dicht vor ihr, berührte zwar die Zehen, wagte sich aber nicht näher. Sie blieb sitzen, unbeweglich wie eine Statue. Irgendwann wich das Wasser zurück, und sie sah dorthin, wo sich die Sandburg befunden hatte. Jetzt zeigte sich dort nur eine Mulde, in der ein wenig Treibgut schwamm.

Der Anblick gefiel ihr, und Anblicke, an denen sie Gefallen fand, waren sehr selten geworden.

Sie sah nach oben, ihre Augen so dunkel wie der Himmel. Treibgut, ja. Eine Mulde mit Treibgut. Darauf lief es hinaus. Ja. Ja, auf diese Weise würde alles enden. Natürlich konnte sie nicht absolut sicher sein. Immerhin war dies das Multiversum, und was darin geschah, blieb subjektiver Natur, stellte sich immer wieder selbst in Frage.

Das mochte der lästigste Aspekt sein. Die ewige Unsicherheit, die vergebliche Suche nach Konstanz, das dauernde Rätselraten. Damit ging mehr Gram einher, als sie sich wünschte, als sich irgendjemand wünschen konnte. War es nicht besser, wenn alles ein friedliches Ende fand?

Sie stand auf und trat dem Meer einen Schritt entgegen. Es wurde Zeit. Einerseits schenkte ihr der Ozean überhaupt keine Beachtung, doch andererseits schien er ihr entgegenzufluten, als könnte er es gar nicht abwarten, dass sie Teil von ihm wurde. Sie trat noch einen Schritt näher, und das Wasser zeigte seine Aufregung, umspülte ihre Füße. »*Komm zu mir*«, schien es zu sagen. »*Komm zu mir und beende alles.*«

Ein dritter Schritt, ein vierter, ein fünfter ...

Und dann ...

Sie trat auf etwas.

Sie blieb stehen und blickte nach unten. Das Objekt steckte halb im Sand und bestand offenbar aus Glas ...

Eine Flasche.

»Eine Flasche?« fragte sie laut. Seit einer ganzen Weile waren es die ersten Worte, die sie aussprach. Sie kniete und griff nach der Flasche, die etwas enthielt: eine Schriftrolle, eine Nachricht.

Das weckte ihr Interesse. Ein Stöpsel verschloss die Flasche, und sie brauchte einige Momente, um den Korken aus dem Flaschenhals zu lösen. Erstaunlicherweise war mit diesem Vorgang ein hohes Maß an Aufregung verbunden. Woher kam die Nachricht? Und von wem? Wie hatte sie diese ferne Küste erreicht, und welche Bedeutung verbarg sich dahinter?

Mit einem sehr zufriedenstellenden Geräusch löste sich der Korken, und sie schob die Finger in den schmalen Flaschenhals, um die Schriftrolle herauszuziehen. Das erwies sich als überraschend schwierig. Mehrmals berührten ihre Fingerspitzen das Papier, doch immer wieder rutschte die Rolle in die Flasche zurück. Ein oder zwei Sekunden lang dachte sie daran, den gläsernen Behälter einfach zu zertrümmern, doch sie entschied sich dagegen. Aus irgendeinem Grund erschien es ihr wichtig, dass die Flasche intakt blieb.

Schließlich bekam sie die Schriftrolle doch noch zu fassen und zog sie vorsichtig durch den Flaschenhals. Das Papier war sehr trocken, fast spröde, und es ließ sich kaum entrollen. Wie lange mochte es sich in der Flasche befunden haben? Sie versuchte, die Rolle auf dem Sand zu glätten, doch das erwies sich als unmöglich. Schließlich rollte sie das Papier in die entgegengesetzte Richtung, damit die einzelnen Blätter einigermaßen flach blieben. Die Schrift war gut lesbar, und mit einem kurzen Blick stellte sie fest, dass es sich um eine Erzählung handelte. Ja, um eine Erzählung!

Und um eine sehr erstaunliche noch dazu. Von vielen Dingen war die Rede, die sie bereits kannte, aber es gab auch Neues. Etwas zu entdecken, das sich außerhalb ihres eigenen Wissens erstreckte – eine überaus erfrischende Erfahrung! Sie las schnell ... von der Gruppe, der großen Grube ... dem aufregenden Vorstoß in die Tiefe ... den Prüfungen ... dem Aufruhr ... dem schrecklichen Kampf auf dem Zug ... dem Wiedersehen des Vaters mit seinen Lieben ... den schreienden Stimmen ...

Sie hielt kurz inne, um sich zu sammeln. Angesichts ihrer nichtlinearen Existenz umfasste ihre Wahrnehmung alle Ereignisse, ganz gleich, wo und wann sie sich zutrugen. Normalerweise wählte sie einfach etwas Interessantes aus, ohne befürchten zu müssen, irgendetwas zu verpassen – sie konnte jederzeit in der Zeit nach vorn oder zurück springen, um feststellen, wie sich etwas entwickelte.

Sie spielte kurz mit dem Gedanken, einen solchen Sprung in die Zukunft durchzuführen, um das Ende der Geschichte herauszufinden. Doch letztendlich widerstand sie der Versuchung. Stattdessen ließ sie sich auf dem Strand nieder und glättete die Blätter auf ihren bloßen Oberschenkeln. Trotz der kleinen Schrift waren es ziemlich viele Seiten – der Autor hatte offenbar viel zu sagen.

Der dunkle Himmel hing tief und erweckte den Eindruck, sich um wichtige Dinge kümmern zu müssen, was er jedoch nicht wagte, bevor sie die Erlaubnis gab. Aber derzeit galt ihre Aufmerksamkeit anderem.

Noch einmal glitten ihre Fingerkuppen über den Rand des Manuskripts, um sich zu vergewissern, dass alle Blätter richtig angeordnet waren. Dann konzentrierte sie sich auf die Erzählung, während der Rest des Universums wartete ...

Die Geschichte begann so ...

**Ich, Q**... Mein Instinkt veranlasst mich, mit mir selbst zu beginnen.

Es ist ein natürlicher Instinkt, denn immerhin existiere ich seit dem Anfang. Ich bin dabei gewesen, solange ich mich zurückerinnern kann, solange sich *irgendjemand* zurückerinnern kann. Bis zum heutigen Tag – wenn man dies als Tag bezeichnen kann – bin ich davon überzeugt gewesen, dass es mich immer geben wird. Allerdings: ›Für immer‹ ist eine sehr, sehr lange Zeit. Man denkt nicht übers Ende nach, denn so etwas ist für jemanden wie mich praktisch undenkbar.

Und wenn das Ende schließlich kommt, wenn uns das Schicksal zum Abgrund führt, zum Rand des Jenseits ... Ich habe immer angenommen, zusammen mit meinen mächtigen Artgenossen eine letzte Barriere errichten zu können. Jeder von ihnen ist auch allein imstande, mit allem fertig zu werden. Wenn ein ganzes Kontinuum aus unendlich mächtigen Individuen besteht, so sollte man eigentlich annehmen – da ist das Wort schon wieder –, dass die gesamte Realität nichts enthält, was sich unserem kollektiven Willen widersetzen kann, abgesehen vielleicht von einem zahnenden Zweijährigen, aber so etwas kommt einem ganz besonderen Albtraum gleich.

Bei den häufig sehr lästigen Menschen gibt es eine Redensart. Nun, eigentlich kennen sie ziemlich viele Redensarten. Als Volk sind sie vollgepfropft mit Sprüchen und Aphorismen in Hinsicht auf alle Umstände, die sich Sterbliche vorstellen können – was nicht unbedingt viel bedeuten muss. Irgendwo heißt es bei ihnen: »Wer zu viel annimmt, muss nachher zu viel abgeben.« Das ist ein gutes Beispiel dafür, mit wie viel Intelligenz Menschen gesegnet sind. Wie dem auch sei: Ich weiß aus Erfahrung, dass man tatsächlich nicht zu viel annehmen sollte ...

Ach, er sollte sich was schämen! Bestimmt geht Ihnen ein solcher Kommentar durch den Kopf. Er sollte nicht mit sich selbst anfangen. Wie unhöflich und dünkelhaft. Stattdessen sollte er mit Jean-Luc Picard und seinem Taschenrechner Data beginnen. Na schön, meinetwegen.

Sie angelten an dem Tag, als das *Ende Von Allem* ihre Aufmerksamkeit erregte. Natürlich hatten sie keine Ahnung, was wirklich geschah, denn ...

Ach, zum Teufel damit! Sie sind langweilig. Entschuldigung, aber es ist wahr. Zugegeben, sie können recht nützlich sein, und bei unserem Versuch, das Ende hinauszuschieben, war das zweifellos der Fall. Aber Tatsache bleibt, dass ich viel interessanter bin als sie, und wenn diese Erzählung auch nur halbwegs unterhaltsam sein soll, so muss ich für eben jene Unterhaltung sorgen, indem ich zuerst von mir selbst berichte.

Ich, mir, mich ... Drei der schönsten Worte in jeder beliebigen Sprache.

Mir ist aufgefallen, dass viele Bücher über mich geschrieben wurden. Einige von ihnen erschienen auf der Erde, denn Menschen scheinen mir mit einer Neugier zu begegnen, die an Besessenheit grenzt.

Ich muss sagen, dass ich die Menschen recht faszinierend finde. Gelegentlich neige ich dazu, die Dinge aus ihrer Perspektive zu sehen und sogar ihre Redewendungen und Metaphern zu verwenden – wie zuvor der Hinweis auf den zahnenden Zweijährigen. Man hätte meinen sollen, dass es mir gelingen würde, sie auf ein höheres Niveau zu bringen; stattdessen haben sie mich zu sich herabgezogen. Wie jämmerlich. Es gibt auch Publikationen auf anderen Welten, die ich besuchte und wo man meine Aktivitäten durchweg falsch verstand. Natürlich habe ich volles Verständnis dafür. Ein Wesen wie mich zu verstehen ... Genauso gut könnte ein Paläontologe versuchen, einen Dinosaurier zu verstehen, indem er eine fossile Spur betrachtet.

Man nehme nur die Bewohner von Kangus IV. Sie sind ein ausgesprochen deprimiertes Volk, in dessen Vorstellungswelt der Tod einen wichtigen Platz einnahm. Eine der beliebtesten Freizeitbeschäftigungen bestand darin, das kollektive Bewusstsein mit einer großen Maschine zu verbinden, die die Vernichtung ihrer Heimatwelt simulierte. Der Apparat erlaubte es den Benutzern, ohne Gefahr für die eigene Person Erdbeben, Taifune, Hungersnöte, Kriege und so weiter zu erleben. Die Darstellungen waren so realistisch, dass die mit der Maschine verbundenen Leute wirklich glaubten, unter ihnen öffnete sich der Boden, um sie alle zu verschlingen. Welch ein Spaß! Nach den Simulationen stolperten sie in den Sonnenschein hinaus, mit der festen Absicht, die nächste Gelegenheit für eine neuerliche Verbindung mit der Maschine zu nutzen. Sie bezahlten auch noch dafür, schmälerten ihr Einkommen für einen dauernden Zustand der Furcht.

Ich bemerkte ihren eigentümlichen Zeitvertreib und beschloss, den größten Wunsch der Kangusaner zu erfüllen, indem ich ihre Welt zerstörte. Eigentlich hätten sie begeistert sein sollen. Mir bereitete es natürlich keine Mühe, aber zu meinem großen Erstaunen kam es bei der Vernichtung des Planeten zu so viel Entsetzen und Zähneklappern, dass ich mich verpflichtet fühlte, die Welt wieder zusammenzusetzen. Die *echte* Erfahrung erschreckte sie so sehr, dass sie sich nie wieder mit der großen Maschine verbanden. Daran gab es eigentlich nichts auszusetzen, wenn man einmal davon absah, dass es auf Kangus IV zu einem finanziellen Ruin kam, der die Bewohner dazu zwang, nach langer Zeit wieder miteinander zu reden.

Nun, diese kleine Abschweifung tut eigentlich nichts zur Sache.

Wie dem auch sei ...

Es ist verständlich, dass man mich für faszinierend hält. Ich bin ein faszinierendes Individuum, insbesondere für die niederen Lebensformen, zu denen Jean-Luc Picard gehört. Es wurden Untersuchungskomitees gebildet, um herauszufinden, warum ich mich so verhalte, wie ich mich verhalte. Da wir gerade dabei sind ... Auf Angus IV hält man mich für eine durch und durch böse Kraft, während man mich auf Terwil IX als ›Lachenden Gott‹ bezeichnet. Der Grund für diesen Spitznamen ist mir nicht ganz klar. Vielleicht glauben die Bewohner von Terwil IX, dass ich sie von irgendeinem Logenplatz aus beobachte und immer dann schallend lache, wenn in ihrem unbedeutenden kleinen Leben etwas schief geht. Seit zweitausend Jahren bin ich nicht einmal in der Nähe ihres kleinen Planeten gewesen, aber trotzdem glauben sie, ich sei auch weiterhin an ihnen interessiert. Aus irgendeinem Grund sind sie davon überzeugt, dass ich ihnen bei allen Dingen zusehe und jedes auch nur geflüsterte Wort von ihnen höre. Ich wage es nicht, ihnen die Wahrheit zu sagen, denn sonst malen sie sich vielleicht blau an und springen von der nächsten Klippe.

Wie ich schon sagte: Zahllose Bücher wurden über mich geschrieben, über meine Wenig..., Verzeihung, über meine Vielheit. Bei Starfleet entwickelt eine ganze Abteilung Abwehrpläne für den Fall, dass ich eines Tages auf der Erde erscheine. Bilder von mir – sie zeigen mich so, wie ich niederen Lebensformen erscheine – werden so herumgereicht wie Fahndungspläne in einem galaktischen Postamt. Ein Gestaltwandler namens Zir/xel führte ein sehr bequemes Leben, indem er sich einfach an verschiedenen Orten in meiner Gestalt zeigte. In den meisten Fällen bekam er, was er verlangte, doch eines Tages wurde er erschossen, von einem verzweifelten Individuum, das wirklich glaubte, auf mich zu schießen. Auf *mich*! Als sei es möglich, meine Person auf diese Weise auszulöschen. Das Universum steckt voller Idioten, und zwar auf beiden Seiten der Gleichung.

Verschiedene Leute zeigen unterschiedliche Reaktionen auf das Konzept von ›Göttern‹. Manche ehren ihren Gott mit friedlichen Gebeten, ziehen sich in Klöster zurück oder widmen ihr Leben der Hilfe von Bedürftigen. Andere führen Kriege und stapeln Leichen so hoch aufeinander, dass man meinen sollte, die betreffenden Götter in ihrem Himmel hätten irgendwann die Nase voll und würden alle ins Jenseits schicken. Leben und Tod, Krieg und Frieden, alles zu Füßen eines überlegenen Wesens. Und da ich ein überlegenes Wesen *bin*, verstehe ich natürlich, warum die niederen Lebensformen so sehr jenen gefallen wollen, die sie verehren. Aber offenbar fühlten sie sich keineswegs schuldig, wenn sie logen, betrogen, stahlen und die ältesten Sünden der Welt in einem neuen Kontext begingen, bei ebenso langweiligen wie sinnlosen Versuchen, ihrem Gott zu gefallen. Oder ging es ihnen dabei vielleicht um die eigene Person? Darüber bin ich mir noch nicht ganz klar geworden. Und was hat Liebe damit zu tun? Da muss ich passen! Ha …

Erlauben Sie mir, mich vorzustellen. Ich bin Q. Meine Freunde, Verwandten und Bekannten nennen mich: den Wundervollen, den Herrlichen, das Lebende Ende. Meine Heimat ist eine Sphäre, die man das Q-Kontinuum nennt, ein Ort, der bereits existierte, noch bevor die Zeit zur Zeit wurde. Es ist unser Los, zu untersuchen, zu experimentieren und das Bild im großen Wandteppich des Universums zu erkennen. Mit anderen Worten: Wir stoßen kühn dorthin vor, wo noch nie jemand gewesen ist. So war es wenigstens zu Anfang. Inzwischen hat sich die Sache ein wenig geändert – manche würden in diesem Zusammenhang von einer Mutation oder Rückentwicklung sprechen. Heute geben sich die anderen Q damit zufrieden, im Schaukelstuhl des Lebens zu sitzen und zu beobachten, wie das Universum an ihnen vorbeistreicht.

Ich habe so etwas nie für sehr stimulierend gehalten, und deshalb führe ich das fort, was ich für die wahre Aufgabe unseres Kontinuums halte: Dinge in Frage zu stellen, Unruhe zu schaffen, Witze zu reißen, kühn dorthin vorzustoßen ... Verzeihung. Diese Worte habe ich bereits benutzt. Ich wiederhole mich. Wie schrecklich fehlbar. Nun, ich bin eben zu lange in der Gesellschaft von Menschen gewesen.

Geringere Geschöpfe – und davon gibt es jede Menge – fühlen sich in meiner Nähe unwohl, weil ich sie an ihre Mängel erinnere. Ich versuche, sie auf eine höhere Entwicklungsstufe zu bringen, wobei ich mich natürlich nicht eine Sekunde lang der Illusion hingebe, dass sie mein Niveau erreichen könnten. Aber manchmal bekommen sie eine vage Vorstellung davon, was es mit meinem Niveau auf sich hat. Dann erhalten sie Gelegenheit, vom Pissoir des Lebens aufzusehen und über den Boulevard zu blicken, wenn auch nur für einen Moment. Deshalb ärgert es mich so sehr, wenn mir dann und wann ein Fehler unterläuft. Nun, wer sich zu den Schweinen legt, muss damit rechnen, schmutzig zu werden, nicht wahr?

Eine weitere nützliche Information ist diese: Ich bin allmächtig. Manche halten das für eine üble Sache, aber ich bin anderer Meinung. Ich kann mir jeden Wunsch erfüllen, einfach nur mit der Kraft meines Willens. Gewisse Leute moralisieren gern über mein Verhalten, als gäbe es darin Aspekte von Richtig und Falsch. Eine derartige Ansicht teile ich nicht. Richtig? Falsch? Das sind triviale Begriffe, geprägt von Personen, die an dem Zwang leiden, ständig kategorisieren zu müssen. Ich entscheide ganz allein über mein Handeln und bin nur mir selbst verantwortlich. In dieser Hinsicht könnte man mich fast als eine Naturkraft bezeichnen. Niemand fragt nach der Ethik eines Orkans, Erdbebens oder Ionensturms. Diese Phänomene existieren einfach. Das gilt auch für mich. Ich stehe über Gut und Böse. Es hat keinen Sinn, mich beurteilen, messen und bewerten zu wollen, und ich gehöre sicher nicht zu den Leuten, deren Zorn man sich zuziehen sollte. Mit anderen Worten: Treten Sie mir nicht auf die Füße.

Ich reise, ich teste und mit ein wenig Glück gelingt es mir, die eine oder andere Spezies auf eine höhere Entwicklungsstufe zu bringen.

In diesem Zusammenhang gibt es ein spezielles Individuum, zu dem ich mich immer wieder hingezogen fühle – abgesehen von mir selbst. Der Mann heißt Jean-Luc Picard, ist in mittleren Jahren und kahlköpfig. Er spricht mit einem sonderbaren Akzent und beaufsichtigt die Aktivitäten an Bord des Raumschiffs *Enterprise*. Die *Enterprise* gehört zu einer Organisation namens Starfleet und ist ihr Flaggschiff. Man stelle sie sich gewissermaßen als die beste Ameise des Ameisenhaufens vor.

Als ich Picard zum ersten Mal begegnete, erschien er mir als unerträglich anmaßend. Ich war fest davon überzeugt, dass er den einen oder anderen Dämpfer verdiente. Arrogante Selbstsicherheit, die feste Zuversicht in seine Fähigkeit, alle Seiten eines bestimmten Problems erkennen und dann die ›für alle Beteiligten beste Lösung‹ finden zu können … Damit symbolisierte Picard genau das, was mit den Menschen nicht stimmte. Zwar sind jene Eigenschaften auch in mir vorhanden, aber in meinem Fall haben sie durchaus eine Rechtfertigung. Wie ärgerlich, wenn ein kurzlebiger Winzling herumstolziert und sich wichtig macht – aber das ist ein Punkt, der nicht an dieser Stelle erörtert werden soll.

Menschen. Wenn ich anfange, von ihnen zu reden ... Mist, jetzt ist es zu spät.

Die Menschen sind eine bemerkenswert aggressive und gewalttätige Spezies. Sie breiten ihre barbarischen Philosophien mit der gleichen Selbstvergessenheit in der Galaxie aus, mit der sie tödliche Viren verteilen. Der angerichtete Schaden kümmert sie nicht. Der Umstand, dass die Menschen bis heute überlebt haben, kommt einem Wunder gleich. Wir vom Q-Kontinuum haben oft hinsichtlich der Wahrscheinlichkeit ihres Aussterbens Wetten abgeschlossen. Ich erinnere mich daran, völlig sicher gewesen zu sein, dass die Menschen das Mittelalter nicht überstehen würden, und es war eine große Überraschung für mich, als ihnen das doch gelang. In gewisser Weise sind Menschen wie Kakerlaken: Sie überleben unter den unmöglichsten Umständen, und zwar mit einer Entschlossenheit, die ans Übernatürliche grenzt.

Natürlich habe ich sie mit der Verachtung behandelt, die eine so niedere Lebensform verdient.

Und doch ...

So schwer es mir auch fällt, es zuzugeben: Manchmal bewundere ich ihren Schneid.

Stellen Sie sich einen eher rüpelhaften Burschen vor, der ungebeten in eine Party platzt und einfach behauptet, die Einladungskarte vergessen zu haben. Man ermahnt ihn zuerst auf freundliche Art und dann mit immer mehr Nachdruck, aber er bleibt. Natürlich ist er ein Ärgernis, aber man empfindet so etwas wie widerstrebende Bewunderung angesichts von so viel Begriffsstutzigkeit. Meine Freunde, ich habe Ihnen gerade einen typischen Menschen beschrieben: Er verhält sich wie ein unbedarfter Partybesucher, der selbst eindeutige Hinweise nicht versteht.

Bei zahlreichen Gelegenheiten habe ich zu erklären versucht, warum es für Menschen weitaus besser wäre, wenn sie auf ihrem armseligen kleinen Planeten blieben. Manche Leute wie zum Beispiel Picard glauben, ich wollte der Menschheit ungerechterweise Beschränkungen auferlegen. Nichts könnte weiter von der Wahrheit entfernt sein. Menschen verstehen das Konzept der Forschung genau falsch herum. Um zu wachsen, sich zu entwickeln und mehr zu lernen, halten sie es für erforderlich, sich in die Leere zu stürzen und herauszufinden, »was sich dort draußen befindet«. Und sie haben es alle so ungeheuer eilig! Die Wahrheit ist: Ihre eigene kleine Welt bietet ihnen genug Möglichkeiten, nach Herzenslust zu forschen und die eigene Entwicklung voranzutreiben. Sie sollten den Blick nicht nach außen richten, sondern nach innen, um zu verstehen, wo sie gewesen sind – erst dann können sie erkennen, welchen Weg es zu beschreiten gilt. Doch wenn man Picard hört ... Er glaubt, dass die Menschheit alle ihre kleinen Schwächen überwunden hat und bereit ist, ihren Platz im Universum einzunehmen. Doch vor weniger als einem Jahrtausend haben die Menschen ihre Erde für den Mittelpunkt der Galaxie gehalten! In vielerlei Hinsicht sind sie noch immer so egozentrisch. Manche von ihnen sind taktvoll genug, den Mund zu halten, wenn sie höher entwickelten Wesen begegnen, aber sie halten an der Überzeugung fest, sehr eindrucksvoll zu sein. Vermutlich stehen einige von ihnen auf dem Standpunkt, dass die Sonne nur deshalb auf- und untergeht, um ihnen einen Gefallen zu erweisen. Häufig kommen sie nicht einmal mit der eigenen Technik zurecht. Das erwies sich vor allem im zwanzigsten

Jahrhundert als ein Problem, als sie die Atombombe entwickelten und so dumm waren, sie tatsächlich explodieren zu lassen. Sie erfanden den Videorekorder – und konnten ihn nicht programmieren! In zahllosen Wohnzimmern auf der Erde blinkten die Ziffern ›12:00‹ und verspotteten den angeblichen ›technischen Fortschritt‹.

Aber wie ich bereits sagte: Der Umstand, dass die Menschen ihre eigenen Beschränkungen hartnäckig ignorieren, weckt so etwas wie widerwillige Bewunderung in mir. Was Picard betrifft ... Nun, einst begegnete ich ihm nur mit Verachtung. Doch wie ungern ich es auch zugebe: Heute ist mir klar, dass ich ihn vielleicht falsch eingeschätzt habe. Er gibt nicht einmal dann auf, wenn er weit unterlegen ist, und oft findet er einen Ausweg aus Situationen, die andere Personen für hoffnungslos halten würden. Mit erstaunlicher Halsstarrigkeit lehnt er es ab, sich zu ändern, und gleichzeitig räumt er stillschweigend ein, noch viel lernen zu müssen. Er steckt voller Widersprüche. Nun, das ist auch bei mir der Fall. Und bei allen anderen denkenden Individuen, denn wir alle müssen uns veränderten Situationen anpassen. In einem Universum mit endlosen Möglichkeiten gibt es nichts Unnatürlicheres als die Weigerung, sich anzupassen.

Ja. Ja, nun ... Da wir schon einmal bei diesem Thema sind und der Druck im Kessel immer mehr steigt ... Ich schätze, wir müssen wohl oder übel mit Picard beginnen. Von einem narrativen Standpunkt aus gesehen ergibt das durchaus einen Sinn. Außerdem sollte man immer versuchen, vom Niederen zum Höheren vorzustoßen. Wir beginnen also mit Picard und kommen dann zu mir.

Nun, vielleicht fragen Sie sich, woher ich weiß, was Picard an *dem* Morgen anstellte, an jenem verhängnisvollen Morgen, mit dem der letzte aller Tage begann.

Vermutlich haben Sie von der literarischen Technik des allwissenden Erzählers gehört. Nun, ich eigne mich bestens dafür, diesen Titel in Anspruch zu nehmen, denn immerhin *bin* ich allwissend.

Kehren wir zur Geschichte zurück. Picard und Data angelten.

Vielleicht sollte ich an dieser Stelle Data vorstellen. Herr Taschenrechner ... Oh, ich unterbreche mich immer wieder, nicht wahr? Nun, das ist mein Privileg, aber nicht Ihrs – kommen Sie also nicht auf dumme Gedanken.

Data ist vermutlich das bemitleidenswerteste Geschöpf im ganzen Multiversum: ein Androide mit goldgelber Haut, dessen Stirn das tätowierte Wort ›wehmütig‹ zeigen sollte. Ich habe bereits auf meine Probleme mit den Menschen und ihren vielen Schwächen hingewiesen. Nun, wenn man Menschen als eine lächerlich anmaßende Spezies bezeichnen kann – was soll man dann von einem Wesen halten, dessen größter Wunsch darin besteht, ein Mensch zu *sein*? Ich finde so etwas unglaublich traurig.

Was die meisten Aspekte seiner Existenz betrifft, ist Data den Menschen weit überlegen. Er altert nicht, braucht keine Nahrung und wird nie krank. In intellektueller Hinsicht ist er selbst den intelligentesten Exemplaren der Gattung ›Homo sapiens‹ um Lichtjahre voraus. Selbst sein größter Mangel – das Fehlen von Emotionen – wird durch einen implantierten Chip ausgeglichen, der ihm die volle Bandbreite menschlicher Gefühle eröffnet. Dennoch glaubt er sich unterlegen. Er möchte wirklich zu einem Menschen werden und alle seine Vorteile aufgeben. Vorsichtig ausgedrückt: Sein Wunsch ist sehr kurzsichtig. Um deutlicher zu werden: Es ist ein absolut dämlicher Wunsch. Ich kann ihn mir nur damit erklären, dass sich Data zu lange in der Gesellschaft von Menschen aufgehalten hat. Es wäre weitaus besser für ihn, einen möglichst großen Abstand zu ihnen zu wahren. Er sollte mit einem alten Volvo schmusen, oder vielleicht mit einem elektrischen Bleistiftanspitzer! Aber ich weiß natürlich, dass so etwas in absehbarer Zeit nicht geschehen wird, und deshalb kann ich nur seufzen und über die ungeheure Verschwendung guter Ressourcen nachdenken, die Datas Wunsch repräsentiert.

An diesem besonderen Morgen befanden sich Picard und Data auf dem Holodeck der *Enterprise*. Sie verbringen viel Zeit zusammen: ein Junge und sein Computer. Das Holodeck dient dazu, persönliche Phantasien zu befriedigen; es lässt sich auf eine Unterhaltungsform namens ›Kino‹ zurückführen. Es gibt Menschen die Möglichkeit, ihre Umgebung vollkommen zu kontrollieren und in ihrer Gestaltung den eigenen Vorstellungen freien Lauf zu lassen. Mit anderen Worten: Auf dem Holodeck kann jede beliebige ›Realität‹ geschaffen werden. Der Umstand, dass es sich dabei immer um eine irreale Realität handelt, spielt letztendlich keine Rolle. Menschen verstehen die wahre Natur der Realität so wenig, dass es zwischen Holodecks und dem echten Universum ebenso gut überhaupt keine Unterschiede geben könnte. Solange sie sich einen Futterbeutel mit Popcorn um den Hals hängen und literweise Zuckerwasser schlürfen können, ist für sie mit der Welt alles in Ordnung.

Nun, zurück zum Holodeck. Picard und Data entspannten sich auf einer kleinen Yacht. Sie hieß *Hornblower*, ein Name, mit dem Picard sicher eine Bedeutung verband, auf den diese Geschichte aber getrost verzichten kann. Die See war ruhig, denn so entsprach es Picards Wunsch. Das Holodeck – der größte Luxus für jemanden, der immer versuchte, alle Aspekte der ihn umgebenden Welt zu kontrollieren. Eine solche Beschreibung traf sicher auf Picard zu. Ein blauer Himmel erstreckte sich über der Yacht, und Möwen kreisten weit oben. Picard lächelte, zufrieden mit seiner Welt.

Er saß auf einem bequemen Stuhl, der fest mit dem Deck verschraubt war. Die Angel ruhte vor ihm in einer speziellen Halterung und konnte leicht bewegt werden, sollte der ›große Fisch‹ anbeißen. Data nahm eine ähnliche Position ein. Doch während Picard gen Himmel sah, galt die Aufmerksamkeit des Androiden der Angelausrüstung. Schließlich bemerkte Picard Datas starren, an der Rute festklebenden Blick.

»Data«, sagte er mit einem vertrauten Hauch von Tadel in der Stimme, »eigentlich sind wir hier, um uns zu entspannen.«

»Oh?« Das positronische Gehirn des Androiden verarbeitete die beiläufig erteilte Anweisung des Captains. Er hätte sofort auf den Befehl reagiert, einen Kurs zum anderen Ende der Föderation zu berechnen. Doch die Order, sich zu ›entspannen‹, erforderte Datas ganze Elaborationskapazität, und er wirkte auch weiterhin ein wenig verwirrt. Nach einigen Sekunden faltete er die Hände und legte sie in den Schoß, um ›die richtige Position‹ einzunehmen. Als ihm das unzureichend erschien, schlug er die Beine übereinander und ließ gleichzeitig die Schultern hängen, wodurch er allerdings nur aussah wie eine Marionette mit durchgeschnittenen Fäden. Noch lächerlicher wirkte alles, weil er eine Uniform trug. Picard hatte wenigstens genug Sinn für Ästhetik, um die Kleidung des Captains gegen ein Polohemd, blaue Shorts und Sandalen einzutauschen.

»Ist das ausreichend entspannt, Captain?«

Picard setzte zu einer Antwort an, überlegte es sich dann aber anders und zuckte mit den Schultern. »Wenn es Ihnen genügt, Mr. Data, so genügt es auch mir«, sagte er.

Data spürte offenbar, dass der Captain mehr als nur

eine bestimmte Körperhaltung von ihm erwartete. »Ich bitte um Entschuldigung, Sir. Mit dem Entspannen komme ich nicht besonders gut zurecht. Ich habe keine derartigen Bedürfnisse.«

»Es geht dabei um mehr als nur physische Entspannung, Data«, sagte Picard und blickte über den Ozean. »Der Geist ist ebenfalls daran beteiligt. Es kommt einer Kunst gleich, bei der es darum geht, sich von allen Sorgen zu befreien. Ob Sie's glauben oder nicht: Richtiges Entspannen kann ziemlich viel Arbeit erfordern. Sich einfach zurückzulehnen und an nichts zu denken ...«

»Dazu bin ich durchaus imstande«, sagte Data.

»Tatsächlich?«

»Ja.« Datas Kopf kippte ein wenig zur Seite, und er starrte ins Leere.

»Data ...«, fragte Picard vorsichtig.

Keine Antwort.

»Data?«

Der Androide reagierte nicht.

»*Data!*« Dicht vor Datas Gesicht schnippte Picard mit den Fingern. Der Androide blinzelte kurz und richtete einen überraschten Blick auf den Captain.

»Ist alles in Ordnung mit Ihnen?« fragte Picard.

»Ja«, bestätigte Data. »Ich dachte, es käme darauf an, auf keine externen Reize mehr zu reagieren.«

Picard lachte leise. »Ja, Data. Nur weiter so ... nur weiter so.«

Data war verwundert, aber vermutlich hielt er es für sinnlos, das Gespräch fortzusetzen und sich dabei eine Erklärung zu erhoffen. Bei seinen Interaktionen mit Menschen habe ich zahllose Male beobachtet, wie Data auf bestimmte Nachforschungen verzichtete, weil er zu dem Schluss gelangte, ohnehin keine kohärenten Antworten zu bekommen. Ich glaube, ein alter menschlicher Ausdruck dafür lautet: »Müll rein, Müll raus.«

»Als kleiner Junge liebte ich das Angeln über alles«,

sagte Picard und wechselte gnädigerweise das Thema. »Oh, mir stand natürlich keine solche Yacht zur Verfügung, und es war auch kein Hochseeangeln. Mein Vater und ich gingen damals zu einem nicht weit entfernten See. Und wir verwendeten ganz einfache Angeln, überhaupt nicht mit diesem modernen Gerät zu vergleichen.« Er klopfte kurz auf die lange Stange in der Halterung. »Zu viel Technik verdirbt den Spaß am Angeln, weil für den Sport überhaupt kein Platz mehr bleibt. Sonarlokalisatoren, Ultraschallköder, denen die Fische nicht widerstehen können – davon wollte mein Vater nichts wissen.« Picards Stimme sank um eine Oktave, als er versuchte, die seines Vaters nachzuahmen. »›Mensch gegen Fisch, so hat es die Natur vorgesehen, mein Sohn.‹ Darauf wies er immer wieder hin. Eine Angel, ein Wurm an der Leine – mehr war nicht nötig. Und was auch immer wir fingen: Wir nahmen es mit nach Hause und bereiteten eine Mahlzeit daraus zu. ›Was wir fangen, wird gekocht‹, wie mein Vater so schön sagte. Er konnte Verschwendung nicht ausstehen. Nun, beim Angeln sprachen wir über alles, was uns in den Sinn kam. Tabus gab es nicht. Es war *sehr* entspannend, den Tag auf eine solche Weise zu verbringen.«

»Nicht für den Fisch«, wandte Data ein.

»Nein, für den Fisch nicht«, erwiderte Picard. »Wir dachten kaum daran, was die Fische von der ganzen Angelegenheit hielten. Das ist vermutlich der Gang der Welt. Wer sich oben befindet, schert sich kaum um die Dinge derjenigen, die weiter unten sind. Ich schätze, es ist alles subjektiv. Was allerdings nicht für diesen besonderen Fisch gilt.« Picard klopfte kurz auf die lange Angelrute in der Halterung. »Er unterscheidet sich sehr von den Fischen, die mein Vater und ich damals fingen.« In seinen Augen glänzte es erwartungsvoll, als er hinzufügte: »Wir haben es auf den Großen Arnold abgesehen.«

»Auf den Großen Arnold, Sir?«

Picard nickte. »Ein geradezu riesiger Schwertfisch. So groß ... nein, *so* groß.« Er hielt die Arme noch weiter auseinander, um die Länge des Fisches zu beschreiben. »Angeblich ist er so enorm, dass er eine solche Yacht halb bis zu den Bermudas gezogen hat, bevor der Angler einen klaren Gedanken fassen kann. Bisher hat der Große Arnold allen Anglern, die hierher gekommen sind, ein Schnippchen geschlagen. Aber heute, Data ... Heute ist *der* Tag.«

»Haben Sie das Programm mit entsprechenden Parametern erweitert, Sir?«

»Nein, Mr. Data. In dieser Hinsicht ist das Programm zufallsgesteuert. So verlangt es das Prinzip der Sportlichkeit. Schließlich macht es keinen Spaß, den Fisch mit einem Computerbefehl zu zwingen, zu uns zu kommen. Wenn wir ihn finden – gut. Wenn nicht ... Nun, dann haben wir eben Pech gehabt. Aber ich wette, dass heute der richtige Tag ist.« Picard rieb sich voller Vorfreude die Hände.

»Sie scheinen nicht entspannt zu sein, Captain«, sagte Data. »Ganz im Gegenteil: Ihr Körper bringt Anspannung zum Ausdruck.«

»Das eine schließt das andere nicht unbedingt aus, Data.«

»Handelt es sich hierbei um einen weiteren Aspekt der individuellen Perspektive, Sir?«

»Ja, ich glaube, das ist tatsächlich der Fall, Mr. Data. Letztendlich läuft es immer darauf hinaus, nicht wahr? Es kommt immer darauf an, aus welchem Blickwinkel man das Universum sieht. Sie, ich, der Fisch, wir alle.«

»Es sind sehr unterschiedliche Perspektiven«, sagte Data. »Da Sie so gern über Fische sprechen, Sir: Ich möchte darauf hinweisen, dass sich das durchschnittliche Erinnerungsvermögen von Fischen auf 2,93 Sekunden beschränkt. Man stelle sich zwei Goldfische in einer mit Wasser gefüllten Glaskugel vor. Wenn sie sich das erste Mal begegnen, findet vielleicht folgender Dialog statt: ›Oh, welch eine Überraschung. Freut mich, dich kennen zu lernen.‹ Dann schwimmen sie weiter. Dreißig Sekunden später haben sie die erste Begegnung vergessen, treffen sich erneut und wiederholen die Worte: ›Oh, welch eine Überraschung. Freut mich, dich kennen zu lernen.‹ Es scheint eine völlig sinnlose Existenz zu sein, da alles Wissen nur vorübergehender Natur und daher bedeutungslos ist.«

»Man könnte es auch anders sehen«, entgegnete Picard. »Jede Minute des Lebens steckt voller Entdeckungen! Nie Langeweile. Eine Überraschung nach der anderen.«

»Aber Fische lernen nie, Sir. Und ein Leben ohne den Erwerb von Wissen bleibt ohne Bedeutung. Ich weiß von Menschen, die durchs Leben gehen, ohne zu lernen und ohne zu vergessen. Fische scheinen durchs Leben zu schwimmen, ohne zu lernen und ohne sich zu erinnern. Ich kann darin nichts Positives erkennen.«

»Oh, ich weiß nicht, Data. Woher sollen wir wissen, dass unsere Art des Lebens der eines Fisches überlegen ist?«

»Sie haben selbst darauf hingewiesen, Sir: Wir sitzen an diesem Ende der Angelleine.«

Picard lachte. »Ja. Ja, das stimmt ...«

Genau in diesem Augenblick spannte sich die Leine seiner Angel. Mit einem fast schrillen Surren drehte sich die Rolle und gab mehr Leine frei. Picard legte sofort den Sicherheitsgurt an und griff nach der Rute. »Es hat einer angebissen, Data!«

»So scheint es, Sir. Kann ich Ihnen irgendwie helfen?«

»Beten Sie!«

Etwa vierzig Meter entfernt durchstieß ein Geschöpf die Wasseroberfläche. »Er ist es! Der Große Arnold!«

»Sind Sie sicher, Captain?«

Der Fisch sprang hoch in die Luft und zeigte dabei einen langen, massigen Leib. Wasser glitzerte an den Schuppen. Die lange Schnauze zeigte wie ein Rapier gen Himmel, bevor das Wesen ins Meer zurückfiel.

»Und ob!« juchzte Picard.

Einige Minuten lang rang Picard mit dem Fisch – Mensch gegen Natur, in einem Mikrokosmos. Data sah dabei zu. Picard sprach nicht mehr mit seinem Begleiter und beschränkte sich auf kurze Monologe in der Art von »Komm schon, Jean-Luc, du kannst es schaffen. Er gehört dir, er gehört dir ...«

Glücklicherweise hörte nur Data diese seltsamen Bemerkungen.

Plötzlich neigte sich die *Hornblower* mit einem Ruck in Richtung des Schwertfischs. Es überraschte Picard sehr, dass das Geschöpf am anderen Ende der Leine einen solchen Kampf liefern konnte.

Das Schiff wackelte erneut, dann ein drittes Mal. Beim vierten Mal setzte sich die Yacht mit dem Heck voran in Bewegung, wodurch Picard einen Teil seiner bis dahin unerschütterlichen Zuversicht verlor.

»Soll ich den Motor starten, Sir?« fragte Data.

»Nein. Nein, es ist alles in Ordnung. Warten wir einfach ab, bis er müde wird. Er kann uns nicht bis in alle Ewigkeit ziehen.« Doch es erklang leiser Zweifel in Picards Stimme, was erstaunlich genug für ihn war – immerhin gehörten Demut und Bescheidenheit nicht gerade zu seinen Stärken.

Die Yacht wurde schneller, glitt auch weiterhin mit dem Heck voran übers Meer. Picard hielt die Rute entschlossen fest. »Hier stimmt etwas nicht«, sagte er. »Irgendetwas geht ganz entschieden nicht mit rechten Dingen zu. Vielleicht ist es gar nicht der Fisch, der uns zieht.«

»Was dann, Sir?«

»Keine Ahnung ...« Ein großes Messer steckte hinter einer Klammer an der Bordwand. »Hoffentlich bedauere ich das später nicht«, sagte er und griff nach dem Messer. Aber er kam gar nicht dazu, die Leine zu durchschneiden, denn sie riss plötzlich, wodurch der Große Arnold die Freiheit zurückerlangte. Zwei Komma neun drei Sekunden später hatte er jeden Kontakt mit Jean-Luc Picard vergessen und wurde dadurch zweifellos zu einem glücklichen Fisch.

Aber die Geschwindigkeit der *Hornblower* nahm nicht etwa ab, sondern noch weiter zu. Etwas zog sie immer schneller übers Meer.

Der Himmel verfinsterte sich, und ein steifer Wind kam auf. Das Meer begann zu brodeln; nicht befestigte Gegenstände rutschten oder rollten übers Deck.

Picard sah zu den dunklen und sich schnell verdichtenden Gewitterwolken auf. »Was geht hier vor, zum Teufel?« entfuhr es ihm.

»Sie haben eine zufallsgesteuerte Programmierung erwähnt, Sir«, erwiderte Data mit bewundernswerter Gelassenheit.

»Ich weiß, ich weiß, aber *dies* ...« Picard gestikulierte wie eine verwirrte Vogelscheuche. »So etwas habe ich nicht programmiert.«

»Unsere Bewegung ist inzwischen nicht mehr geradlinig rückwärts, Captain«, sagte Data. »Unser Kurs führt etwa dreißig Grad nach Backbord, und wir werden noch schneller.«

»Starten Sie den Motor, Mr. Data! Und beeilen Sie sich bitte.«

Data kam der Aufforderung nach, aber selbst bei voller Leistung kam es nicht zu einem Richtungswechsel. Das Brummen des Motors verlor sich im Heulen des Windes und im Krachen des Gewitters. Die Schiffsschrauben drehten sich, reduzierten die Geschwindigkeit der Yacht aber nur für wenige Sekunden. Dann setzte sich erneut der rätselhafte Sog durch.

»Captain!« Datas Stimme übertönte das Tosen des Winds. »Ein Strudel, direkt voraus!«

»Ein Strudel?« Picard blickte verblüfft über die Schulter.

Es war ein gewaltiger Strudel, mit einem Durchmesser von mehreren Kilometern. Ein sonderbares Donnern ging davon aus, wie von einer Million Seelen, die um Vergebung flehen. Tintenschwarzes Nichts erstreckte sich in dem Schlund, der nicht nur die *Hornblower* anzog, sondern auch alles andere. Die Yacht konnte dem Zerren nicht entkommen.

An dieser Stelle hatte Picard genug und beschloss, seine Trumpfkarte auszuspielen. »Computer, Programm beenden!« rief er aus vollem Hals.

Nichts geschah. Der Computer des Holodecks reagierte nicht. Picard hätte genauso gut schweigen können.

»Programm beenden!« rief er erneut und noch lauter.

Die Umgebung blieb unverändert. Das Holodeck ignorierte die Anweisung.

»Captain!« ertönte Datas Stimme. »Bitte um Erlaubnis, mich zu entspannen, Sir!«

Picard antwortete nicht. Er versuchte sich zu konzentrieren. Seine Gedanken rasten, rollten wie von einer heftigen mentalen Strömung erfasst übereinander hinweg. Eine Aufgabe des Schiffes kam nicht in Frage. Aus irgendeinem Grund schien das Holodeck bestrebt zu sein, einen harmlosen Angelausflug in einen Albtraum zu verwandeln, und sie konnten nichts dagegen unternehmen.

Die *Hornblower* erreichte den äußeren Rand des Strudels, und jetzt war es nur noch eine Frage der Zeit, bis das Schiff im dunklen Schlund verschwand. Immer schneller wurde es und glitt in einer langen Spirale hinab.

Picard blickte in den Strudel und bemerkte Hunderte, wenn nicht gar Tausende anderer Objekte, die ebenfalls in die Tiefe gerissen wurden. »Im Namen Gottes, was...«, begann er, doch der Rest seiner berühmten letzten Worte ging verloren, als er zusammen mit Data und der Yacht in die Schwärze des Strudels stürzte.

Das Angeln auf Dante IX unterscheidet sich von Picards und Datas Aktivitäten auf dem Holodeck der *Enterprise*. Was man unter halbwegs normalen Umständen als ›Hochseeangeln‹ bezeichnet, muss auf Dante IX aus gutem Grund ›Tiefseeangeln‹ genannt werden.

Nun, wir Q können jeden beliebigen Ort aufsuchen. Die Tiefen des Weltalls oder den Grund eines Ozeans – für uns spielt es keine Rolle.

Die Fische von Dante IX sind monströs im Vergleich mit jenen schwächlichen Geschöpfen, auf die es Picard abgesehen hat. Sie leben in der Nähe des Meeresgrunds und nähern sich nie der Oberfläche. Das hat zwei Folgen. Erstens: Die Bewohner des Planeten essen keinen Fisch. Und zweitens: Viele von ihnen glauben nicht einmal an die Existenz von Fischen, weil sie noch nie welche gesehen haben.

Aber es gibt sie. Und sie schmecken gut.

Natürlich bin ich als Mitglied des Q-Kontinuums nicht so auf Nahrung angewiesen wie Picard und seinesgleichen. Was aber keineswegs bedeutet, dass ich nicht imstande bin, Delikatessen zu genießen. Natürlich könnte ich das Geschöpf allein mit der Kraft meines Willens auf den Teller bringen, aber das wäre sicher nicht sehr sportlich, oder?

Deshalb gingen meine Familie und ich an diesem prächtigen Tag tiefseeangeln. Ich spreche deshalb von *Tiefsee*angeln, weil wir dabei auf dem Meeresgrund saßen, und mit ›Familie‹ meine ich mich selbst, meine Frau – die ich Lady Q nennen werde, damit Ihnen die Unterscheidung leichter fällt; wir selbst nennen uns gegenseitig schlicht Q, denn wir wissen, wer wir sind – und meinen Sohn, der kleine q.

Lady Q ist ein recht strenges Individuum, das Torheiten jeder Art nicht ausstehen kann – vor allem meine nicht, um ganz ehrlich zu sein. Zwar begegnet sie mir mit wenig Geduld, aber unseren Sohn q liebt sie mit einer Hingabe, die manchen Leuten übertrieben erscheinen mag. Nun, ich kann es ihr nicht verdenken. Der junge q nimmt eine wahrhaft einzigartige Position im Universum ein – um nicht zu sagen in der Geschichte –, denn er ist der erste im Kontinuum geborene Q. Vor ihm kam nur Amanda Rogers einem solchen Status sehr nahe, doch sie wurde auf der Erde empfangen und musste dort aufwachsen, armes Ding.

Aus diesem Grund nimmt Lady Q die Erziehung unseres Sohns sehr ernst – so ernst, dass für Spaß kaum mehr Platz bleibt. Eigentlich erübrigt sich der Hinweis – auf den ich aber trotzdem nicht verzichten möchte –, dass bei uns nicht immer nur Harmonie herrscht.

Zum Zeitpunkt dieser Geschichte ließ sich q mit einem zehn Jahr alten Jungen von der Erde vergleichen. Mit seiner *tatsächlichen* Entwicklung war er einem zehnjährigen Menschen natürlich weit voraus. Ein junges allmächtiges Geschöpf befindet sich wohl kaum auf der gleichen Stufe wie ein junges sterbliches Wesen. Allerdings musste er noch eine ganze Menge lernen, und als sein Vater gab ich mir alle Mühe, ihm zu zeigen, wie großartig das Universum ist und wie viele Erlebnismöglichkeiten es bietet. Lady Q hielt es die ganze Zeit über für angeraten, q – und damit auch mich – wachsam im Auge zu behalten. Ihr permanenter Argwohn mir gegenüber ist eine Eigenschaft, die ich reizend zu finden beschlossen habe – weil mir in dieser Hinsicht gar keine Wahl bleibt. Manchmal ist sie so anschmiegsam wie Lady Macbeth! Als q Interesse am Tiefseeangeln auf Dante IX zeigte – nachdem er einige Geschichten aus meiner Jugend gehört hatte –, erklärte sie prompt, von einer solchen Vorstellung ebenfalls fasziniert zu sein und uns begleiten zu wollen. Vermutlich ging es ihr vor allem darum, mir nachzuspionieren.

Da waren wir drei nun: Wir saßen bequem auf dem Meeresgrund, mit Angelruten in den Händen, deren Leinen zweihundert Meter weit nach oben reichten. Die Fische von Dante IX sind ziemlich schlau – besser gesagt, ›schlau‹ nach den Maßstäben von Fischen. Deshalb hielt ich es für das Beste, die Köder von unten aus nach oben baumeln zu lassen. Aus dieser Richtung erwarteten die Fische bestimmt keine Gefahr. Bisher hatte noch keiner angebissen, aber sicher würde es nicht mehr lange dauern.

»Mir tun die Fische fast leid, Vater«, sagte q.

»Warum?«

»Sie haben keine Chance gegen uns. Wir stammen aus dem Q-Kontinuum, und sie sind nur Fische.«

»Das ist ihr Los im Leben«, erwiderte ich. »Es sind zwar nur Fische, aber das bedeutet nicht, dass sie uns leid tun müssen.«

»Ein wenig Anteilnahme kann nicht schaden«, sagte Lady Q. Sie benutzte einen munteren Tonfall, wenn sie mir widersprach, was recht häufig geschah. »Niederen Lebensformen mit Mitgefühl zu begegnen – das ist eine Eigenschaft, die es zu lernen lohnt.«

»Meine Güte, haben wir heute unseren sentimentalen Tag?« erwiderte ich.

»Mein Lieber Q«, presste die Lady zwischen zusammengebissenen Zähnen hervor, »darf ich dich daran erinnern, dass es der Mangel an solcher Anteilnahme war, der dich in die größten Schwierigkeiten deines Lebens brachte?«

»Deine Mutter übertreibt.«

»Deine Mutter übertreibt keineswegs«, betonte Lady Q.

»In welche Schwierigkeiten bist du geraten, Vater?« fragte q. Aufregung glänzte in seinen Augen.

»Nun ...« Ich rutschte unruhig im Schlick auf dem Meeresgrund hin und her. Die Richtung, in die das Gespräch führte, gefiel mir nicht. »Einmal war das Kontinuum ...«

»Wir sind ganz Ohr«, sagte Lady Q.

»... sauer auf mich und ... ergriff gewisse Maßnahmen.«

»Wodurch er seine Macht verlor«, stellte Lady Q mit übertriebener Fröhlichkeit fest.

»Wirklich?« Der Junge war verblüfft und riss die Augen so weit auf, dass sie sein Gesicht zu verlassen drohten. »Wie fühlte es sich an? Hattest du Angst? Ja, bestimmt hast du dich sehr gefürchtet!«

»Ich war ... beunruhigt. Aber Angst hatte ich nicht. Solche Gefühle sind mir fremd.« Mit einem durchdringenden Blick verbot ich Lady Q, mir zu widersprechen.

Ein Teil der Strenge wich aus ihren Zügen. »Nein, er hatte keine Angst«, sagte sie und sah mich mit – ist es zu fassen – echter Bewunderung an. »Das muss ich zugeben. Ich habe deinen Vater in vielen schwierigen Situationen gesehen. Er kann verärgert sein, verdrießlich, bockig und arrogant. Aber Angst? Nein, die hat er nie.«

»Und ich werde auch nie Angst haben«, bekräftigte ich. Insgeheim war ich dankbar für dieses – wenn vielleicht auch nicht ganz aufrichtige – Lob.

Im Anschluss an diese Worte überraschte mich q. Er beugte sich vor und umarmte mich, wobei er die Angelrute festhielt. Ich wusste nicht, wie ich darauf reagieren sollte. Physischer Kontakt ist nie meine Stärke gewesen. »Was hat das zu bedeuten?« fragte ich.

»Ich habe dich umarmt, weil du der tapferste Vater

im ganzen Universum bist«, sagte q und sah mit dem Vertrauen zu mir auf, das nur in den Augen von Kindern leuchtet und einem das Gefühl gibt, die Bedeutung eines ganzen Universums zu haben. »Versprich uns, dass du uns nie verlässt.«

»Das kann ich nicht versprechen, q. Es gibt immer wieder Dinge, um die ich mich kümmern muss ...«

»Versprich uns, dass du uns nie ... allein lässt.«

In diesen Worten kam ein Drängen zum Ausdruck, das ich gut verstand.

Niemand sollte allein bleiben. Leere und Einsamkeit können schrecklich auf Geist und Seele wirken – es gibt nichts Schlimmeres im ganzen Kosmos. Oh, man sollte glauben, dass schlimmere Dinge existieren, aber das ist nicht der Fall.

»Ich werde euch nie allein lassen, das verspreche ich«, sagte ich mit fester Stimme. »Ich ...«

Genau in diesem Augenblick zerrte etwas an meiner Angelleine. Ich blickte nach oben und sah ein Geschöpf, das nur wenig kleiner war als ein durchschnittlicher Wal – es hatte nach dem Köder meiner Angel geschnappt.

»Du hast einen erwischt, Vater!« freute sich mein Sohn.

Natürlich hätte ich ihn sofort einholen können, aber ich beschloss, die ganze Angelegenheit dramatischer zu gestalten, um meinen Sohn ein wenig zu unterhalten. Deshalb erlaubte ich dem Wesen, mich nach oben zu ziehen. Der große Fisch schwamm weiter und bewegte sich so schnell, als sei es ihm tatsächlich möglich, dem fest in seinem Maul steckenden Köder zu entkommen. Ich baumelte hinter ihm am anderen Ende der Leine, vollführte hilflos wirkende Gesten und rief: »Oh! Ooooh! Was *soll* ich jetzt nur machen?«

Das schallende Gelächter meines Sohns belohnte mich. Lady Q blieb stumm, schüttelte aber amüsiert den Kopf. Es sah alles sehr komisch aus, als ich den Eindruck erweckte, erschrocken und ratlos zu sein. Ich muss zugeben: Es machte Spaß. Ja, ich vergnügte mich, und das war eine echte Überraschung.

Wissen Sie, ich fühle mich nicht gerade dazu berufen, Kinder aufzuziehen. In rein intellektueller Hinsicht verstehe ich natürlich, warum so etwas erforderlich ist, aber mir ging es in erster Linie um die Folgen für das Q-Kontinuum. Das Kontinuum war viel zu selbstzufrieden. Man musste in diesem Zusammenhang sogar von Trägheit und Apathie sprechen. Es brauchte dringend neues Blut. Und wenn man etwas in Schwung bringen möchte, so gibt es kein geeigneteres Mittel als das Pitschpatsch kleiner Füße auf den Straßen durch die Dimensionen.

Wie dem auch sei: Tief in meinem Innern hatte ich das Kind für ein Mittel zum Zweck gehalten. Ich bin von Natur aus keine besonders liebevolle oder zärtliche Person. Es kam mir nie in den Sinn, jemals ein Vater zu sein, der sich hingebungsvoll um ein Kind kümmert. Derartige Vorstellungen erschienen mir so absurd, dass ich sie nie in Betracht zog.

Und doch – hier waren wir. Besser gesagt: Hier war ich. So wie der Junge zu mir aufsah … Sein Blick berührte etwas in mir. Vielleicht lag es daran, dass er mir mit Ehrfurcht begegnete, dass er mich geradezu vergötterte. Vielleicht lag es an seinem unausgesprochenen Wunsch, aufzuwachsen und wie sein Vater zu werden. Vielleicht …

Vielleicht lag es daran, dass …

… ich mich nicht an meinen eigenen Vater erinnerte.

Über dieses Thema rede ich nicht gern, zumindest nicht gerade jetzt.

Nun, mir war eine Leere in meinem Innern bewusst geworden, von deren Existenz ich bis dahin nichts gewusst hatte. Natürlich liegt es mir fern, jemanden wie

Picard darauf hinzuweisen. Er wäre entweder viel zu selbstgefällig gewesen oder hätte meine ›menschliche Seite‹ mit übertrieben sentimentalen Bemerkungen kommentiert. Menschen scheinen ein echtes Bedürfnis zu haben, überall menschliche Aspekte zu erkennen, ganz gleich wohin sie auch sehen. Für sie ist das Universum wie ein Spiegel, in dem sie sich selbst bewundern.

Wir Mitglieder des Q-Kontinuums haben wenigstens allen Grund, arrogant und überheblich zu sein. Wir dürfen uns getrost bewundern, denn wir *sind* eine überlegene Lebensform, während sich Menschen nur dafür halten.

Picard und seine emotionalen Brüder sollten besser nicht erfahren, dass ihre ›Nemesis‹, ihr ›göttlicher Scherzbold‹, ihr ›persönlicher Dämon‹ einen schwachen Punkt hatte, der viel zu menschlich wirkte. Nein, auf schmeichlerische Bemerkungen von Picards Lippen konnte ich verzichten. Zugegeben, Janeway von der *Voyager* ahnte etwas, aber sie war ziemlich weit entfernt und stellte somit keine Gefahr für meine Reputation dar.

Ich ließ mich also von dem Fisch ›ziehen‹. Er schwamm hierhin und dorthin, versuchte alles, um mich abzuschütteln. Er hatte es mit etwas zu tun, das sich weit jenseits seiner außerordentlich begrenzten Erfahrungswelt befand, und deshalb war ein Entkommen natürlich völlig ausgeschlossen. Das laute Lachen meines Sohns und das Kichern meiner Frau folgten mir, als mich der große Fisch weiterzog, sich dabei immer wilder hin und her wand. Mit der eigenen Willenskraft sorgte ich dafür, dass sich mein Gewicht erst verdreifachte und dann exponenziell zunahm. Der drastische Massenzuwachs führte dazu, dass der Fisch seine nutzlosen Befreiungsversuche schließlich aufgab.

Ich wollte ihn gerade einholen, als ich feststellte, dass

das Wasser in meine Richtung strömte, und zwar ziemlich schnell. Ich hatte plötzlich das Gefühl, mich in einem Fluss zu befinden, und zwar an einer Stelle mit starken Stromschnellen.

Das fand ich erstaunlich. Dante IX hatte nur einen kleinen Mond. Welche Wirkung auch immer er auf den Ozean dieses Planeten haben mochte – sie reichte bestimmt nicht aus, um ein solches Phänomen zu bewirken. Nein, der Mond steckte gewiss nicht hinter dieser Anomalie. Derzeit gab es auch keine Unwetter an der Oberfläche ... Was ging hier vor?

Irgendwo in meinem Hinterkopf läutete eine erste kleine Alarmglocke und wies mich darauf hin, dass etwas nicht stimmte. Ich versuchte sofort, das Bewegungsmoment des Wassers zu neutralisieren. Eigentlich hätte das nicht weiter schwer sein sollen. Normalerweise genügte ein gedachter Befehl, um meine Umwelt so zu gestalten, wie es mir passte. Immerhin bin ich Q. Einen solchen Buchstaben hätte ich nicht verdient, wenn ich unfähig gewesen wäre, die Bewegung von Wasser zu kontrollieren. In dem Fall hätte man mich vermutlich P oder R genannt. Aber ich bin Q, und wie sollte sich das Wasser meinen Wünschen widersetzen?

Doch genau das geschah! Was mit einer beiläufigen Anweisung begann, entwickelte sich zu einem Kampf, der allein auf der Ebene des Willens ausgetragen wurde. Ich befahl dem Wasser, unverzüglich innezuhalten, und als es nicht reagierte, änderte ich meine Taktik. Ich heulte und kreischte, flehte und schluchzte, versuchte es mit Tricks, die ich hier nicht auflisten möchte. All dies nahm nur wenige Sekunden in Anspruch.

Nichts half. Das Wasser zeigte nicht die geringste Neigung, langsamer zu werden. Der Ozean um mich herum spielte einfach verrückt, und ich konnte ihn nicht dazu bringen, wieder vernünftig zu werden.

Dann hörte ich einen Schrei.

Er stammte von Lady Q. Meine ›Possen‹ mit dem Fisch hatten mich so weit fortgetragen, dass ich Frau und Sohn nicht mehr sah, aber den Schrei hörte ich ganz deutlich. Ich vernahm auch die Stimme meines Sohns, und in den beiden Schreien kam etwas zum Ausdruck, was für das Q-Kontinuum praktisch undenkbar ist: Furcht. Nackte, an Panik grenzende Angst.

Alles in mir drängte danach, in ihrer unmittelbaren Nähe zu rematerialisieren, aber ich widerstand diesem ersten Impuls. Mit welcher Gefahr auch immer es Lady Q und q zu tun bekommen hatten: Ich wollte mich ihr nicht ebenfalls aussetzen, ohne vorbereitet zu sein. Außerdem würde ich jenen Ort schnell genug erreichen, wenn ich der Natur ihren Lauf ließ. Das Wasser strömte noch schneller und trug mich dorthin, wo ich meine Familie zurückgelassen hatte. Der Fisch, den ich hatte einholen wollen, war längst vergessen. Ich sah ihn kurz, nur einige Meter entfernt, wie ich selbst von der Strömung fortgezerrt. Doch dies erschien mir nicht als der geeignete Zeitpunkt, um über das Schicksal von Meerestieren nachzudenken.

Weiter vorn war das Wasser dunkel und formte einen schwarzen Trichter. In die Tiefe stürzte das Wasser, in eine gewaltige Spalte – die auch meine Familie verschlungen hatte. Ich hörte keine Schreie mehr, und ich konnte Frau und Sohn auch nicht sehen. Sie waren in der Spalte verschwunden; das wusste ich mit einer Gewissheit, die jeden Zweifel ausschloss. Mein Instinkt wies mich darauf hin, und meine Instinkte verdienten immer Vertrauen.

Offenbar hatten sie neben der Spalte gestanden, als sie sich öffnete. Unter normalen Umständen wäre Lady Q imstande gewesen, sich und q in Sicherheit zu transferieren, aber alles hatte sich viel zu schnell zugetragen, und von normalen Umständen konnte sicher nicht die Rede sein.

Ich öffnete mein Bewusstsein, um eine mentale Brücke zu schaffen und mit meiner Familie zu kommunizieren.

Nichts. Überhaupt nichts. Lady Q und q waren tatsächlich verschwunden, ohne die Möglichkeit, einen Kontakt mit ihnen herzustellen.

Allein zu sein ... In der Realität war dieses Konzept noch schrecklicher als im Abstrakten.

*Ich brauche Hilfe*, fuhr es mir durch den Sinn. *Ich brauche ...*

Dann hörte ich andere Schreie. Ein oder zwei Sekunden lang stellte ich mir den dunklen Abgrund unter mir als ein Tor zum Jenseits vor, in dem ein Leben nach dem Tod stattfand, geprägt von ewiger Strafe und unendlicher Pein. Eigentlich erstaunlich, dass mir solche Gedanken durch den Kopf gingen, denn ich habe nie an so etwas geglaubt.

Bei genauerem Hinsehen bemerkte ich Geschöpfe, Tausende, vielleicht sogar Millionen. Sie wurden im Strudel nach unten gerissen, so hilflos wie Ameisen in einer Regenrinne. Ich hielt vergeblich nach irgendwelchen Spuren von meiner Familie Ausschau, doch Lady Q und q waren bereits in dem schwarzen Schlund verschwunden.

Ich erreichte einen Felsvorsprung, hielt mich mit ganzer Kraft daran fest. Voller Entsetzen beobachtete ich das Geschehen und sah, wie Millionen dem Strudel zum Opfer fielen.

Ich bemühte mich, nicht einmal daran zu denken, einen Versuch zur Rettung jener armen Seelen zu unternehmen. Stattdessen konzentrierte ich mich auf meine vermisste Familie. Ich musste sie irgendwie zurückholen, um welchen Preis auch immer. Ich war außer mir vor Sorge, und diese Worte beschreiben einen sehr seltenen Zustand, denn normalerweise sind mir Sorgen fremd.

Und dann, rein durch Zufall, sah ich *sie*.

Der Umstand, dass sie sich noch immer an Bord eines Schiffes befanden, mochte meine Aufmerksamkeit geweckt haben. Picard offenbarte eine selbst für ihn bemerkenswerte Beharrlichkeit, denn er versuchte nach wie vor, die Yacht aus dem Strudel zu steuern, obwohl sie bereits der Schwärze entgegenstürzte. Data war ebenfalls zugegen und unterstützte die Bemühungen des Captains.

*Endlich werde ich die beiden Nervensägen los!* So lautete der erste Gedanke, der mir in den Sinn kam. Der zweite und dritte unterschieden sich kaum davon. Den vierten Gedanken begleitete ein müdes Seufzen, denn ich wusste genau, in welche Richtung derartige Überlegungen führten.

Es mangelte mir vielleicht an Kontrolle oder Einfluss auf die unmittelbare Umgebung, aber ich war noch immer Q. Ich verbannte jenes Bild aus meinem Selbst, das mir zeigte, wie Lady Q und q schreiend in die Tiefe stürzten und vergeblich versuchten, sich irgendwo festzuhalten ... Solche Visionen hätten mich jetzt nur behindert. Ich streckte eine geistige Hand aus, als das Schiff von Picard und Data in der Spalte verschwand, holte beide zu mir. Es ging mir nicht nur darum, ihnen das Leben zu retten – ich wollte auch das Gefühl bekommen, *irgendetwas* zustande gebracht zu haben. Captain und Androide hockten neben mir, auf einer Klippe dicht über dem gewaltigen Mahlstrom.

Picard zeigte seine Ignoranz und Undankbarkeit, indem er mich mit einem finsteren Blick musterte und sagte: »Q! *Sie* stecken also dahinter! Ich hätte es mir *denken* können!«

Manche Menschen sind von Natur aus rüpelhaft und brauchen sich in diesem Zusammenhang überhaupt keine Mühe zu geben. Ich war nicht in der richtigen Stimmung, um so etwas hinzunehmen. »Halten Sie die Klappe, Picard!« erwiderte ich scharf. »Meine Frau und mein Sohn verschwanden gerade in dem Ding, und wenn ich nur noch ein Wort von Ihnen höre, nur *ein* Wort, so überlasse ich Sie dem Schlund dort unten! Habe ich mich klar genug ausgedrückt?«

Picard hatte mich nie zornig gesehen, zumindest nie *wirklich* zornig. Nun, um ganz ehrlich zu sein: Er sah mich auch jetzt nicht richtig zornig, denn so etwas hätte ihm vermutlich die Netzhaut der Augen verbrannt. Aber er war ganz offensichtlich verblüfft, und ich hörte, wie Data leise zu ihm sagte: »Allem Anschein nach ist Q in dieser Situation ebenso machtlos wie wir.«

»Bilden Sie sich nichts ein, Data«, entgegnete ich. »Wenn ich so machtlos wäre wie Sie, befänden Sie sich jetzt dort unten!« Ich deutete in die dunkle Tiefe.

»Was ist die Ursache dieser Anomalie?« fragte Picard und klang nicht mehr ganz so arrogant wie zuvor. »Es muss einen Grund dafür geben. Handelt es sich um ein natürliches Phänomen? Was hat es damit auf sich? Haben Sie irgendeine Ahnung, Q?«

Fünf oder sechs verschiedene Antworten fielen mir ein, aber ich sagte: »Nein.« Und das war sehr ärgerlich. Es nervte mich, in dieser Hinsicht ebenso wenig zu wissen wie ein Mensch. »Nein, ich habe keine Ahnung.« Ich wartete, während sich Picard Wasser aus den Lungen hustete. »Es begann während ... eines Angelausflugs.«

»Wo waren wir?«

»Nun, ich befand mich auf Dante IX. Und Sie weilten auf dem Holodeck ...«

Picard blinzelte verwirrt. »Woher wissen Sie das?«

»Weil ich Q bin – deshalb weiß ich es. Welcher Aspekt von ›allwissend‹ ist Ihnen unklar?«

»Hören Sie auf damit, Q. Dies ist nicht der geeignete Zeitpunkt.«

Das stimmte natürlich. Ich war ganz automatisch zu alten Angewohnheiten zurückgekehrt. Stumm standen wir auf dem Felsvorsprung, und meine Macht schuf einen sicheren Bereich für uns. Ich spürte, wie die Besorgnis in mir wuchs. Ich wusste nicht, wie lange ich uns schützen konnte, aber ganz deutlich merkte ich, dass ich bereits zu ermüden begann. Während ich nach Alternativen suchte, beschloss Picard, Mitgefühl zu zeigen. »Es tut mir leid«, sagte er leise.

»Was tut Ihnen leid?«

»Ich wusste nicht, dass Sie eine Frau und einen Sohn hatten. Dies muss sehr ... schmerzhaft für Sie sein.«

»Picard, Sie haben überhaupt keine Vorstellung davon, was ich ...«

Data unterbrach unser Gespräch. »Sir«, sagte er und deutete nach oben, »das ganze Meer scheint in der Spalte zu verschwinden.«

»Unmöglich«, erwiderte Picard, aber es klang nicht sehr überzeugt.

»Die gegenwärtigen Ereignisse deuten darauf hin, dass es sehr wohl möglich ist, Sir. Außerdem beschleunigt sich der Vorgang.«

Und tatsächlich: Das Wasser, das uns vom Felsvorsprung zu reißen drohte, strömte immer schneller in den gewaltigen Strudel. Ich musste meine ganze Kraft aufwenden, um uns auch weiterhin zu schützen. Picard und Data hielten sich fest, für den Fall, dass die von mir geschaffene Sicherheitszone plötzlich verschwand und sie mit der Strömung fertig werden mussten, die stärker und stärker wurde ...

... und dann ein jähes Ende fand.

Mit einem lauten ›Plopp‹ verschwand das Tosen, als hätte jemand den Korken aus einer Flasche gelöst. Hier und dort blieben einige Pfützen übrig, aber abgesehen davon erstreckte sich Land um uns herum – Land, das zuvor vom Ozean bedeckt gewesen war. Bergketten und weite Ebenen, so weit der Blick reichte, hier und dort unter einem Mantel aus Tang und Algen.

Dunkle Wolken schwebten am Himmel, und schwaches Sonnenlicht filterte hindurch – es fiel zum ersten Mal auf den Meeresboden von Dante IX.

Der Ozean existierte nicht mehr, und unter uns erstreckte sich eine gewaltige Spalte. Sie schien geradezu endlos lang zu sein, und ihre Tiefe ließ sich nicht einmal abschätzen. Eins wusste ich mit Gewissheit: Zahllose arme Teufel aus verschiedenen Dimensionen waren in den Abgrund gezerrt worden. Picard und Data hatten es ebenso deutlich gesehen wie ich.

Die Opfer waren nicht nur einheimische Lebensformen, beschränkten sich nicht einmal auf einige wenige Völker. Andorianer, Vulkanier, Tellariten, Klingonen, Cardassianer, Borg und so weiter – der Mahlstrom zeigte keine besonderen Vorlieben, unterschied nicht zwischen friedliebenden Leuten und Kriegstreibern. Alle waren gleich hilflos und verschwanden im schwarzen Schlund.

Wir bildeten die einzige Ausnahme.

Eine Ewigkeit schien zu vergehen, bevor ich tief durchatmete und sagte: »Na schön. Ich folge ihnen jetzt.«

»Wie bitte?« entfuhr es Picard.

»Ich stoße in die Spalte vor. Verstehen Sie mich richtig, Picard ...« Ich drehte mich zu ihm um. »Sie und Ihre Spezies können mir gestohlen bleiben, ebenso der ganze Rest des Universums. Aber jemand hat mir meine Frau und meinen Sohn genommen, und ich bin fest entschlossen, sie zurückzuholen!«

»Das ist dumm.«

Er sagte es mit einer solchen Ruhe, dass ich es einfach nicht fassen konnte. »Haben Sie mir nicht zugehört? Meine Familie ist dort unten!« Ich deutete in den Abgrund.

»Sehen Sie sich Ihre Hand an«, erwiderte Picard mit dreister Gelassenheit. »Ich meine diejenige, mit der Sie nach unten zeigen.«

Widerstrebend kam ich seiner Aufforderung nach. Die Hand zitterte. Ich versuchte, sie ganz ruhig zu halten, aber es gelang mir nicht. Ein Wink dieser Hand genügte, um einen ganzen Planeten zu vernichten, und ich konnte ihr Zittern nicht unterbinden.

Picard hingegen hatte sich vollkommen in der Gewalt.

»Bevor Sie mit irgendeiner Rettungsmission beginnen, müssen Sie sich beruhigen. Andernfalls stürzen Sie sich Hals über Kopf in eine Situation, die fatal für Sie sein könnte. Anschließend hätten Sie vielleicht keine Möglichkeit mehr, Ihrer Familie zu helfen.«

»Aber ... aber ...« Das Aber kam mir ganz leicht über die Lippen, doch der Rest blieb irgendwo stecken.

»Ich weiß, dass alles in Ihnen danach drängt, unverzüglich zu handeln«, fuhr Picard fort. »Am liebsten möchten Sie sofort aufbrechen, um Ihre Frau und Ihren Sohn zu retten. Aber Sie erweisen sich selbst und Ihrer Familie einen weitaus besseren Dienst, wenn Sie sich zuerst Zeit nehmen, um einen Eindruck von der Situation zu gewinnen.«

»Ich kann eine vollständige wissenschaftliche Analyse durchführen«, bot sich Data an. »Indem ich die Ereignisse elaboriere und Proben untersuche ...«

Ich winkte ab. »Das dauert viel zu lange!«

Aber so sehr es mich auch ärgerte – Picard hatte Recht. Ich musste herausfinden, was vor sich ging, bevor ich irgendwelche Schlüsse zog. Ich wandte mich von der dunklen Tiefe ab. »Und was ist mit Ihnen?« fragte ich nach einem Moment. »Möchten Sie mitkommen? Oder soll ich nach einem Weg suchen, Sie zu Ihrem Raumschiff zurückzubringen?«

Picard sah zum Himmel hoch und blickte dann

erneut in die Spalte hinab. »Wenn etwas von solcher Tragweite geschieht, ist es nur eine Frage der Zeit, bis auch die *Enterprise* und alles Existierende betroffen sind. Wenn sich uns eine Möglichkeit bietet, jetzt sofort etwas dagegen zu unternehmen, so sollten wir sie nutzen. Außerdem ...«, fügte er selbstgefällig hinzu. »Ich habe das Gefühl, dass Sie uns brauchen.«

»Glauben Sie das ruhig, Picard.« Ich klatschte in die Hände und rieb sie. »Nun, so wie ich das sehe, gibt es derzeit nur einen vernünftigen Ort für uns.«

»Und der wäre?« fragte Data. Er schien tatsächlich interessiert zu sein. Vielleicht sind Androiden darauf programmiert, sich darüber zu freuen, neue Orte zu besuchen.

»Das Q-Kontinuum«, sagte ich. »Dort weiß man sicher, was vor sich geht.«

»Aber wie gelangen wir dorthin?«

»Überlassen Sie das mir.« Ich schnippte mit den Fingern – was eigentlich gar nicht nötig war –, und wir verschwanden in einem Lichtblitz.

Ich verabscheue es, wenn sich an einem Ort zu viele Personen aufhalten. Der Grund dafür ist ganz einfach. In einer großen Menge kann man leicht untergehen, und eine solche Vorstellung finde ich grotesk. Ich halte nichts davon, mich in Anonymität zu verlieren. Das Universum soll ruhig wissen, dass ich ›auf Deck‹ bin, ›zu allem bereit‹.

Trotzdem finde ich mich gelegentlich in einer Menge wieder. Dann beobachte ich, wie sich viele intelligente Wesen verhalten, wenn sie sich bei einer Feier oder einem Ritual versammeln.

In diesem Zusammenhang erinnere ich mich an die hauptsächlich aus Menschen bestehende Rigel-Kolonie. Dort feierte man ein Fest namens ›Fastnacht‹, das auf terranische Traditionen zurückging. Es ist mir ein Rätsel, wieso man einem Fest eine solche Bezeichnung geben sollte, aber von den alles andere als rational denkenden Menschen muss man Derartiges erwarten. Vermutlich dauert es nicht mehr lange, bis sie Feiertage ›Gleich Abend‹ oder ›Kurz nach Morgen‹ nennen.

Übrigens fand dieses besondere Ereignis kurz nach meiner ersten Begegnung mit Picard bei Farpoint statt. Unter uns gesagt (wer auch immer Sie sind): Die Leute an Bord der *Enterprise* erschienen mir ziemlich hochnäsig und absolut unfähig, ein wenig Spaß zu haben. Die einzige Ausnahme bildete vielleicht die Sicherheitsoffizierin Tasha Yar, in der ich echtes Entwicklungspotenzial erkannte. Leider entwickelte sich dieses Potenzial nie so wie sie selbst. Tja, schade. Natürlich gab ich nicht ein einziges Mal zu erkennen, dass ich Picard und seiner Crew mit Missbilligung begegnete. Ganz im Gegenteil: Die ganze Zeit über versuchte ich, hier jemanden lächeln zu lassen und dort einen Sinn für Humor zu vermitteln. Aber der beste Lehrer ist zum Scheitern verurteilt, wenn seine Schüler einfach zu dumm sind. Ich versuchte mir nichts anmerken zu lassen und verließ die *Enterprise* schließlich, um mich nach lustigerer Gesellschaft umzusehen.

Nun, so kam ich zur Rigel-Kolonie, als man dort gerade Fastnacht feierte.

Ich beschloss, die Kolonisten nicht darauf hinzuweisen, dass ein Individuum mit unbeschränkter Macht in ihrer Mitte weilte. Warum? Die jüngsten Erfahrungen mit Picard waren noch frisch in meinem Gedächtnis – nur zwei Nanosekunden trennten mich von ihnen, um ganz genau zu sein. Es war eine sehr deprimierende Begegnung gewesen. Man hätte meinen sollen, dass sich Picard bei der Konfrontation mit einem weit überlegenen Wesen wenigstens verneigte, aber nichts dergleichen. Kein Lachen, keine Kniebeugen. Natürlich brachte ich jetzt der ganzen menschlichen Spezies Argwohn entgegen, und deshalb blieb ich inkognito, als ich das Fastnachtfest der Rigel-Kolonie beobachtete.

Es herrschte ein ziemliches Gedränge. Die Leute hatten an den Straßen Aufstellung bezogen, lachten, sangen, tranken – ich fand das alles herrlich erfrischend! Allerdings ... Als zwei Betrunkene so frech waren, mir die Ellenbogen in die Rippen zu stoßen, nahm ich eine harmlose genetische Restrukturierung vor. Es kann sehr lehrreich sein, einige Stunden als Läuse auf dem Rücken eines Affen zu verbringen, und in diesem Fall förderte es sicher den Respekt vor primitiveren Lebensformen – falls es noch primitivere Lebensformen als die

Menschen gibt. Außerdem würden die Betreffenden in Zukunft vorsichtiger mit ihren Ellenbogen umgehen.

Ich ging die Straßen entlang und beobachtete die Menschen in ihrem Element. Offenbar gab ihnen dieses Fest die Möglichkeit, sich Aktivitäten hinzugeben, bei denen selbst der abgebrühteste Raumfahrer errötet wäre. Manchmal musste selbst ich den Blick abwenden, damit mein zartes Gemüt keinen Schaden nahm. Die Menschen schämten sich natürlich überhaupt nicht. Ganz im Gegenteil. Sie nahmen dieses Fest zum Anlass, zu ihrer wahren Natur zurückzukehren. Ganz offensichtlich gingen sie von der Annahme aus, dass sie an diesem Feiertag den obszönsten Dingen frönen durften, ohne Strafe befürchten zu müssen. Die Ausschweifungen eines Individuums sind beklagenswert. Kollektive Ausschweifungen hingegen sind eine Party.

Während des allgemeinen Gelages um mich herum näherte sich mir ein altes Weib, in dessen Augen selbst nach menschlichen Maßstäben Irrsinn glänzte. »Am Ende der Straße wartet eine Rotpunkt-Patrouille«, sagte sie. Ihr Rücken war krumm, und sie neigte den Kopf ein wenig zur Seite, als sie zu mir aufsah.

Ich wölbte eine Braue und entschied, mich allein aus wissenschaftlichem Interesse auf ein Gespräch mit der Frau einzulassen. »Tatsächlich?«

In der einen Hand hielt sie mehrere rote Aufkleber. »Oh, ja«, bestätigte sie und nickte. »Die Patrouille achtet darauf, dass jeder einen roten Punkt trägt. Aber machen Sie sich deshalb keine Gedanken. Ich sorge dafür, dass Sie nicht auffallen.«

Ich wollte die Frau gerade fragen, wie sie das anstellen wollte, als sie einen der roten Aufkleber nahm und ihn mir an den Unterleib klatschte.

Ich starrte sie groß an. »Sind Sie übergeschnappt?«

»Dadurch sind Sie vor der Patrouille sicher. Lassen Sie mich nur kurz überprüfen, ob der Punkt auch richtig sitzt.« Ihre Begleiter, einige ältere Blödmänner, standen mehrere Meter entfernt und lachten schallend. Mir gefiel es nicht sonderlich, Gegenstand ihres Spotts zu sein, und ich beschloss, diesen Menschen die Geheimnisse des Universums zu zeigen. Eigentlich komisch. Manche Menschen verbringen ihr ganzes Leben mit der Suche nach einer Möglichkeit, einen kurzen Blick auf jene Geheimnisse zu werfen. Ich zeigte diesen Leuten den ganzen Kram, als Strafe. Es war natürlich zu viel für ihr armseliges Gehirn.

Nachdem sie das ›Nirwana‹ gesehen hatten, verbrachten die Idioten – ich verwende das Wort ganz bewusst – den Rest des Abends damit, an einer Straßenecke zu sitzen und irgendwelchen Unsinn zu plappern. Passanten meinten, sie redeten ›in fremden Zungen‹. Ärzte wurden gerufen, aber niemand konnte erklären, warum vier bis dahin gesunde Menschen plötzlich immer wieder sangen:

»Ich saß auf dem Topf, die Hände auf den Knien,
als ich spürte eine kosmische Brise vorbeiziehn.«

Ich möchte Sie nicht mit dem übrigen Text belästigen und mich auf folgenden Hinweis beschränken: Ein Musikproduzent erschien und verwandelte diesen Kokolores in einen Hit.

Wie konnten es diese Menschen wagen, mich auf eine so respektlose Weise zu behandeln? Ein roter Punkt am Unterleib – unerhört!

Damit war die Sache natürlich noch nicht erledigt. Man unterzog die vier Menschen, die als Gesangsgruppe inzwischen sehr populär geworden waren, Dutzenden von psychologischen und psychiatrischen Tests. (Was den bereits erwähnten Musikproduzenten entzückte. Die letzte Chance, von einer derartigen Berühmtheit zu profitieren, hatte er bei einem zum

Tode verurteilten Möchtegern-Troubadour genutzt. Der Häftling wurde tatsächlich hingerichtet, was er auch verdiente, schon allein seines grässlichen Gesanges wegen. Unmittelbar nach der Exekution wurde der Song lanciert, und in einer Presseerklärung hieß es, der Staat hätte einen potentiellen ›Pavarotti‹ umgebracht.) Selbstverständlich war kein sterblicher Arzt in der Lage, die Wahrheit zu erkennen: Ich hatte den vier Narren das kosmische ›Loch im Krapfen‹ gezeigt, was ihnen gründlich das Gehirn verkleisterte.

Wie ich schon sagte: Ich verabscheue es, wenn sich an einem Ort zu viele Personen aufhalten.

Was mich an eine andere Geschichte erinnert. Die entsprechenden Ereignisse fanden auf der Erde statt, während einer Feier am Jahresende.

Bei jener Gelegenheit versammelten sich Tausende von Menschen auf einem Platz namens Times Square in einer Metropole namens New York City, Hauptstadt eines Staates namens New York (ein Indiz für die erstaunliche Phantasielosigkeit der Menschen – sie konnten sich nicht einmal zwei verschiedene Namen einfallen lassen). Am Ende eines jeden Jahres auf der Erde findet sich eine große Menge auf dem Times Square ein und beobachtet eine Kugel – Symbol der verstreichenden Zeit –, die bei Mitternacht von einem Turm fällt. Man stelle sich die Aufregung der Menschen vor, als nicht nur ein Jahr zu Ende ging, sondern ein ganzes Jahrhundert. Die meisten von ihnen waren so betrunken, dass sie nicht nur eine Kugel sahen, sondern zwei oder gar vier.

Ich fand das Verhalten der Menschen sehr sonderbar und wollte es mir aus der Nähe ansehen. Mitten auf dem Times Square stand ich, umringt von einer wogenden Menschenmasse. Die Leute drängten von allen Richtungen heran – ein sehr beunruhigendes Gefühl. Dennoch ertrug ich es. Immerhin handelte es sich nur um Menschen, die gewiss keine Gefahr für mich darstellten.

Es erwies sich als interessant, all die Personen aus unmittelbarer Nähe zu sehen. Ihre Gesichter trugen so viele unterschiedliche Ausdrücke: Hoffnung, Furcht, Aufregung, sogar Langeweile – das ganze Spektrum der menschlichen Emotionen. Die Menschheit schien irgendwie zu spüren, dass sich etwas Wichtiges anbahnte, so als hielte das nächste Jahrhundert Dinge für sie parat, die einzigartig in ihrer ganzen Geschichte waren.

Nun, während ich auf dem Times Square stand und Taschendiebe abwehrte, bemerkte ich eine junge Frau. Tausende umgaben sie, aber sie war allein. Völlig allein. Sie hatte langes schwarzes Haar und war recht blass. Ein kobaltblauer Glanz ging von den Augen aus. Irgendetwas Besonderes haftete ihr an, etwas, das ich nicht zu bestimmen vermochte. Grund genug, mich ihr zu nähern. Ich brauchte mir keinen Weg durch die Menge zu bahnen – mein Wille allein genügte, um neben der Frau zu erscheinen. Sie wirkte überrascht, als sie mich sah.

»Sie scheinen verwirrt zu sein«, sagte ich.

»Nein, eigentlich nicht«, erwiderte sie. »Ich bin nur ein wenig besorgt.«

»Warum?«

»Weil ...« Offenbar wollte sie eine beiläufige Antwort geben, überlegte es sich dann aber anders. »Nun, wenn Sie es wirklich wissen wollen ... Ich bin besorgt, weil ich daran gedacht habe, was wir bisher geleistet haben und was wir sein können ... Ich sehe gewaltige Möglichkeiten, was wir leisten *könnten*. Ich sehe ...« Sie sah zum wolkenlosen Nachthimmel empor. Die Sterne funkelten auf sehr beeindruckende Weise für jemanden, der nie zwischen ihnen unterwegs gewesen war. »Ich sehe große Raumschiffe, die zu fernen Welten fliegen.

Ich sehe unterschiedliche Völker, die von verschiedenen Planeten stammen und eine Gemeinschaft bilden. Ich sehe eine neue Ära der Harmonie, ein goldenes Zeitalter für die Menschheit, für alles Leben. Ich sehe so viele Möglichkeiten.«

»Warum sollten Sie deswegen besorgt sein?«

»Weil ich fürchte, dass wir alles vermasseln.«

»Vermasseln?« Ich hatte nicht die geringste Ahnung, was sie meinte. Selbst einem Allwissenden fällt es schwer, alle von Menschen verwendeten umgangssprachlichen Ausdrücke zu kennen. »Dass Sie was vermasseln könnten?«

»Alles«, sagte die Frau. »Ich fürchte, dass wir *es* nicht schaffen. Vielleicht vernichten wir uns selbst, bevor jene Vision Wirklichkeit werden kann. Und das wäre sehr bedauerlich. Wir stehen an einem Scheideweg, und ich hoffe sehr, dass wir die richtige Richtung wählen. Ein Dichter formulierte es so: ›Von allen traurigen Worten, ob gesprochen oder geschrieben, sind dies die traurigsten: Es ist bei einer Möglichkeit geblieben.‹«

Ich hätte ihr am liebsten mein neuestes Gedicht vorgetragen: »Auf dem Weg nach Kassiopei, genehmigte ich mir eine Halbe bei der nächsten Brauerei.« Aber die Frau schien nicht in der richtigen Stimmung zu sein.

»Ich würde gern wissen, was die Zukunft bringt«, fuhr die Frau fort. »Das Warten bringt mich um. Ich wünschte, ich könnte die nächsten Jahrhunderte erleben.«

Ich war beeindruckt. Ich war sogar *sehr* beeindruckt. Die Art und Weise, in der sie sprach, ihre Überzeugung, dass der Menschheit viele Möglichkeiten offen standen, wenn sie den Herausforderungen gerecht wurde ... Interessant und ermutigend.

Na schön, sie gefiel mir. Vermutlich war sie der erste Mensch, den ich wirklich mochte. Vielleicht lag es allein an der kurzen Dauer unserer Begegnung. Wenn wir in der Lage gewesen wären, mehr Zeit miteinander zu verbringen ... Vielleicht hätte ich sie dann für ebenso langweilig gehalten wie den Rest der Menschheit.

»Wie heißen Sie?« fragte ich.

Sie sah zu mir auf, und mehrere Haarsträhnen bedeckten einen Teil ihres Gesichts. Sie wischte sie beiseite und antwortete: »Melony.«

»Ich wünsche Ihnen ein gutes neues Jahr, Melony«, sagte ich.

Impulsiv stellte sie sich auf die Zehenspitzen – sie war einen halben Kopf kleiner als ich – und gab mir einen Kuss auf die Wange. Sie schnappte nach Luft, als ihre Lippen meine Haut berührten – offenbar spürte sie bei dem Kontakt etwas. Vielleicht hatte ich meine Abschirmung für einen Sekundenbruchteil vernachlässigt, wodurch Melony einen flüchtigen Eindruck davon bekam, wer ich wirklich war. Wie dem auch sei: Sie wäre wohl kaum in der Lage gewesen, es jemandem zu erklären. Erneut neigte sie den Kopf ein wenig zur Seite, und der Blick ihrer blauen Augen schien bis in die entlegensten Winkel meines Selbst zu reichen. Ja, sie stellte eindeutig etwas Besonderes dar!

Ich drehte mich um und verschwand in der Menge. Als ich über die Schulter hinweg zurücksah, stellte ich fest, dass Melony versuchte, mir zu folgen, aber in dem Gedränge kam sie nicht schnell genug voran.

»Möglichkeiten«, murmelte ich. »Ja, es gibt ... Möglichkeiten.«

Ich unterbrach meine Überlegungen, als die Stimmen der Menge um mich herum zu einem ohrenbetäubenden Donnern anschwollen. Die Leute beobachteten eine riesige Kugel, die an einer hohen Stange auf dem Times Square herabsank. Tausende von Stimmen zählten: »Zehn ... neun ... acht ... sieben ...«

Ein Schritt, dann noch einer, und ich befand mich auf

der gegenüberliegenden Seite des Platzes. Von dort aus fiel es mir leichter, alles zu sehen. Schulter an Schulter standen die Menschen, so dicht beieinander wie Sardinen in einer Büchse. Während des Countdowns hörte ich überrascht mein eigenes Murmeln: »Viel Glück, ihr Menschen.«

»... zwei ... eins ...«

Die Rufe »Frohes neues Jahr!« verloren sich im Donnern einer Explosion.

Zur ersten Detonation kam es, als die Kugel den Boden erreichte. Die Leute starrten fassungslos und schienen zu glauben, ihren Augen nicht trauen zu können. Dann krachte die zweite Explosion, gefolgt von der dritten, und schließlich begriff auch der Dümmste der Dummen, dass sich das Fest in eine Tragödie verwandelte.

Brennende Fragmente der Kugel flogen wie in Zeitlupe der Menge entgegen, gefolgt von den Trümmerstücken eines Gebäudes. Und das Donnern hielt an – eine Explosion für jedes Jahrhundert, so hieß es später in einer Verlautbarung der Terroristen, die die Verantwortung für den Anschlag übernahmen. Die nahe Zukunft brachte Ermittlungen und Vorwürfe in Hinsicht auf mangelnde Sicherheitsvorkehrungen. Schließlich würde die Regierung zurücktreten, weil die Öffentlichkeit ihre Vergeltungsmaßnahmen für nicht drastisch genug hielt.

Der Times Square hatte sich in einen Ring aus Feuer verwandelt. Unter dem Platz kam es zu weiteren Explosionen, als Gas aus Leitungen entwich und sich entzündete. Die Menschen wandten sich zur Flucht, aber es waren zu viele – sie behinderten sich gegenseitig. Sie schrien und flehten ihren Schöpfer um Hilfe an, doch ihr Gott warf nur einen kurzen Blick nach unten, zuckte mit den Schultern und sagte: »Tut mir leid. Freier Wille. Wünsche euch beim nächsten Mal mehr Glück.« Dann rollte er sich auf die Seite und schlief weiter.

Ich beobachtete alles. Von meiner Position aus hatte ich einen ausgezeichneten Blick.

Die Explosionen schienen kein Ende nehmen zu wollen.

Schließlich ertrug ich es nicht länger. Ich fand die ganze Sache geschmacklos und trat vor. »Na schön, das reicht. Welcher sadistische Abschaum auch immer hier ein Zeichen setzen wollte – es dürfte ihm gelungen sein.« Ich griff dort ein, wo eigentlich der Gott der Menschen aktiv werden sollte, und löschte die Feuer. Dann wartete ich einige Sekunden lang, bis sich die Dinge ein wenig beruhigten, bevor ich mich umsah.

Ein wahrhaft mitleiderregender Anblick bot sich mir dar. Die Menschheit hatte sich angeschickt, ihre Erwartungen an die Zukunft zu feiern, und irgendein elender kleiner Psychopath hatte genau diesen Moment für eine politische Botschaft gewählt, die den Tod Tausender erforderte. Und wofür? »Seht die Welt so wie ich, oder ihr müsst sterben.«

Voller Abscheu schüttelte ich den Kopf. Das menschliche Massakerpotenzial hatte ich weit unterschätzt.

Es dauerte einige Minuten, bis ich Melonys Leiche – beziehungsweise das, was von ihrem Körper übrig war – fand. Ein großes Fragment der Kugel hatte sie und einige andere Leute in der Nähe unter sich begraben. Nur der Kopf und der linke Arm waren zu sehen. Der Rest des Körpers mochte gar nicht mehr damit verbunden sein; ich verzichtete auf eine genaue Untersuchung. Blut klebte im Haar, und die Augen …

Die kobaltblauen Augen, in denen sich eine so erstaunliche Mischung aus Furcht und Vorfreude gezeigt hatte … Jetzt starrten sie ins Leere.

Ich ging neben ihr in die Hocke und schloss der Toten die Augen. »Zumindest hat Sie nicht das Warten umgebracht«, sagte ich in einem eher unglücklichen Versuch, humorvoll zu sein. Melony lachte nicht.

Ich ging fort, schüttelte den Kopf und dachte: Für jeden nachdenklichen, kontemplativen Menschen wie Melony gab es ganze Horden von Leuten, die nicht zögerten, ihre Mitmenschen aus welchen Gründen auch immer zu massakrieren.

»Welche eine dumme Spezies«, murmelte ich. »Wie dumm, wie dumm.«

Ich sah mich noch ein letztes Mal auf dem verheerten Times Square um, hörte Sirenen in der Ferne und stellte fest, dass die Plünderer bereits mit ihrer schmutzigen Arbeit begonnen hatten. Dann verschwand ich.

Nun, vielleicht verstehen Sie jetzt, warum ich nichts von zu vielen Personen an einem Ort halte.

Dies alles mag erklären, warum ich erschrak, als wir bei unserer Ankunft im Q-Kontinuum einer großen Menge ›beduselter‹ Q begegneten. Ich fragte mich unwillkürlich, wo diese Gruppe hingebungsvoller Abstinenzler während all der Jahre ihren Fusel versteckt hatte.

Picard, Data und ich waren in einer Wolke aus goldenem Dunst materialisiert. (Ich mag das goldene Schimmern. Es hat etwas Himmlisches und wirkt sehr dramatisch.) Was ich unmittelbar nach dem Retransfer sah, kam mühsam kontrolliertem Chaos gleich.

Wohin ich auch blickte: Überall bemerkte ich Q in einem Zustand physischer Refraktion, ein deutliches Zeichen für ihr hohes Maß an Aufregung. Im Subäther fand ein massiver Quantenfluss statt, als er auf die übermäßige Stimulation von Bewusstsein und Unterbewusstsein jener ewigen Wesen reagierte, aus denen das Q-Kontinuum bestand. Vielleicht klingt das für Sie wie technisches Geschwafel. Um es anders und wesentlich einfacher auszudrücken: Die Kacke war echt am Dampfen. Ich wusste gar nicht, wohin ich zuerst sehen sollte. Unter mir erstreckte sich die Ewigkeit. Über mir gähnte die Unendlichkeit. Rechts von mir reichte Endlosigkeit in die Ferne, und links befand sich Sinnlosigkeit. Alles schimmerte und pulsierte mit ungewöhnlicher Intensität. Normalerweise wurde das Kontinuum von der gemeinsamen Willenskraft der Q reguliert, doch in diesem Fall schien es nichts Kohärentes mehr zu geben, das es zusammenhalten konnte. Trotzdem sah ich so viel Enthusiasmus und Spontaneität wie seit Äonen nicht mehr. Ich versuchte, die Aufmerksamkeit eines vorbeikommenden Q zu erregen, aber der Bursche war so aufgeregt, dass er mir überhaupt keine Beachtung schenkte.

Dann hörte ich ein recht lautes Pochen, drehte mich um und stellte fest, dass Data in Ohnmacht gefallen war.

›Ohnmacht‹ ist natürlich ein deprimierend menschlicher Begriff, den ich hier eigentlich nicht benutzen sollte. Ausdrücke wie ›Notdeaktivierung‹ oder ›Systemabsturz‹ wären weitaus besser geeignet. Picard kniete neben dem Androiden und rief immer wieder seinen Namen. Die Szene erschien mir lächerlich – ebenso gut konnte man versuchen, zu einem Teller zu sprechen, nachdem er auf dem Boden zerbrochen war. Datas goldene Augen blieben geöffnet und blinzelten nicht – er schien jeden Augenblick wieder in den aktiven Modus umschalten zu können.

»Was ist mit ihm passiert?« fragte Picard.

»Ich hätte es wissen sollen«, erwiderte ich.

Picard sah zu mir auf und verstand nicht. »Was? Was hätten Sie wissen sollen?«

»Data hat keine menschliche Wahrnehmung. Sein positronisches Gehirn versuchte, das Q-Kontinuum so zu verarbeiten, wie es wirklich beschaffen ist, anstatt ein symbolisiertes Bezugssystem zu benutzen.« Mit verschränkten Armen stand ich neben Data und machte keinen Hehl aus meinem Ärger. »Es war zu viel für ihn.«

»Was?« Picard sah sich um.

Erst an dieser Stelle erinnerte ich mich an etwas, das mir sofort klar gewesen wäre, wenn ich nicht zu sehr an das Schicksal meiner Familie gedacht hätte. Picard sah das Q-Kontinuum nicht so, wie es wirklich existierte. Da konnte er natürlich von Glück sagen, denn andernfalls wäre es ihm ebenso ergangen wie Data. Zwar befasste er sich gelegentlich mit Träumen, aber ansonsten konnte er mit Phantasie kaum etwas anfangen. Er sah alles viel zu eng. Picards Gehirn hingegen war imstande, das Bewusstsein vor Schaden zu bewahren, indem es ihn einfach daran hinderte, alle Aspekte der Umgebung wahrzunehmen. Ich fand das beeindruckend. Andere Menschen hätten meine Hilfe bei einer Perzeptionsverschiebung benötigt, doch Picard wurde allein damit fertig. Dieser Umstand bot einen Hinweis auf seine geistige Kraft.

Ich nahm eine kleine mentale Rekalibrierung vor, um das Kontinuum auf die gleiche Weise zu sehen wie Picard. Ein gemeinsames Bezugssystem sollte die Kommunikation zwischen uns erleichtern. Und da es ganz offensichtlich unmöglich war, ihn auf mein Niveau zu bringen, musste ich mich zu seinem hinabbegeben.

Von einem Augenblick zum anderen trug Picard einen Regenmantel, eine schwarze Hose und blank geputzte Schuhe. Ein weicher Filzhut bedeckte den Kopf. Manche Leute geben sich in Bezug auf die eigene Person grenzenlosen Illusionen hin, und unter den gegenwärtigen Umständen hatte ich nichts dagegen, solche Illusionen zu fördern. Was Data betraf, der sich noch immer im Modus ›Systemabsturz‹ befand: Er trug einen Nadelstreifenanzug mit sorgfältig gebundener blauer Krawatte. Picard war neben dem Androiden in die Hocke gegangen und fächelte ihm mit dem Filzhut Luft zu, als sei es möglich, ihn auf diese Weise wiederzubeleben. Eine Zwölf-Volt-Batterie und ein Startkabel wären weitaus nützlicher gewesen.

Die beiden Typen sollten nicht glauben, dass nur sie passend gekleidet waren. Ich trug ebenfalls einen Regenmantel, mit einem goldenen Abzeichen am Revers. Ich stand auf etwas, das eine Straße zu sein schien, und lautes Hupen veranlasste mich, auf den Bürgersteig zu treten. Ein anderer Q raste in einem Auto vorbei, winkte mir zu und jauchzte. Ich konnte nicht feststellen, worüber er sich so sehr freute. Bei dem Wagen handelte es sich um einen Roadster, den ich dem frühen zwanzigsten Jahrhundert auf der Erde zuordnete.

Wir befanden uns erneut auf dem Times Square, aber in einer anderen Zeit. Die Frauen trugen dicke Pelzmäntel über langen, elegant schimmernden Kleidern mit Schlitzen an den Seiten, die viel Bein zeigten, manchmal sogar bis zur Hüfte emporreichten. Sie alle wurden von Männern begleitet, die wie Schläger aussahen, obwohl es ausnahmslos Angehörige des Q-Kontinuums waren.

»Dies ist ...«, begann Picard. Er zögerte und versuchte offenbar zu verstehen, was er sah. »Dies ist ein Dixon-Hill-Ambiente. Ich kenne es ...« Er blickte sich um. »Vermutlich stammt es aus dem vierten Roman, in dem es um einen Serienmörder geht, der an jedem einunddreißigsten Dezember schöne Frauen umbringt. Das Buch heißt *Silvesterwürgen*. Aber was machen wir hier? Wird ein Mord stattfinden ...?«

»Das bezweifle ich«, lautete meine Antwort. »Hier sieht es deshalb so aus, weil Sie mit einer solchen Umgebung vertraut sind. Es ist eine Mentalrealität, die für Sie den tatsächlichen Ereignissen am nächsten kommt.«

»Mentalrealität? Ich verstehe nicht ganz ...«

Ich ließ ungeduldig den Atem entweichen. »Die Kombination von Geist – dem Mentalen – und Realität. Ein neuer Begriff, zusammengesetzt aus zwei anderen. Die Realität ist eine Illusion, etwas völlig Subjektives. Das sollte Ihnen inzwischen klar sein, Picard. So funktioniert das Universum. Auf Ihrer Heimatwelt haben Sie es oft genug erlebt. Ihr persönliches Universum bleibt unverändert, bis jemand kommt, der über genug Macht verfügt und beschließt, es umzukrempeln. Jene Leute, die Sie Erfinder nennen ... Sie glauben, einen mysteriösen Wissensquell in ihrem eigenen Kopf anzuzapfen. Aber das ist ganz und gar nicht der Fall. Stattdessen stellen sie eine Verbindung zur Mentalrealität her und entfalten dabei genug Kraft, um die Realität ihrer Welt ihrem geistigen Wirklichkeitsbild anzupassen.«

Picard nickte und schien tatsächlich zu verstehen. »Wir alle sind der Stoff, aus dem die Träume sind«, verkündete er, sah mich an und fügte hinzu: »Shakespeare.«

»Ja, wie auch immer«, sagte ich. »Versuchen Sie, die eigentlich wichtigen Dinge nicht aus den Augen zu verlieren. Sie haben vielleicht vergessen, dass wir mit einer unheilvollen Situation konfrontiert sind, aber ich nicht.«

Allerdings musste ich zugeben, dass die Situation um uns herum keineswegs unheilvoll wirkte. Autos hupten, Paare küssten sich, und überall herrschte eine ausgelassene, festliche Atmosphäre. Wie ich es vor Jahrhunderten erlebt hatte: Leute strömten auf den Times Square und sahen zu etwas auf.

Ihre Aufmerksamkeit galt nicht etwa einer mit Tausenden von Lichtern geschmückten Kugel, sondern einem schwarzen Ball, der ganz und gar nicht festlich wirkte. Es schien sich um eine ›Neujahrskugel‹ zu handeln, aber in diesem besonderen Fall war sie noch finsterer als die finsterste Nacht. Sie erinnerte mich an ein Schwarzes Loch oder an einen Friedhof.

Mir wurde klar, dass ich zumindest einen Teil meiner Gedanken laut ausgesprochen hatte. »Ein neues Jahr«, sagte ich. »Es bedeutet nicht nur einen Anfang, sondern auch das Ende von etwas anderem.«

»Das Alte geht, das Neue kommt.« Picard nickte und richtete einen ernsten Blick auf mich. »Und wenn es nichts Neues gibt? Was dann?«

Eins muss man Picard lassen: Ihm entgeht kaum etwas.

»Na schön«, entgegnete ich nach kurzem Nachdenken. »Die Situation sieht folgendermaßen aus, Picard. Ich hoffe, Sie hören gut zu, denn ich möchte mich nicht wiederholen ...«

»Hören Sie auf damit, Q«, sagte Picard mit einer Schärfe, die mich überraschte. »Hören Sie jetzt sofort damit auf.«

»Womit soll ich aufhören?«

»Mit Ihrer Arroganz und Herablassung.« Picard trat auf mich zu und schüttelte zornig den Zeigefinger. »Unter normalen Umständen bin ich daran gewöhnt. Ich ...« Er wich rasch zur Seite, als ein Q auf einem Fahrrad vorbeisauste. Den Blick wandte er nicht von mir ab. »Ich habe sogar versucht, mich damit abzufinden, obwohl das vielleicht nicht richtig ist. Aber hier haben wir es ganz gewiss nicht mit normalen Umständen zu tun. Ihre Frau und Ihr Sohn sind verschwunden. Irgendetwas erschüttert das Gefüge der Realität, und seien Sie ehrlich: Sie wissen nicht, was dahinter steckt. Sie sind verwirrt, und vielleicht haben Sie sogar ein wenig Angst. Diesmal sitzen wir in einem Boot, Q, und wenn Ihnen etwas daran liegt, dass ich Ihnen bei der Lösung des Problems helfe, so sollten Sie Ihre Hochnäsigkeit beiseite schieben. Habe ich mich klar genug ausgedrückt?«

Er hatte natürlich Recht, in jeder Hinsicht. Ich wusste wirklich nicht, was sich hinter den jüngsten Vorgängen verbarg, und Furcht knabberte am Kern meines Selbst. Etwas in dieser Art hatte ich noch nie zuvor erlebt.

Versuchen Sie sich vorzustellen, wie alarmierend das für jemanden wie mich sein kann. Wenn man so lange existiert hat wie ich, neigt man zu der Ansicht, dass man alles gesehen hat, was es zu sehen gibt. Wissen Sie, die Geschichte wiederholt sich immer wieder, und welche Aktivitäten, Verhaltensweisen und Phänomene mir auch unter die Augen kommen: Irgendwann habe ich sie alle gesehen. Unter solchen Voraussetzungen hätte ich eigentlich imstande sein sollen, den Ausgang des gegenwärtigen Geschehens vorherzusagen.

Vielleicht waren die ständigen Wiederholungen der Grund, warum schon vor Äonen Langeweile ins Q-Kontinuum Einzug gehalten hatte, das Gefühl, überall gewesen zu sein und alles erlebt zu haben. So etwas wirkt tödlich auf Interesse und Begeisterung. Nun, manche Leute empfinden die Langeweile als angenehm. Es gibt keine Sorgen oder Probleme, weil alles vorherbestimmt ist. Nichts kann einen überraschen, und dadurch bleibt einem Verwirrung erspart.

Doch nun sah ich mich mit etwas konfrontiert, das sich jenseits meiner bisherigen Erfahrungswelt erstreckte – und es gefiel mir ganz und gar nicht! Ich bin schon einmal machtlos gewesen, und ich versichere Ihnen: Meiner Ansicht nach gibt es nichts Abscheulicheres. Aber selbst damals, als ich nicht allmächtig war, wusste ich mich zu behaupten. Diesmal ...

Diesmal fühlte ich mich verunsichert. Und das besorgte mich sehr.

Natürlich lag es mir fern, solche Dinge Picard anzuvertrauen. »Sie haben Recht, Picard« – diese vier Worte hätte ich aussprechen sollen. Aber leider setzten sich meine elementaren Instinkte durch. Die Worte »Sie. Haben. Recht. Picard« ließen sich einfach nicht in dieser Reihenfolge miteinander verbinden, so sehr ich mich auch bemühte, sie über die Lippen zu bringen.

Ich begnügte mich damit, Picard anzustarren.

»Na schön, die Situation sieht folgendermaßen aus«, sagte ich und verhielt mich so, als hätte ich seine Unverschämtheiten überhaupt nicht gehört.«»Irgendetwas geschieht mit der sogenannten realen Welt. Dadurch kommt es zu Auswirkungen, die sich in allen Existenzsphären bemerkbar machen. Dieses Neujahr-Szenario ist Ihre Methode, wichtige Informationen zu verarbeiten – Informationen, die auch dem Kontinuum bekannt sind und das ... Ende betreffen.«

»Und die schwarze Kugel dort oben ...« Picard deutete in die entsprechende Richtung. »Sie teilt mir mit, dass es nach dem Ende *nichts* mehr gibt?«

»Ja«, bestätigte ich und nickte. »Da haben Sie völlig Recht.«

»Und was unternehmen wir dagegen? Und was ist mit Data?« fügte Picard mit einem Blick auf den immer noch reglosen Androiden hinzu.

»Wir lassen ihn hier«, sagte ich. »Er hat mich immer genervt mit seinem Gejammer und dem Wunsch, ein Mensch zu sein.« Ich ahmte Datas Stimme perfekt nach und fuhr fort: »»Oh, wenn ich doch nur nicht ein armer, hilfloser Androide wäre, der die Kraft von zehn Menschen hat, schneller denkt und mehr weiß als jedes zweibeinige Geschöpf, das jemals auf der langweiligen Erde wandelte.«« Ich schüttelte den Kopf und sagte mit meiner eigenen Stimme: »Wenn er wollte, könnte er über Ihren Heimatplaneten und sogar die ganze Föderation herrschen. Aber statt dessen möchte er weniger sein, als er derzeit ist. Welch eine Verschwendung von gutem Material.«

»Er möchte nicht weniger sein, als er ist«, erwiderte Picard scharf. »Er möchte *anders* sein. Und gerade Sie sollten das verstehen. Sehen Sie sich nur an! Ein angeblich allmächtiges Wesen, das niemanden und nichts belästigen sollte. Die anderen Q lassen uns ›niedere Lebensformen‹ in Ruhe, aber Sie ... Oh, nein, Sie nicht.« Er kam näher. Ich weiß immer genau, wann sich Picard aufregt – dann wirkt sein Kopf spitzer. »Sie müssen sich in die Angelegenheit der Menschen einmischen und sich die Hände schmutzig machen, wie ein Kind, das für die Sonntagsschule angezogen ist und auf dem Weg dorthin eine unwiderstehliche Pfütze entdeckt.«

»Picard ...« Ich versuchte nicht, den warnenden Klang aus meiner Stimme zu verbannen. »Sie fangen an, mich zu ärgern. Zuerst äußern Sie Missfallen darüber, wie ich mit Ihnen spreche. Und jetzt passt es Ihnen nicht, dass ich meine Meinung über Data und seinen dummen Wunsch äußere, ein Mensch zu sein. Es könnte sich für Ihre Gesundheit als schädlich erweisen, weiterhin so über mich zu sprechen.«

Von diesem Hinweis ließ sich der Captain nicht einschüchtern. Er starrte mich auch weiterhin an.

»Picard«, sagte ich langsam und mit all der Geduld, die ich aufbringen konnte, »auf diese Weise erreichen wir nichts. Ich möchte herausfinden, was vor sich geht. Entweder arbeiten wir dabei zusammen, oder ...«

»Sie wollten, dass ich Sie begleite.« Picard musterte mich mit plötzlicher Verwunderung. »Warum?«

»Halten Sie sich nicht für zu wichtig. Es ist mir gleichgültig, ob Sie bei mir sind oder nicht.«

»Das bezweifle ich.« Picard kniff die Augen zusammen. »Ich glaube, es gibt mehrere Gründe. Vielleicht brauchen Sie nur jemanden, den Sie herumkommandieren können. Vielleicht möchten Sie auf Datas wissenschaftlichen Scharfsinn oder meinen strategischen Sachverstand zurückgreifen. Oder es gibt eine ganz andere Erklärung. Vielleicht liegt es an ...«

»Masochismus?« warf ich ein. »Möglicherweise bin ich Masochist. Haben Sie daran gedacht?«

»Nein.«

»Im Ernst, Picard – was spielt es für eine Rolle? Wir haben es mit einer Art Kataklysmus zu tun, dem vielleicht meine Frau und mein Sohn zum Opfer gefallen sind, und ...« Ich ließ meinen Blick über das

Chaos schweifen, das uns umgab. »Was auch immer geschieht – alles deutet darauf hin, dass es das ganze Q-Kontinuum um den Verstand gebracht hat. Was können wir also gewinnen, wenn wir hier herumstehen und herauszufinden versuchen, warum Ihre Präsenz nötig ist, um ...«

»Aha! Sie sind also der Ansicht, dass Data und ich zugegen sein müssen.« Picard sprach so, als hätte er gerade eine kosmische Offenbarung erfahren.

»Na schön, wenn Sie dann endlich still sind: Ja, Sie sind notwendig. Fühlen Sie sich jetzt besser, Picard? Gefällt das jenem Aspekt der menschlichen Natur, der es für erforderlich hält, dass Ihre armselige kleine Spezies immer im Mittelpunkt stehen muss, wenn sich die Geschicke des Universums entfalten?« Ich schüttelte erstaunt den Kopf. »Picard, Ihr Volk ist so sehr von sich selbst besessen, dass selbst ich immer wieder verblüfft bin. Was spielt es für eine Rolle, warum Sie hier sind? Sie sind hier!«

»Es spielt eine Rolle für *mich*«, erwiderte er leise. Seit ich Picard kenne, habe ich ihn nie so ernst und nachdenklich gesehen wie in diesem Augenblick. »Seit dem Beginn unserer ... Bekanntschaft«, sagte er in Ermangelung eines besseren Wortes, »haben wir beide viel erlebt, aber die aktuellen Ereignisse gehen über unsere bisherigen Erfahrungen hinaus. Ich glaube, für eine Fortsetzung unserer ... Zusammenarbeit ist es besser, wenn wir beide gleich zu Anfang wissen, wo wir stehen.«

»Was erwarten Sie von mir, Picard? Welche andere Erklärung als reine Dummheit würden Sie für meine Entscheidung akzeptieren, Sie mitzunehmen?«

»Vielleicht ... kämen Sie ohne Ihren Boswell nicht zurecht.«

Die Worte stammten weder von Picard noch von mir. Data lag noch immer rücklings auf dem Boden, aber der Blick seiner goldenen Augen starrte nicht mehr ins Leere. Sein Gehirn, sofern man davon sprechen konnte, funktionierte wieder. Er sah erst Picard an und dann mich.

Der Captain ging erneut neben dem Androiden in die Hocke und freute sich über den Reboot seines Personal Computers. »Data ... Ist alles in Ordnung mit Ihnen?«

»Meine Schaltkreise sind wieder online und scheinen normal zu funktionieren«, erwiderte Data. »Der Grund dafür ist mir nicht ganz klar.« Er sah sich um. »Außerdem verstehe ich nicht, warum wir uns auf dem Times Square befinden, im frühen zwanzigsten Jahrhundert.«

»Sie ... sehen alles so wie ich?«

»Sollte das nicht der Fall sein?«

Picard überhörte Datas Frage und wandte sich an mich. »Sind Sie dafür verantwortlich?«

»Vielleicht«, erwiderte ich vorsichtig. »Ich erinnere mich nicht genau.« Dann richtete ich einen verächtlichen Blick auf ihn, was mir nach vielen Jahren Übung gut gelang. »Natürlich bin ich dafür verantwortlich. Die Vorstellung, den wandelnden Toaster allein hier zurückzulassen, lähmte Sie geradezu. Deshalb habe ich ihm die Möglichkeit gegeben, das Bewusstsein wiederzuerlangen – indem ich seine Wahrnehmung des Q-Kontinuums so veränderte, dass seine positronischen Elaborationsmodule nicht überlastet werden. Sind Sie damit einverstanden, Picard? Oder finden Sie irgendeinen Aspekt meiner guten Tat, an dem es etwas auszusetzen gibt?«

Picards Miene wies darauf hin, dass er am liebsten eine trotzige Antwort gegeben hätte, aber er verzichtete darauf. »Ich weiß ... Ihre Hilfe ... zu schätzen. Data, was meinten Sie vorhin mit dem Hinweis auf Boswell?«

»Ah. Aus den Chroniken von Sherlock Holmes. An

einer Stelle bittet Holmes den bereits verheirateten Doktor Watson, ihn bei Ermittlungen zu begleiten, und in diesem Zusammenhang meint er, ohne seinen Boswell käme er nicht zurecht. Mit anderen Worten: Er brauchte die Präsenz des Chronisten, um sein ganzes Leistungspotenzial zu entfalten. Q sieht sich einer sehr ungewissen Situation gegenüber, und vielleicht muss er einen vertrauten Aspekt seines Lebens mitnehmen, um allen Anforderungen zu genügen. In diesem Fall wären Sie der vertraute Aspekt, Captain. Q ist daran gewöhnt, sich Ihnen überlegen zu fühlen, Sir, und zwar nicht ohne Grund ...« Als Data Picards köstlichen Gesichtsausdruck bemerkte, fügte er hinzu: »Womit ich Ihnen nicht zu nahe treten möchte, Sir.«

»Schon gut«, erwiderte Picard, aber er wirkte noch immer ein wenig beleidigt.

»Wie dem auch sei ...«, fuhr Data fort. »Q ist mit einer Macht konfrontiert, die größer sein könnte als seine eigene, wodurch er vielleicht das Bedürfnis verspürt, jemanden an seiner Seite zu haben, dem gegenüber er sich überlegen fühlen kann. Möglicherweise braucht er Sie, um gewissermaßen ein Gleichgewicht zu schaffen.«

»Interessant«, kommentierte Picard voller Sarkasmus. Erneut wandte er sich mir zu. »Stimmt das, Q? Brauchen Sie wirklich jemanden, den Sie herumkommandieren können, wenn Sie unter Druck geraten?«

»Um ganz ehrlich zu sein ... Ich weiß es nicht. Ich hätte Sie und Data zusammen mit dem anderen Kram im Abgrund verschwinden lassen können. Vielleicht wäre das viel besser gewesen, denn dann hätte ich mich längst um meine Angelegenheiten kümmern können und nicht kostbare Zeit damit verloren, Ihrem aufgeblasenen Ego zu schmeicheln und genau festzustellen, welche Position im Universum Sie einnehmen, was für Sie offenbar von existenzieller Bedeutung ist. Nun, was mich betrifft ... Sie sind hier, weil Sie hier sein sollen. Den genauen Grund dafür kenne ich nicht. Es ist eine instinktive Erkenntnis. Und wenn man in so enger Beziehung mit dem Universum steht wie ich, so neigt man dazu, sich auf solche Instinkte zu verlassen.« Meine Miene verdunkelte sich, als ich hinzufügte: »Das ist die letzte Antwort, die Sie von mir bekommen. Wenn sie Ihnen nicht genügt ... Es gibt da ein ziemlich großes Loch mit Ihrem Namen drauf, und es wäre mir ein Vergnügen, Sie hineinzuwerfen. Ist damit alles geklärt?«

Allem Anschein nach begriff Picard, dass er in dieser Sache nicht noch weiter gehen konnte. Er nickte. »Ja. Nun, Q, da Sie in so enger Beziehung mit dem Universum stehen ... Was passiert derzeit? Was hat es hiermit auf sich?« Seine Geste galt der Aufregung im Q-Kontinuum.

»Das werden wir herausfinden. Es gibt hier nur einen Ort, wo wir eine Antwort bekommen können.«

»Und der wäre?«

»HQ«, sagte ich.

Picard verzog das Gesicht. »Ich hätte es wissen sollen.«

»Ich bringe uns sofort dorthin«, sagte ich, und mit der für mich typischen Lässigkeit stellte ich mir unsere Präsenz im HQ vor.

Nichts geschah.

Picard wirkte ein wenig verwirrt. »Wie wollen Sie uns dorthin bringen?« fragte er.

»Seien Sie still.« Erneut stellte ich mir das HQ vor und verwendete mehr Willenskraft, aber auch diesmal blieb die erwartete Wirkung aus. »Etwas stimmt nicht«, sagte ich.

»Verlieren Sie Ihre Macht?«

»Ich ... glaube nicht.« Ich versuchte, mir meine Besorgnis nicht anmerken zu lassen. »Immerhin ist es mir problemlos gelungen, Data das Bewusstsein wiedererlangen zu lassen. Aber irgendetwas geht nicht mit rechten Dingen zu. Vielleicht will das HQ nicht mit mir reden. Aber selbst wenn man mich nicht will ... Von derartigen Kleinigkeiten lasse ich mich nicht aufhalten.«

»Sie haben sich nie daran gestört«, kommentierte Data.

Ich erlaubte dem Androiden, auch weiterhin zu existieren, indem ich seine Bemerkung überhörte und ein Taxi rief.

Kein einziges Taxi wurde langsamer. Stattdessen schalteten einige Fahrer die Nicht-im-Dienst-Lampen ein, als sie mich sahen. Mir fiel auf, dass die Q am Steuer beim Vorbeifahren den Blick abwandten und es vermieden, mich anzusehen.

»Wie nannten Sie es noch – Mentalrealität?« fragte Picard, nachdem das zehnte Taxi an uns vorbeigerauscht war. »Mit reiner Willenskraft die Realität beeinflussen und dafür sorgen, dass sie den eigenen Erwartungen entspricht?«

»Das ist grob vereinfacht ausgedrückt, aber es gab keine andere Möglichkeit, Ihnen eine simple Vorstellung von einem sehr komplexen Konzept zu vermitteln«, sagte ich.

»Na schön. Dies ist ein Dixon-Hill-Ambiente. Mal sehen, ob ich es beeinflussen kann.«

Bevor ich etwas erwidern konnte, trat Picard auf die Straße. Ein Taxi hielt genau auf ihn zu, und der Fahrer schien nicht bremsen zu wollen. Picard griff in die Manteltasche – er schien genau zu wissen, was sie enthielt – und holte einen Revolver hervor. Die Waffe war schwarz, und ihr Griff wies die Initialen ›DH‹ auf. Er zielte damit auf die Windschutzscheibe des heranrasenden Wagens.

Den Q am Steuer kannte ich nur zu gut. Er war bereit gewesen, mir meine Macht zurückzugeben, nachdem

73

das Kontinuum es für richtig gehalten hatte, sie mir zu nehmen. Er schien ein Talent dafür zu haben, in schwierigen Zeiten zu erscheinen. Mit einem unsicheren Blick in meine Richtung wurde er erst langsamer und hielt dann. Auf dem Dach glühte gelb das Nicht-im-Dienst-Schild.

»Bringen Sie uns zum HQ«, sagte Picard und hielt die Waffe auf den Fahrer gerichtet.

Q deutete zum gelben Schild. »Ich bin nicht mehr im Dienst«, entgegnete er.

Picard zielte nach oben und schoss. Eine Kugel zerfetzte das Schild, und der laute Knall ließ den Q am Steuer zusammenzucken.

»Ihre Arbeitszeit wurde gerade verlängert«, sagte Picard.

Für einige Sekunden kam um uns herum alles zum Stillstand, als der laute Schuss alle anderen Geräusche übertönte. Hunderte von Q starrten uns an. Mir machte das überhaupt nichts aus. Ich fand immer Gefallen daran, im viel zu selbstzufriedenen Q-Kontinuum für Unruhe zu sorgen. Dass es derzeit an diesem Ort kaum unruhiger zugehen konnte, tat dabei kaum etwas zur Sache.

Der Q zögerte und zuckte dann mit den Schultern. »Na schön. Steigen Sie ein.«

Wir kamen der Aufforderung nach, und das Taxi sauste sofort los. Picard und Data nahmen hinten Platz, während ich den Platz des Beifahrers beanspruchte. Ich wandte mich an den Q am Steuer. »Können Sie mir sagen, was hier vor sich geht?«

»Ich muss Ihnen keine Auskunft geben«, erwiderte er und blickte auf die Straße. Wir donnerten über Kreuzungen hinweg, ohne dass der Fahrer darauf achtete, ob die Ampeln Rot oder Grün zeigten. Gelegentlich quietschten Reifen, wenn andere Wagen bremsten, um einen Zusammenstoß zu vermeiden.

»Aber vielleicht können Sie mir den Weg ersparen.«

»Warum sollte ich? Ich kann das Geld gebrauchen.«

Ich warf einen Blick auf den Gebührenzähler. Das Ding zeigte siebenundachtzig Dollar an, obwohl wir nur fünf Blocks hinter uns gebracht hatten. »Ich glaube, Sie haben den Apparat manipuliert.«

Der Mann am Steuer zuckte erneut mit den Schultern.

»Hören Sie ... Q«, sagte ich, beugte mich zu ihm und senkte die Stimme. »Es ist ja ganz nett, auf Picards Wahrnehmung des Kontinuums einzugehen, es dürfte zumindest den einen oder anderen Lacher wert sein. Unter gewöhnlichen Umständen fände ich es ermutigend, denn ich hätte nicht gedacht, dass Sie und die anderen Q überhaupt noch fähig sind, sich zu amüsieren. Aber wir wissen beide, dass etwas Scheußliches geschieht, und ich möchte der Sache auf den Grund gehen.«

Er sah mich an und lächelte auf eine sonderbare Weise. »Vielleicht ist es nicht so scheußlich, wie Sie glauben. Vielleicht ist es wundervoll. Vielleicht ist es genau das, was wir uns erhofft haben.«

»Und was ist ›es‹? Wovon reden Sie da? Wieso weiß ich nicht darüber Bescheid?«

»Warum sollten Sie darüber Bescheid wissen?« Ärger erklang jetzt in Qs Stimme. »Sie sind nie hier, Q. Sie treiben sich immer irgendwo anders herum, erforschen dies und mischen sich in das ein. Wir freuten uns über Ihre Verbindung mit Lady Q und die Geburt Ihres Sohnes. Einige von uns hofften, dass Sie dadurch ruhiger werden. Aber das ist leider nicht geschehen. Schlimmer noch: Offenbar haben Sie einen schlechten Einfluss auf Ihre Familie. Der Umstand, dass Sie Frau und Sohn verloren haben, könnte sich als Glück für sie erweisen. Einen positiven Effekt hatten Sie gewiss nicht auf Lady Q und q.«

»Sie wissen also, dass sie verschwunden sind«, sagte ich.

»Natürlich weiß ich das. Welcher Aspekt von ›allwissend‹ ...«

»... ist mir unklar, ja, schon gut. Dann wissen Sie auch, wo sie sind und ob mit ihnen alles in Ordnung ist.«

Der Mann am Steuer schwieg, während die Anzeige des Gebührenzählers munter weiter tickte.

Ich begriff plötzlich, dass ich nicht in der richtigen Stimmung war, um irgendwelche Spielchen zu treiben. Meine Hand schloss sich so fest um Qs Schulter, dass er eine schmerzerfüllte Grimasse schnitt. »Heraus damit«, sagte ich. »Ich will von Ihnen wissen, wo meine Familie ist und was hier geschieht.«

Der Mann gab keine Antwort. Stattdessen hielt er am Straßenrand und stoppte den Gebührenzähler. »Wir sind da«, sagte er schlicht.

Ich sah aus dem Fenster. Wir befanden uns vor einem großen weißen Gebäude mit steinernen Säulen, die den Eindruck erweckten, in die Ewigkeit emporzuragen. Ganz oben stand RATHAUS.

»Das macht 926 Dollar und zwanzig Cent«, sagte Q und klopfte auf den Gebührenzähler.

Picard beugte sich aus dem Fond nach vorn und reichte ihm einen Tausend-Dollar-Schein. »Behalten Sie den Rest.«

»Danke. Das Kind daheim braucht ein Paar neue Schuhe.« Q nahm die Banknote entgegen.

Wir stiegen aus und blieben auf dem Bürgersteig stehen. In der Ferne waren noch immer die Geräusche des Times Square zu hören. »Q«, sagte ich und stützte mich an der offenen Beifahrertür ab. »Ich bitte Sie, Q ... Sagen Sie mir, was vor sich geht.«

Q lächelte. »Es ist ein wundervoller Moment, Q. Ich beneide Sie fast, weil Sie noch nichts wissen. Dadurch können Sie die Aufregung angesichts der herrlichen Großen Entdeckung in vollen Zügen genießen. Ich schätze, selbst Sie werden Erfüllung finden. Selbst Sie.«

»Verlassen Sie sich nicht darauf«, erwiderte ich, als das Taxi wieder losfuhr. Wir betraten das Rathaus, und Picard murmelte einige Worte – angeblich hoffte er, nicht gegen das kämpfen zu müssen, was mir Erfüllung bescheren mochte. Es war ein Scherz, aber ich lachte nicht darüber.

Als sich die große Tür des Rathauses hinter uns schloss, breitete sich eine sonderbare Stille aus. Unsere Schuhe klackten auf dem glänzenden Boden, und ein fast unheimlich wirkendes Halbdunkel herrschte.

Ich fürchtete mich natürlich nicht. Immerhin befanden wir uns nach wie vor im mir vertrauten Kontinuum, ganz gleich, wie die gegenwärtigen visuellen Eindrücke beschaffen sein mochten. Aber meine Besorgnis wuchs. Mir war nur zu bewusst, dass etwas weit außerhalb der Norm geschah, und mir fehlten noch immer genaue Informationen darüber. Inzwischen regten sich erste dunkle Ahnungen in mir, aber ich hielt es nicht für angebracht, sie mit Picard und Data zu teilen. Zuerst wollte ich sicher sein.

»Hier entlang!« ertönte eine laute Stimme, und der Boden unter mir erzitterte. »Ich habe auf Sie gewartet.«

»Lassen Sie mich raten«, sagte Picard zu mir. »Das ist ... Q.«

»Stimmt«, bestätigte ich.

»Wissen Sie, Q ... Das Alphabet enthält noch fünfundzwanzig andere Buchstaben. Sie und die anderen Mitglieder des Kontinuums könnten wenigstens einige davon verwenden, um die Dinge etwas übersichtlicher zu gestalten.«

»Damit die Dinge für *Sie* übersichtlicher werden, meinen Sie wohl. Sie können ziemlich lästig sein, Picard. Hat Ihnen das jemals jemand gesagt?«

»Ich beantworte Ihre Frage, wenn Sie meine beantworten.«

Ich hielt diese Worte eines Kommentars für unwürdig.

Wir gingen eine breite, weit geschwungene Marmortreppe hoch, und oben erwartete uns eine halb geöffnete Doppeltür. Licht glänzte uns aus dem Zimmer dahinter entgegen.

»Kommen Sie, kommen Sie«, forderte uns die Stimme auf. Ich öffnete die Tür ganz.

Wir betraten ein großes Büro mit Mahagonimöbeln – das Holz war so sehr auf Hochglanz poliert, dass ich mein Spiegelbild sah. Auf der gegenüberliegenden Seite stand ein breiter Schreibtisch, vor dem – welch ein Zufall – drei Stühle warteten. Dahinter saß, wie könnte es anders sein, Q.

Dieser spezielle Angehörige des Kontinuums wirkte onkelhaft. Er war ein wenig dicklich, und weiße Haarbüschel zierten beide Seiten des ansonsten kahlen Kopfes. Gelegentlich kratzte er sich am grau melierten Bart. Wie dem auch sei: Diese Aspekte seines äußeren Erscheinungsbilds waren nur Fassade. Ich kannte diesen Q seit … nun, seit immer. Er konnte ziemlich ungemütlich sein und verstand es ausgezeichnet, einen Gesprächspartner von seiner gutmütigen Natur zu überzeugen – er wirkte wie jemand, der im ganzen Universum nicht einen einzigen Feind hatte. In Wirklichkeit war er ein gnadenloser Bewahrer des Status quo und ein sehr gefährlicher Gegner. Unsere letzte Begegnung hatte zu einer Zeit stattgefunden, als Picards Vorfahren aus dem primordialen Schlamm krochen. Welche Maßnahmen auch immer das Kontinuum aufgrund meiner angeblichen ›Indiskretionen‹ gegen mich ergriffen hatte: Dieser Q war einer der lautesten Befürworter, wenn nicht gar die treibende Kraft gewesen.

Picard und Data wussten das natürlich nicht. Sie

sahen jetzt eine Person, die ihnen als das bisher freundlichste Mitglied des Kontinuums erscheinen musste.

»Ich grüße Sie«, sagte Q, stand auf und streckte Picard eine große Hand entgegen. »Ich habe viel von Ihnen gehört, Captain Picard. Obwohl ich nie die Ehre hatte, Ihnen persönlich zu begegnen.«

»Ehre.« Das Wort schien Picard zu amüsieren. »Nach dem, was ich mir von Q anhören musste ... Ich hätte nicht gedacht, dass Sie eine hohe Meinung von meiner Spezies haben.«

»Oh, ganz im Gegenteil«, erwiderte Q. »Ein Volk, das Q immer wieder besucht und dem er so viel Zeit widmet, ist zweifellos interessant. Und Sie, Mr. Data ...« Er schüttelte auch dem Androiden die Hand. »Sie sind eine bemerkenswerte Leistung.«

»Ich stelle einen Fortschritt auf dem Gebiet der künstlichen Intelligenz dar, ja«, entgegnete Data.

»Künstliche Intelligenz?« wiederholte Q. »Unfug. So etwas gibt es nicht. Das menschliche Gehirn ist eine Maschine, nicht mehr und nicht weniger. Eine organische Maschine, zugegeben, aber was heißt das schon? Organischen Dingen wird ein viel zu hoher Stellenwert eingeräumt. An der Funktion ändert sich nichts, obgleich der Hersteller wechselt. Wichtig sind vor allem Effizienz und Leistungsqualität. Nun ...« Er nahm wieder hinter dem Schreibtisch Platz und bedeutete uns, seinem Beispiel zu folgen. Picard und ich setzten uns. Data blieb stehen. »Ich weiß natürlich, warum Sie hier sind. Sie möchten wissen, was vor sich geht.«

»Das würden wir einem Zustand der Unwissenheit vorziehen«, sagte Picard.

»Unwissenheit kann durchaus Vorteile haben«, meinte Q und winkte mit einem dicken Zeigefinger. »Wie heißt es so schön bei Ihnen? ›Unwissenheit ist ein Geschenk des Himmels.‹«

»Q ...«, sagte ich nach einigen Sekunden des Schweigens, lehnte mich im Sessel zurück und versuchte, ganz gelassen zu wirken. Ich schlug die Beine übereinander und faltete die Hände. Um noch ›gemütlicher‹ auszusehen, hätte mir jemand eine Decke über die Knie legen und eine Tasse mit heißem Kakao geben müssen. »Die derzeitigen Ereignisse, der schwarze Abgrund, der meine Familie verschlungen hat, die Aufregung im Kontinuum ... Steckt das dahinter, was ich vermute?«

Es hatte keinen Sinn, irgendetwas verbergen zu wollen. Der Q im Taxi hatte ganz bewusst seine Gedanken abgeschirmt, aber der Q in diesem Büro hielt sich nicht mit entsprechenden Bemühungen auf. Ich bekam eine Antwort, noch während ich die Frage stellte.

Q blieb zunächst stumm, lehnte sich zurück, presste die Fingerspitzen aneinander und musterte mich fast amüsiert. Ihm war natürlich klar, dass ich jetzt Bescheid wusste, und deshalb sagte er: »Verstehen Sie nun, warum wir so und nicht anders reagieren?«

»Natürlich«, erwiderte ich. »Wer kennt die Langeweile, die sich im ganzen Kontinuum ausgebreitet hat, besser als ich? Wir haben alles gesehen, wir wissen alles, wir kennen alle möglichen Aktivitäten. Seit zahllosen Jahrtausenden sitzen wir hier einfach herum, drehen Däumchen und fragen uns, wann etwas geschehen wird, das diese endlose Eintönigkeit beendet.«

Er lächelte. Für einen Augenblick zeigte sich hinter dem Lächeln eine Wildheit, von der ich wusste, dass sie die ganze Zeit über existierte. »Stimmt haargenau.«

»Q ...«, begann Picard.

»Ja?« antworteten wir beide.

»Nun, das war unvermeidlich«, murmelte Picard und begann erneut: »Q ... Sie beide ...«, fügte er rasch hinzu. »Ganz offensichtlich wissen Sie genau, worüber Sie reden. Leider ist das bei Data und mir nicht der Fall. Wenn Sie so freundlich wären, uns die Situation zu erklären ... Vielleicht könnten wir helfen.«

»Helfen?« wiederholte Q, und in seinen Augen funkelte es so, als hätte er gerade den besten Witz aller Zeiten gehört.

(Vielleicht sollte ich hier darauf hinweisen, dass der beste Witz aller Zeiten in einem Kloster entstand, in einer Gebirgsregion auf dem größten Mond von Sicila IV. Für seine einzigartige Qualität gab es einen guten Grund. Bei den meisten anderen Witzen lässt die Wirkung mit häufigem Erzählen nach, aber bei diesem verhielt es sich genau umgekehrt. Der Witz der Mönche von Sicila wies eine solche Tiefe auf und war so kolossal komisch, das er durch wiederholtes Erzählen immer lustiger wurde. Er machte sogar süchtig. Es genügte nicht, ihn einmal zu hören. Man musste ihm immer wieder lauschen. In gewisser Weise wirkte er wie eine Droge. Wer ihn einmal hörte, riskierte es, sein Leben zu ruinieren, weil er ihn immer wieder hören musste. Der Witz ließ einfach keinen Platz für etwas anderes. Man lebte für ihn. Man starb für ihn. Nur die Mönche selbst waren immun, denn durch irgendeine sonderbare Laune des Schicksals fehlte ihnen jeder Humor. Als die Mönche den Witz ganz beiläufig gelegentlichen Besuchern erzählten, wurde ihnen schließlich klar, über welche enorme Waffe sie verfügten. Der ganze Orden beging Selbstmord, um zu vermeiden, dass der Witz weiter erzählt wurde und noch mehr Schaden anrichtete. Nun, so fand der beste Witz aller Zeiten ein tragisches Ende. Ich kenne ihn natürlich, und um ganz ehrlich zu sein: Ich finde ihn nicht übermäßig komisch. Es geht dabei um intelligenten Kartoffelsalat. Vielleicht erzähle ich ihn später.)

»Helfen?« wiederholte Q noch einmal. Er drehte den Kopf und sah mich an, während sein beträchtlicher Bauch voller Heiterkeit zitterte. »Sie wollen helfen? Meine Güte, Q, ich beginne zu verstehen, warum Sie diese Geschöpfe so unterhaltsam finden.«

»Es freut mich sehr, dass wir der Grund für so viel Frohsinn sind«, sagte Picard und benutzte dabei seinen Wir-sind-nicht-amüsiert-Tonfall. »Aber könnten Sie uns bitte einen Eindruck davon vermitteln, was derzeit geschieht?«

»Captain, ich glaube, wir sprechen hier vom ... Ende.«

»Vom Ende?« Picard musterte uns verwirrt. »Vom Ende des ... Q-Kontinuums?«

»Unter anderem«, sagte Q. Er lehnte sich zurück und wirkte wieder gefasst. »Ihre Maschine hat Recht, Captain Picard. Wir sprechen hier tatsächlich vom Ende, und gemeint ist das Ende Von Allem. Die Expansion ist längst vorbei, das Endstadium der Kontraktion hat begonnen. Das Universum stürzt in sich zusammen, und bald kommt es zum Endknall.«

Picard starrte ihn groß an. Das geschilderte Konzept sprengte offenbar die Grenzen seiner Vorstellungskraft. »Das Ende von ... allem? Des Universums? Unmöglich. Das Universum ist unendlich. Unendlichkeit kann nicht plötzlich enden.«

»Und da sprechen Sie aus persönlicher Erfahrung, nicht wahr? Sie wissen genau, was in einem kosmischen Maßstab möglich ist und was nicht, stimmt's?« Qs Stimme brachte leisen Spott zum Ausdruck.

»Gibt es einen Feind? Irgendeine fremde Macht ...?«

»Nein, Picard«, sagte Q. »Der derzeitige Vorgang war unvermeidlich. Früher oder später musste es dazu kommen. In diesem Fall ist es später.«

»Später? Sie haben doch gerade gesagt, dass es *jetzt* geschieht!«

»Jetzt ist spät genug. Sie ahnen nicht, wie es für uns gewesen ist, Picard.« Q seufzte. »Äonenlang haben wir herumgesessen, ohne etwas zu finden, das unser Interesse verdient. Das Kontinuum hat auf diesen Augenblick länger gewartet, als Sie sich vorstellen können. Sie glauben vielleicht, dass alles ganz plötzlich passiert, und ich verstehe auch warum. Ihre Spezies existiert erst seit einem Augenzwinkern, und jetzt wird sie ausgelöscht. Das muss Ihnen ziemlich unfair erscheinen. Vielleicht ist es das auch. Aber vor der Menschheit gab es Milliarden von anderen Völkern. Um es unverblümt zu sagen: Die anderen Gäste haben das Lokal verlassen, und Ihnen wird jetzt die Rechnung präsentiert.«

»Meinen Sie die Entropie?« fragte Data. »Die allmähliche Erosion der Struktur des Universums?«

»Das ist doch absurd.« Picard schien entschlossen zu sein, diese Angelegenheit für eine Art kosmischen Streich zu halten. »Die Föderation verfügt über Instrumente, Raumschiffe, Wissenschaftler ... Wir erforschen die Galaxie und untersuchen den Weltraum in allen Einzelheiten. Wollen Sie behaupten, dass das Universum nicht nur seine Expansion beendet hat, sondern dicht vor dem Ende der Kontraktionsphase steht, *ohne dass jemandem etwas aufgefallen ist*? Das ist lächerlich!«

»Es gibt da ein Axiom, mit dem Sie sicher vertraut sind, Picard«, sagte Q. »Wenn das Universum einen Zoll pro Tag schrumpft, und wenn alle Messinstrumente proportional schrumpfen ... Dann kann niemand eine Kontraktion feststellen, nicht einmal die großartigen Forscher und Wissenschaftler der Föderation.«

Picard sah mich an, und Fassungslosigkeit zeigte sich in seiner Miene. »Sind Sie der gleichen Ansicht?« fragte er. »Diese ... Person ... sitzt dort und meint, die derzeitigen Ereignisse müssten ihren ›natürlichen Lauf‹ nehmen und uns bliebe nichts anderes übrig, als das Ende des Universums hinzunehmen. Wollen Sie sich einfach damit abfinden?« Ich schwieg, und er stand auf. »Nun, *ich* bin *nicht* bereit, mich damit abzufinden! Es ergibt doch gar keinen Sinn! Es kann kein natürliches Phänomen sein! Sie haben das ... Etwas gesehen, den Abgrund! Bestimmt steckt eine Intelligenz dahinter, eine Entität, ein lebendes Wesen. Und wenn ein solches Geschöpf existiert ... Dann kann man es sicher zur Vernunft bringen – oder seine unheilvollen Bemühungen vereiteln. Man kann alles verhindern, wenn einige Leute zusammenarbeiten, die hartnäckig und entschlossen genug sind!«

»Sie irren sich, Picard«, sagte Q, und sein freundliches Gebaren verflüchtigte sich Stück für Stück. Seine Miene verfinsterte sich, und die Temperatur im Raum schien zu sinken. »Sie sind überhaupt nicht in der Lage, eine Aussage darüber zu treffen, in welcher Form das Ende stattfinden wird. Nicht einmal Ihr eigenes Volk ist sich in dieser Hinsicht einig, obwohl es Ihrer Kultur wohl kaum an Vorstellungen vom Ende der Welt mangelt. In einem solchen Szenario gibt es Fanfaren, vier Reiter und ein Jüngstes Gericht. In einem anderen verschlingt ein gewaltiger Wolf das Zentralgestirn Ihres Sonnensystems, während ein Feuerdämon Ihre Welt mit einem Flammenschwert reinigt. Wenn es beim wahren Ende darum geht, dass die ganze Schöpfung in einem gewaltigen schwarzen Abgrund verschwindet ... Wie wollen Sie eine solche Möglichkeit ausschließen?« Q stützte die Ellenbogen auf den Schreibtisch. Vielleicht lag es am Licht im Raum, aber plötzlich war es fast unmöglich, seine Augen zu erkennen. »Ein kluger Mensch – und es gibt tatsächlich kluge Menschen – sagte einmal, lernen sei gefährlich. Sie sind recht intelligent, wenn man die Maßstäbe Ihres Volkes anlegt, Captain Picard, aber Sie haben nur wenig gelernt. Geben Sie sich mit der Einsicht zufrieden, dass das Universum weitaus komplexer ist, als Sie sich jemals vorstellen können.«

»Aber Sie verfügen über grenzenlose Macht«, stieß Picard hervor. »Ich habe gesehen, was Q hier bewerkstelligen kann, und er ist nur einer von Ihnen. Wenn ich an die Macht des gesamten Q-Kontinuums denke ... Und Sie versuchen nicht einmal, Gebrauch davon zu machen.«

»*Warum sollten wir?* Das Ende unserer Existenz ist ein durchaus wünschenswerter Höhepunkt. Wir heißen ihn mit offenen Armen willkommen. Sie verstehen das natürlich nicht, im Gegensatz zu Q.« Er deutete auf mich. »Selbst er, der größte Außenseiter, den es jemals im Kontinuum gab, weiß, dass irgendwann alles endet. Es ist der kollektive Wunsch des Q-Kontinuums, den derzeitigen Ereignissen keinen Widerstand zu leisten. Es wäre eine Einmischung in die natürliche Entwicklung der Dinge. Sagen Sie es ihm, Q.«

Picard drehte den Kopf und sah mich an.

Ich dachte an meine Frau und an meinen Sohn. Sie hatten diese Angelegenheit nicht für einen ›wünschenswerten Höhepunkt‹ gehalten. Sie waren nicht stumm ins Nichts gegangen, sondern hatten geschrien, mich um Hilfe gerufen. Sollte ich ihren Tod einfach hinnehmen, gehorsam nicken, die Entscheidung des Kontinuums akzeptieren und warten, bis alles ein Ende fand?

Nun, das entspräche dem natürlichen Lauf der Dinge, nicht wahr?

»Es ist der natürliche Lauf der Dinge«, sagte ich und sprach meinen inneren Monolog laut aus.

»Genau!« bestätigte Q. »Sehen Sie, Picard ...«

»Ich bin noch nicht fertig.«

»Was soll das heißen?« fragte Q gefährlich langsam. Es war eigentlich gar keine Frage, sondern eine Drohung.

Ich stand auf. Die besondere Dynamik des Moments verlangte, dass ich ein wenig größer wurde. »Wenn wir beide der Ansicht sind, dass sich die Dinge so entwickeln müssen, wie es ihre Natur verlang ... Dann widerspricht es meiner Natur, das aktuelle Geschehen einfach so hinzunehmen. Ich bin meiner Frau und meinem Sohn mehr schuldig. Und auch mir selbst. Picards Hinweise haben etwas für sich. Wir gehen von der Annahme aus, dass keine fremde Entität für die derzeitigen Ereignisse verantwortlich ist. Vielleicht sind Sie vom Q-Kontinuum zu schnell bereit ...«

»*Wir*, Q«, sagte Q. »Wir vom Kontinuum. Sie sprechen so, als gehörten Sie nicht zu uns. Aber Sie sind ein Angehöriger des Kontinuums, und damit geht eine gewisse Verantwortung einher. In der Vergangenheit sind Sie dieser Verantwortung immer wieder ausgewichen, aber diesmal lassen wir das nicht zu. Sie werden unsere Entscheidung akzeptieren.«

»Warum?« fragte ich. »Wenn Sie wirklich glauben, dass es sich um einen natürlichen Vorgang handelt, dass die Zeit des Universums abgelaufen ist ... Dann könnte ich das Ende unmöglich verhindern.« Ich stützte mich mit den Fingerknöcheln auf dem Schreibtisch ab und beugte mich so weit vor, dass nur noch wenige Zentimeter unsere Gesichter voneinander trennten. »Aber wenn Sie versuchen, mich im Zaum zu halten ... Dies deutet darauf hin, dass Sie besorgt sind. Vielleicht befürchten Sie, dass ich tatsächlich imstande sein könnte, die derzeitige Entwicklung aufzuhalten. Stimmt das, Q?«

»Nein«, erwiderte Q. »Sie schätzen Ihre eigenen Fähigkeiten viel zu hoch ein. Und Sie unterschätzen uns. In bezug auf die Realität der Situation sind wir völlig sicher. Sonst würden wir keine solche Reaktion darauf zeigen.«

»Dann haben Sie bestimmt nichts dagegen, wenn ich eigene Untersuchungen anstelle.« Ich sah Picard und Data an. »Kommen Sie meine, Herren. Brechen wir auf.«

»*Sie werden sich fügen.*«

Ich wandte mich an Q, aber er war verschwunden.

Hinter dem Schreibtisch saß kein weißhaariger, onkelhaft wirkender Mann mehr. Doch seine Präsenz existierte nach wie vor, füllte den Raum und reichte bis zur Essenz meines Selbst. Picard krümmte sich plötzlich in seinem Sessel zusammen und presste die Hände an die Ohren. Data saß einfach nur da.

Die Stimme kam von überall. »*Ich habe Sie nie gemocht, Q. Niemand von uns mag Sie. Und ich habe oft darauf hingewiesen, dass ich Ihnen Disziplin beibringen werde, und wenn es das Letzte ist, was ich tue. Nun, Q ... inzwischen gibt es dazu nicht mehr viele Möglichkeiten. Die Zeit wird knapp, und trotz der allgemeinen Langeweile möchte ich noch das eine oder andere erledigen. Sie gehören dazu. Sie werden das Kontinuum nicht verlassen. Sie bleiben hier, freiwillig oder gegen Ihren Willen – die Wahl liegt bei Ihnen. Aber sie bleiben hier. Haben Sie mich verstanden, Q?*«

Ich zögerte nicht, ergriff Picard am einen Arm, Data am anderen und zerrte beide von den Stühlen. Plötzlich schien die ganze Realität um mich herum zu explodieren. Für den Hauch eines Augenblicks war ich sicher, zu lange gewartet zu haben – ich hielt das Ende für gekommen. Ich glaubte, meine Frau und meinen Sohn zu hören. Aber ihre Stimmen klangen nicht etwa furchterfüllt, sondern zornig. »Du hast uns im Stich gelassen! Du hast uns im Stich gelassen! Du mit all deiner Macht und deinem Stolz und deiner Arroganz ... Du hättest viel mehr tun können und sollen ... Du warst nicht allmächtig, nein, alles andere als das! Du hast nicht einmal versucht, uns zu helfen! Du bist der Schwächste der Schwachen!«

Ich versuchte, mich zu rechtfertigen, aber mir fehlten die Worte – weil ich wusste, dass sie Recht hatten.

Und dann, gnädigerweise, wurde alles dunkel.

Unter gewissen Umständen – ich brauche sicher keine Einzelheiten zu nennen; Sie wissen auch so, was ich meine – wünscht man sich beim Wiedererlangen des Bewusstseins ins schwarze Nichts zurück. Für mich war dies eine jener Gelegenheiten.

Ich öffnete die Augen und fühlte dabei eine seltsame Schwere – die Lider schienen jeweils einige Pfund zu wiegen. Picard stand einige Meter entfernt und wirkte besorgt.

Data leistete ihm Gesellschaft und zeigte die für ihn typische unbewegliche Miene. Mir wurde klar, dass sie zu mir aufsahen, woraus ich den logischen Schluss zog, dass ich auf sie hinabsah. Aus irgendeinem mir rätselhaften Grund befand ich mich über ihnen. Ich versuchte, den Kopf zu bewegen, einen Eindruck von der Umgebung und meiner Situation zu gewinnen. Dabei stellte ich fest, vollkommen gelähmt zu sein – ich konnte den Kopf nicht einmal einen Zentimeter weit drehen. Ich versuchte es mit den Lippen, und siehe da: Sie gehorchten mir.

»Was starren Sie so, Picard?« fragte ich.

Er schien erleichtert zu sein, obwohl meine Stimme nicht besonders freundlich geklungen hatte. Ich fand heraus, dass ich ein wenig die Augen drehen konnte, und daraufhin ließ ich den Blick umherschweifen. Wir befanden uns in einem Park mit Bäumen und Spazierwegen.

»Was hat es mit dem ärgerlichen Geräusch an meinem Ohr auf sich?« fragte ich.

»Meinen Sie damit eine Art Gurren?« erkundigte sich Data.

»Ja.«

»Ah. Es stammt von der Taube auf Ihrem Kopf.«

»Eine Taube!«

»Ja. Ein großes weißes und graues Exemplar.«

»Verscheuchen Sie den Vogel!« sagte ich mit Nachdruck. »Bevor er ...«

Leider handelte Data nicht schnell genug. Der Androide war sehr stolz auf die hohe Geschwindigkeit, mit der er Daten verarbeitete, aber diesmal hatte er eine erstaunlich lange Leitung. Die Taube gurrte erneut, hinterließ ein kleines Abschiedsgeschenk auf meinem Kopf und flog fort. »New York wird immer mehr zu einem Ärgernis«, brummte ich.

Picard holte ein Taschentuch hervor und reichte es dem Androiden. Interessanterweise überließ er es Data, mich zu säubern. Ein deutlicher Hinweis darauf, dass sie zwar Freunde sind, aber nicht gleichrangig. Während sich Data um mein Haupt kümmerte, fragte Picard: »Können Sie sich bewegen, Q?«

»Oh, sicher, Picard. Ich veranstalte pantomimische Übungen. Besser noch: Ich bin der Meinung, dass Vögel mehr Statuen brauchen, auf denen sie ihren Kot hinterlassen können, und deshalb biete ich mich ihnen an. Natürlich kann ich mich *nicht* bewegen!« brachte ich fast verzweifelt hervor. »Glauben Sie allen Ernstes, ich würde eine solche Haltung einnehmen, wenn ... Welche Haltung nehme ich überhaupt ein?«

»Ihre Arme sind ausgestreckt. Das rechte Bein befindet sich vor dem linken und ist leicht angewinkelt.«

»Wundervoll. Ich sehe aus wie ein irischer Stepptänzer.«

»Können wir davon ausgehen, dass die anderen Q

Sie erstarren ließen, um zu verhindern, dass Sie etwas gegen das drohende Ende der Welt unternehmen?« fragte Data.

»Ja, ich glaube, eine solche Annahme ist durchaus gerechtfertigt.« Äußerlich blieb ich gelassen, aber in meinem Innern herrschte Aufruhr. Wenn ich dem in mir brodelnden Zorn Ausdruck verliehen hätte... Meine Reaktion wäre einem Q sicher nicht angemessen gewesen. Genau hier mochte sich der Grund dafür verbergen, warum ich Picard bei diesem Abenteuer mitgenommen hatte. Solange er in meiner Nähe weilte, würde ich mich bemühen, der in mir wachsenden Verzweiflung nicht nachzugeben. Haltung bewahren und so.

»Offenbar hat man Sie auf einen Sockel gestellt, Q«, sagte Picard. »Zwar mag das Ende der Welt unmittelbar bevorstehen, aber die anderen Q haben sich einen Sinn für Ironie bewahrt.«

»Die anderen Q können mich mal«, erwiderte ich und trachtete vergeblich danach, diesen Worten eine entsprechende Geste folgen zu lassen.

»Können Sie sich befreien?«

»Glauben Sie, dann würde ich noch hier stehen?« fragte ich. »So kommen wir nicht weiter, Picard. Es ist wie damals mit dem Feuer.«

Picard sah verwirrt zu mir auf. »Mit dem Feuer? Wie meinen Sie das?«

Ich zögerte zunächst, begriff dann aber: Wenn das Ende der Welt naht, gibt es keinen Grund mehr, sich zurückzuhalten. Ich wollte gerade damit beginnen, die Geschichte zu erzählen, als ich Gelächter aus der Richtung des Times Square hörte. Wie viele Q wussten, dass ich mich hier befand? Vermutlich alle. Und wie viele von ihnen nahmen Anteil an meinem Schicksal? Wahrscheinlich nicht ein einziger. Nun, vielleicht einer. Aber auf seine Hilfe konnte ich nicht zählen.

»Was wollten Sie mir sagen?« fragte Picard.

»Eigentlich hat die Sache kaum etwas mit der aktuellen Situation zu tun«, erwiderte ich.

»Wer weiß, was unter den gegenwärtigen Umständen relevant sein könnte und was nicht?« hielt mir Picard entgegen.

»Es kommt vor allem darauf an, dass ich mein derzeitiges ... Problem löse.«

»Na schön, Q.« Picard verschränkte die Arme und wartete auf einen Vorschlag. »Wie wollen Sie dabei vorgehen?« fragte er schließlich.

»Mir fällt nichts ein«, gab ich zu.

»Tja. Was hatte es noch mit dem Feuer auf sich?«

»Nun ...« Ich seufzte. »Kennen Sie die griechische Sage von Prometheus?«

»Der Titan. Ja, natürlich«, sagte Picard. »Er brachte der Menschheit das Feuer, und dafür ließ ihn Zeus an einen Felsen schmieden. Dort zerfleischte ihm ein Adler täglich die Leber, die sich nachts erneuerte. Warum fragen Sie?«

»Wenn Sie es unbedingt wissen wollen ... Ich war Prometheus.«

Picard starrte mich so an, als hätte ich ihm gerade mitgeteilt, dass ich mit seiner Mutter ins Bett ging. »Was soll das heißen, Sie waren Prometheus? Hat es ihn wirklich gegeben? Und wie können Sie ...«

»Sie haben bestimmt vom Rassengedächtnis gehört, Picard. Dieser Ausdruck bezieht sich auf so kataklysmische und monumentale Ereignisse, dass sie uns mitteilen, ›wer‹ und ›was‹ wir sind. Furcht vor der Dunkelheit: Der erste Mord wurde im Dunkeln verübt, wussten Sie das?«

»Haben Sie ihn begangen?« fragte Picard steif.

»Nein, das habe ich nicht. Ich hatte Besseres zu tun, als einen Ihrer prähistorischen Vorfahren zu erschlagen, nur um ein wenig näher am Feuer sitzen zu können. Nein, ihr Menschen habt den Mord ganz von allein erfunden. Was das Feuer betrifft ...« Ich zuckte mit den Schultern. Innerlich. Äußerlich blieb ich auch weiterhin völlig reglos. »Zu Anfang wart ihr wirklich eine erbärmliche Spezies. Was nicht heißen soll, dass ihr jetzt viel besser seid. Eine Gruppe von euch – sie bestand aus Leuten, die kaum als Menschen zu erkennen waren – starrte voller Furcht zum Wald, wo dunkle Augen ihre Blicke erwiderten und primordialen Raubtieren bei der Vorfreude auf leckeres Menschenfleisch das Wasser im Maul zusammenlief. Damals deutete alles darauf hin, dass ihr ein wenig Hilfe gebrauchen könntet. Deshalb gab ich euch das Feuer. Ich wollte feststellen, wie ihr damit umgeht. Der erste Mensch, der es sah, versuchte sofort, es sich auf den Kopf zu setzen – für mich keine große Überraschung. Er bot natürlich einen absurden Anblick. Nach diesem alles andere als vielversprechenden Anfang zweifelte ich sehr an eurer Fähigkeit, jemals das Feuer zu nutzen.

Die anderen Q hielten nichts von meinen Aktivitäten. Ich sollte die Entwicklung Ihres Volkes von einem rein wissenschaftlichen Standpunkt aus untersuchen, und im Kontinuum war man der Meinung, ich sei zu weit gegangen. Die übrigen Q glaubten, ohne meine Einmischung wären die Menschen schon nach kurzer Zeit ausgestorben, was es den Kakerlaken ermöglicht hätte, zur dominanten Spezies des Planeten Erde zu werden. Das Kontinuum war sehr enttäuscht und zeigte sein Missfallen, indem es mich an einen Felsen kettete. Des Nachts kamen diverse wilde Geschöpfe und knabberten an mir. Natürlich regenerierte sich mein Körper, denn eigentlich handelt es sich dabei gar nicht um einen Leib, sondern um ein Wahrnehmungskonzept für den jeweiligen Betrachter. Gelegentlich kletterte ein wagemutiger Mensch zu mir empor, stieß einen Stock in meine Leber und eilte dann wieder fort, wobei er vor Vergnügen quietschte. Mein lieber Picard, Sie können sich gar nicht vorstellen, wie sehr es mich begeisterte, bei den ersten Generationen der Menschheit für Unterhaltung zu sorgen. Es gab nur einen Kanal, und ich war das einzige Programm. Das ist einer der Gründe dafür, warum ich mich immer wieder über Ihr Volk ärgere. Sie neigen dazu, sich über den Schmerz anderer Leute zu freuen. Jemand stößt sich den Kopf an – Sie lachen. Jemand rutscht auf einer Bananenschale aus und stürzt – Sie kreischen vor Entzücken. Da fällt mir ein: Nicht ein einziger Ihrer Vorfahren versuchte, mich zu befreien ...«

Picard wirkte noch immer ungläubig. »Wollen Sie wirklich behaupten, die Sage von Prometheus geht auf Sie zurück?«

»Ja. Die Wikinger schmückten die ganze Sache aus und nannten mich Loki. Sie glaubten, dass eine Schlange Säure auf mich herabtropfen ließ, während ich an den Felsen gefesselt war. Loki, Sohn von Riesen. Prometheus, der Titan. Vermutlich erschien ich Ihren Vorfahren recht groß. Nun, damals waren die Menschen eher klein.«

»Loki, listenreicher und wandlungsfähiger Helfer der Götter«, sagte Picard. »Vielleicht kannten die Wikinger Sie besser, als Sie annehmen. Q, erwarten Sie wirklich von mir, dass ich Ihre ... absonderlichen Geschichten glaube?«

»Wissen Sie, Picard, das ist das Angenehme daran, gelähmt zu sein, während das Ende der Welt näher rückt. Unter solchen Umständen spielt es keine Rolle, ob Sie mir glauben oder nicht, habe ich Recht? Auf einer Skala von eins bis zehn hat die Bedeutung meiner Glaubwürdigkeit in den Augen von Jean-Luc Picard einen Wert von minus zig Milliarden.«

Data hatte die ganze Zeit über stumm zugehört, ohne dass sich in seinem Gesicht irgendetwas veränderte. Jetzt erwachte er aus seinem ›Schlaf-Modus‹.

»Nehmen wir einmal an, dass Ihre historischen Beschreibungen tatsächlich etwas Wahrheit enthalten«, sagte er.

»Oh, ja, nehmen wir das einmal an«, erwiderte ich voller Sarkasmus.

»Ganz offensichtlich sind Sie nicht mehr an einen Felsen gekettet, was bedeutet: Jemand hat Sie befreit. Geht Ihre Freilassung auf eine kollektive Entscheidung des Q-Kontinuums zurück?«

Meine Gedanken eilten weit in die Vergangenheit. »Nein«, sagte ich schließlich. »Es war der Beschluss eines einzelnen Q – er konnte mich nicht länger leiden sehen und ermöglichte mir die Rückkehr ins Kontinuum.«

Hoffnung erwachte in Picard. »Welcher Q? Erinnern Sie sich an ihn? Vielleicht wäre er bereit, Ihnen auch diesmal zu helfen. Wo können wir ihn finden?«

»Wir haben ihn bereits gefunden«, erwiderte ich. »Er fuhr das Taxi.«

Picard ging nachdenklich um mich herum. »Nun, das ist ein interessanter Zufall, nicht wahr? Jener eine Q, der Ihnen Mitgefühl entgegenbrachte, chauffierte uns mit seinem Taxi zum HQ ...«

»Er brachte mir kein Mitgefühl entgegen, Picard«, sagte ich. »Glauben Sie mir: Kein Angehöriger des Kontinuums schert sich um die anderen. Wir sind ziemlich egozentrisch, um ganz ehrlich zu sein. Und außerdem ... Wenn Sie es für möglich halten, dass jener Q eventuell bereit sein könnte, mir zu helfen, so sind Sie unaufmerksam gewesen. Haben Sie nicht gehört, wie sehr er sich über das bevorstehende Ende der Welt freute? Die Vorstellung begeistert ihn ebenso wie alle anderen.« Meine Verärgerung wuchs. Als ich an den Felsen geschmiedet oder in der Büchse der Pandora eingeschlossen war ... Damals hatte ich mir sagen können, dass ich früher oder später die

Freiheit wiedererlangen würde. Ich sah einen Verbündeten in der Zeit. Diesmal aber war sie nicht auf meiner Seite.

Und Picard nervte mich immer mehr.

»Vielleicht irren Sie sich, Q«, sagte er jetzt. »Vielleicht war der andere Q gar nicht so sehr von der Vorstellung begeistert, dass bald alles ein Ende findet. Vielleicht wollte er Sie warnen. Vielleicht versuchte er sogar, Sie darauf hinzuweisen, dass er über das Ende der Welt ebenso unglücklich ist wie Sie. Aber er wusste auch, dass es sehr gefährlich sein kann, ganz offen Maßnahmen gegen die aktuelle Entwicklung der Dinge zu verlangen.«

Picards Worte enthielten gewisse ... Möglichkeiten.

»Denken Sie über seine Worte nach«, fuhr er fort. »Er sagte: ›Vielleicht ist es wundervoll. Vielleicht ist es genau das, was wir uns erhofft haben.‹ Möglicherweise möchte er, dass etwas unternommen wird. Er meinte auch, dass er Sie ›fast‹ darum beneidet, noch nichts zu wissen. Vielleicht haben wir ihn falsch verstanden. Er könnte bestrebt gewesen sein, Sie darauf hinzuweisen, dass er auf Ihrer Seite ist.«

»Mir erscheint das wie der sprichwörtliche Griff nach dem Strohhalm, Picard. Aber wenn Sie Recht haben ... Wieso ist er dann nicht hier? Warum leistet er den anderen Feiernden Gesellschaft? Weshalb ...«

Ich unterbrach mich, gab einer Ahnung nach und streckte mich. (Natürlich nicht körperlich. Sie dachten schon, mich ertappt zu haben, wie?) Wir Q verfügen über ein besonderes Gespür in Hinsicht auf den Aufenthaltsort anderer Q. Zwar sind wir imstande, unsere Präsenz abzuschirmen, aber das ist kaum möglich, wenn ein anderer Q von unserer Anwesenheit weiß. Ich beschloss also, ein kleines Experiment durchzuführen – ich liebe Experimente –, und zu diesem Zweck streckte ich mich, erweiterte mein Selbst. Ich glaubte fest daran, dass *er* in der Nähe weilte, uns beobachtete und alles gehört hatte ...

Er wusste, dass ich ihn gefunden hatte. Er versteckte sich hinter dem großen Kastanienbaum und war vernünftig genug, sich zu zeigen, bevor ich ihn rief. Picard und Data sahen erneut jene Taube, die mich zuvor auf so respektlose Weise behandelt hatte. Sie flog herbei, nahm diesmal auf meiner Schulter Platz, öffnete den Schnabel und sagte: »Ich habe mich gefragt, ob Sie beginnen würden, auf den Menschen zu hören. Offenbar nehmen Sie von allen anderen Leuten Ratschläge entgegen, nur nicht von mir. Ihr Sinn für Prioritäten scheint sehr sonderbar zu sein.«

»Er ist bestimmt nicht seltsamer als der Ihre«, erwiderte ich. »Warum muss ich mit einem Vogel reden?«

Die Taube verschwand in einem Lichtblitz, und ein lächelnder Q erschien, in der Kleidung eines Taxifahrers. »Sie wirken recht ... statuesk«, kommentierte er.

»Dies ist wohl kaum der geeignete Zeitpunkt für Wortspiele, die sich durch einen eher fragwürdigen Sinn für Humor auszeichnen«, erwiderte ich gereizt.

Q zuckte mit den Schultern. »Was du heute kannst besorgen, das verschiebe nicht auf morgen. Das gilt insbesondere dann, wenn die Zukunft derart unsicher geworden ist.«

»Hat Picard Recht?« wollte ich wissen. »Stehen Sie meiner Sache wohlwollend gegenüber?«

»Wohlwollend? Als die Calamarainer Sie fast getötet hätten ... Damals befürwortete ich den Verlust Ihrer Macht, erinnern Sie sich? Was Ihre Sache betrifft ... Welche Sache meinen Sie? Ich sehe nichts weiter als den für Sie typischen Starrsinn. Sie wollen nicht glauben, dass die Philosophien und Entscheidungen des Kontinuums auch für Sie gelten.«

Während er sprach, sah ich etwas in seinen Augen. Zweifel, Ungewissheit ... Und noch mehr als das. Er schien vor einer so enorm wichtigen und kolossal schweren Entscheidung zu stehen, dass sich alles in ihm dagegen sträubte, sie zu treffen. Deshalb hoffte er, dass ich sie für ihn traf.

»Na schön«, sagte ich ruhig. »Ich schätze, das wär's.«

Und dann schwieg ich.

Das war natürlich die beste Taktik. Q stand dort und erwartete von mir, dass ich ihn auf irgendeine Art und Weise herausforderte. Stattdessen blieb ich stumm.

Schließlich ertrug Q die Stille nicht mehr. »Sie finden sich also mit der Entscheidung des Kontinuums ab?«

Ich gebe es nicht gern zu, aber Picard war aufmerksam genug, meine Absichten zu erraten. »Schweigen bedeutet Zustimmung«, sagte er. »Wenn er keine Einwände erhebt, so nimmt er die Entscheidung hin.«

Q bedachte ihn mit einem durchdringenden Blick und wirkte dabei fast wie ein Adler, der Beute erspäht hatte.

»Das stört Sie doch nicht, oder?« fragte Picard.

»Ganz und gar nicht.« Voller Unbehagen verlagerte Q das Gewicht vom einen Bein aufs andere.

»Nun, Sie wirken ein wenig besorgt ...«, fuhr Picard fort.

»He!« Q richtete den Zeigefinger auf ihn. »Wagen Sie es bloß nicht, mich zu beurteilen. Sie haben keine Ahnung, was mir durch den Kopf geht. Sie wissen nicht ...«

»Nein«, sagte ich. »Er weiß es nicht, aber er spürt etwas. Es stimmt, nicht wahr, Q? Sie möchten nicht, dass wirklich alles endet, oder?«

»Es steht weder mir noch Ihnen zu, darüber zu befinden. Es ist allein Sache des Universums.« Qs Hände vollführten vage Gesten. Sie erinnerten mich an die Flügelschläge des Vogels, der er zuvor gewesen war. »Das dürfen wir nicht in Frage stellen, trotz unserer Macht und Allwissenheit.« Nach kurzem Zögern fügte er hinzu: »Sie würde ebenfalls darauf hinweisen, wenn sie hier wäre.«

»Sie. Lady Q.«

»Natürlich.«

»Sie würde Ihrer Meinung nach den Standpunkt des Kontinuums teilen?«

»Da bin ich absolut sicher.«

»Ich glaube, da liegen Sie falsch«, erwiderte ich sofort. »Ich glaube, über die Geburt unseres Kindes hat sie sich mehr gefreut als über alles andere in ihrem Leben. Ich glaube, sie wollte unseren Sohn aufwachsen sehen. Ich glaube, schon allein aus diesem Grund wäre es ihr Wunsch, dass ich alles in meiner Macht Stehende unternehme, um das Ende der Welt zu verhindern. Aber Sie scheren sich natürlich nicht um Lady Q. Sie ist fort, verschwunden in einem schwarzen Abgrund, und Sie haben nicht versucht, sie zu retten oder herauszufinden, was mit ihr geschehen ist. Sie wissen nicht, welche Gefühle ich für sie hege, und ...«

»Seien Sie still! Halten Sie sich für den einzigen, der Lady Q Gefühle entgegenbringt?«

Einige Sekunden lang dehnte sich Stille aus. Qs emotionaler Zustand war so offensichtlich – es mangelte seinen Emotionen so sehr an emotionaler Tiefe –, dass Data, ausgerechnet *Data*, zum richtigen Schluss gelangte. Data, ein Androide, der einen Emo-Chip benötigte, um Gefühle zu verstehen und selbst zu erfahren.

»Sie lieben Lady Q, nicht wahr?«

Die Worte hingen in der Luft und warteten auf Widerspruch. Ich war fassungslos und starrte Q verblüfft an. Er lächelte reumütig.

»Haben Sie Lady Q geliebt?« brachte ich schließlich hervor. »Wie lange?«

»Seit einer Ewigkeit. Schon immer. Aber sie wollte Sie, Q!«

Ich versuchte, meinen Zorn unter Kontrolle zu halten, im Gegensatz zu dem blonden Q. Gewitterwolken schienen sich über ihm zusammenzuballen, als sein Grimm immer mehr zunahm.

»Lady Q wollte Sie. Sie vertraute auf Ihren Schutz, aber Sie haben sie enttäuscht, nicht wahr, Q?«

»Nein, ich ...«

Er ließ mich nicht zu Wort kommen und fuhr fort: »Sie haben tatenlos zugesehen, wie Lady Q und Ihr Sohn in den schwarzen Abgrund gerissen wurden. Ihre einzige Aktivität bestand darin, diese beiden Personen zu retten.« Q deutete auf Picard und Data.

»Ich hatte keine Wahl«, erwiderte ich. »Glauben Sie mir: Wenn ich hätte entscheiden können, ob ich meine Frau retten sollte oder Picard ... Dann wäre Picard im finsteren Schlund verschwunden, dichtauf gefolgt von Data.«

»Herzlichen Dank, Ihre Loyalität ist herzerfreuend«, sagte Picard.

»Ach, kommen Sie mir nicht auf die frömmlerische Tour, Picard. Wenn Data und ich in den Abgrund gezogen würden, und wenn Sie die Möglichkeit hätten, einen von uns beiden zu retten ... Sie wären sofort bereit, sich für Ihren persönlichen Toaster zu entscheiden. Und streiten Sie das bloß nicht ab. Hören Sie, Q ...« Ich wandte mich wieder an das Mitglied des Kontinuums. »Wenn Picard Recht hat, wenn Sie möchten, dass ich etwas gegen das drohende Ende der Welt unternehme und versuche, Lady Q zu retten ... Dann befreien Sie mich! Sie wissen, dass Sie dazu imstande sind. Geben Sie mir die Freiheit zurück. Was haben wir zu verlieren? Wenn die Situation wirklich hoffnungslos ist, so kann ich nichts daran ändern. Aber wenn doch noch Hoffnung besteht ... Dann sollten Sie nicht zulassen, dass es zur Katastrophe kommt.« Ich zog die metaphorischen Daumenschrauben noch etwas fester an, indem ich hinzufügte: »Glauben Sie, Lady Q hätte *dies* gewollt?«

Er bedachte mich mit einem finsteren Blick, und ich versuchte mir vorzustellen, was in ihm vor sich ging. Wir Q glauben, uns zu kennen, aber ich begann zu verstehen, dass wir uns etwas vormachten. Es bestand die Möglichkeit, dass wir im gleichen Maß zur Selbsttäuschung fähig waren wie Menschen – ein Gedanke, der mich sehr beunruhigte.

»Sie sind das Chaos«, sagte Q zu mir. »So lautet die schlichte Wahrheit. Praktisch seit Anbeginn der Zeit haben Sie immer wieder Dinge vermasselt und sogar ganze Zivilisationen ruiniert. Vermutlich bin ich nicht richtig bei Verstand, aber ...«

Er bewegte die Hand vor mir, und ich stolperte vom Sockel herunter. Data stützte mich, als ich taumelte und gegen ein intensives Gefühl der Desorientierung ankämpfte.

Q trat einen Schritt auf mich zu und setzte seinen Sermon fort. »Bisher hatten Ihre Fehleinschätzungen nur Konsequenzen für Sie selbst oder die bedauernswerten, unschuldigen Spezies, in deren Angelegenheiten Sie sich einmischten. Aber wenn Sie diesmal wieder alles verpatzen, Q ...«

»Dann was?« fragte ich und rieb mir den Nacken. »Wollen Sie mich umbringen?«

Q schüttelte den Kopf und lächelte traurig. »Nein. Ihr Versagen bedeutet für uns alle den Tod. Diesmal steht zu viel auf dem Spiel, Q. Retten Sie Lady Q und vermurksen Sie es nicht, denn sonst ...«

Ein enormer Blitz zuckte herab. Es blieb Q gerade noch Zeit genug, einen Schrei auszustoßen, und dann ... existierte er nicht mehr. Ich schirmte die Augen vor dem grellen Licht ab und ließ die Hand langsam sinken, als das Gleißen verblasste. Nur ein kleiner Haufen Asche war von Q übrig.

Ich glaubte, meinen Augen nicht trauen zu können, und Picard und Data schien es ähnlich zu gehen. Die Q ganz oben waren offenbar ziemlich erbost. Es stimmt einen nachdenklich, wenn man ein freundliches Gespräch mit jemandem führt, der im nächsten Augenblick zu einem Haufen Asche wird. Data machte Anstalten, einen Teil der Asche einzusammeln, um sie später zu analysieren, aber ich wies darauf hin, dass wir diesen Ort so schnell wie möglich verlassen sollten. Geballter Zorn knisterte in der Luft um uns herum, und dunkle Gewitterwolken näherten sich. Es waren keine gewöhnlichen Wolken. Ein finsteres Gesicht zeichnete sich in ihnen ab – die Miene des Q, mit dem wir im HQ gesprochen hatten. Er wirkte ganz und gar nicht erfreut. Ich würde sogar so weit gehen zu sagen, dass er stocksauer aussah. Er hatte meinen Freund und Helfer, den heimlichen Verehrer meiner Frau, gerade in einige Kohlenstoffflocken verwandelt. Ich hielt es für besser, nicht länger an diesem unfreundlichen Ort zu verweilen.

Picard erkannte das Gesicht in den Wolken ebenfalls. »Ich schätze, dies ist ein sehr geeigneter Zeitpunkt um zu verschwinden«, sagte er und ich konnte ihm nur Recht geben.

Ich rümpfte kurz die Nase, und fort waren wir. Noch während wir verschwanden, hörte ich die donnernde Stimme des überaus mächtigen Oberhaupts unseres Kontinuums. »Sie können das Ende der Welt nicht verhindern, Q!« rief er voller Zorn. »Niemand ist dazu imstande!«

Er wird darüber hinwegkommen, dachte ich. Was mich betraf ...

Ich wollte nicht kampflos kapitulieren.

Wir waren überall gleichzeitig. Auch Menschen sind dazu fähig, allerdings auf einem viel tieferen und einfacheren Niveau. Sie nennen es ›Träumen‹. Wenn der menschliche Geist imstande wäre, mehr als die zehn Prozent seines Potenzials zu nutzen, die ihm derzeit zur Verfügung stehen, so könnte er sich zu allen Orten gleichzeitig projizieren und müsste sich nicht mit einer sehr begrenzten Wahrnehmung des Universums begnügen. Aber Menschen lassen ihr Selbst nicht ›reisen‹, ob nun bewusste Absicht dahinter steckt oder nicht. Sie fürchten die damit einhergehende Verantwortung und auch dauerhafte Veränderungen, die sich für sie ergeben könnten.

Eigentlich ist es ganz einfach, überall gleichzeitig zu sein. Wissen Sie, der Geist ist das Tor. Jeder Geist steht an einer Art Matrixpunkt mit dem Rest des Universums in Verbindung. Um alle Orte gleichzeitig aufzusuchen, braucht man nur das Selbst umzustülpen und es zu durchschreiten. Eine simple Angelegenheit. Ein Q ist dazu wenige Sekunden nach seiner Geburt imstande. Ein Mensch könnte nach einigen Jahrzehnten intensiver Vorbereitung einige unsichere Schritte in jene Richtung unternehmen, bevor er unausweichlich stolpert. Nun, es gibt einige wenige Menschen, die Jahr für Jahr meditieren und sich selbst beobachten, dabei alle externen Einflüsse ausklammern. Diese wenigen Menschen kommen dem Ziel, mit allem eins zu sein, recht nahe. Menschen betrachten sich selbst und werden nachdenklich. Ich betrachte die Menschen und lache. Nicht sehr laut, um zu vermeiden, sie zu stören. Ich kichere leise hinter vorgehaltener Hand und frage mich, wie dumm die Sterblichen sein können.

Nun, ich begab mich also überallhin zugleich. Ich streckte mein Bewusstsein durchs Universum und wieder zurück, erwog alle Möglichkeiten und versuchte herauszufinden, wohin ich mich wenden sollte. Natürlich musste ich heimlich Ausschau halten, denn die anderen Q waren mir dicht auf den Fersen. Deutlich spürte ich ihre kollektive Missbilligung. Sie waren ganz auf ihre Das-Ende-des-Universums-Party konzentriert gewesen, bis ich als offizieller Spaßverderber aufkreuzte. Ich wollte das Ende der Welt verhindern, und sie wollten mir einen Riegel vorschieben.

Ein Teil von mir konnte es ihnen nicht verdenken und dachte in diesem Zusammenhang an einen ›gnädigen Tod‹ oder etwas in der Art. Wenn es nur um das Q-Kontinuum gegangen wäre, hätte ich vielleicht einfach mit den Achseln gezuckt und gesagt: »Na schön. Das Ende der Welt. Gut. Das Kontinuum steckt so voller humorloser Trottel, dass es ruhig verschwinden kann – niemand wird ihm eine Träne nachweinen. Man stecke das ganze Q-Kontinuum in eine hübsche Schachtel und werfe es weg. Dann brauchen wir uns wenigstens nicht mehr das ewige Gejammere der Q anzuhören, ihr Klagen darüber, wie langweilig alles ist.«

Aber es ging um mehr. Es ging, zuerst und vor allem, um meine Frau und meinen Sohn, vom schwarzen Abgrund verschlungen. Wie sollte ich mich fröhlich vom Ende des Universums ins Jenseits tragen lassen, wenn mich die Gedanken ans Schicksal meiner Familie belasteten? Ich hatte mein ganzes Leben damit verbracht, Fragen zu stellen, und ich wollte es nicht mit einer unbeantworteten letzten Frage beenden.

Und dann gab es da auch noch meine eigenen Bedürfnisse. Ich teilte die Langeweile der übrigen Q nicht. Dem Oberhaupt des Kontinuums hatte ich es ganz deutlich gesagt: Ich war noch nicht fertig.

Aber die Q würden mich sicher erledigen, wenn sie mich erwischten. Während ich alle Orte gleichzeitig aufsuchte, spürte ich, dass auch sie sich überall im Universum ausdehnten. Sie streckten Fühler aus und versuchten festzustellen, wohin ich mich wenden würde. Ich zweifelte nicht an ihrer Absicht: Sie wollten mir zuvorkommen, vielleicht eine Falle vorbereiten. Ich sollte keine Gelegenheit erhalten, Einfluss auf die aktuellen Ereignisse auszuüben.

Es gelang mir, einen winzig kleinen Vorsprung zu bewahren. Ich erweiterte meine Sinne und entdeckte damit die Präsenz der anderen Q, bevor ich mich für eine bestimmte Richtung entschied. Zu welchem speziellen Ort sollte ich meine Begleiter und mich transferieren? Zur *Enterprise*, zur Erde, zur *Voyager*? Es gab Millionen von Möglichkeiten. Das Kontinuum lag auf der Lauer, wie ein Löwe im hohen Gras. Ich brauchte einen sicheren Ort ...

Und ich fand ihn.

Es war der letzte Ort, an den ich dachte, und dabei hätte es der erste sein sollen. Ich zog Picard und Data mit mir, und von einem Augenblick zum anderen fanden wir uns auf dem Felsvorsprung am Rande des schwarzen Abgrunds wieder.

»Was in aller Welt ...«, brachte Picard hervor. Er wirkte ein wenig benommen. Er hatte gerade etwas erlebt, das weit über seine bisherigen Erfahrungen hinausging. »Wo ... waren wir?« fragte er und versuchte, etwas von seiner alten Autorität zurückzugewinnen.

»Haben Sie irgendein Problem, Picard?«

»Ein oder zwei Sekunden lang hatte ich den Eindruck, dass wir ...«

»Dass wir uns überall befanden?« fragte ich.

Er nickte. »Es war ein seltsames Gefühl, wie ...«

»Wie Träumen, ja, ja.«

»Hören Sie endlich auf damit, meine Sätze für mich zu beenden.«

»Reden Sie schneller, Picard.«

Er musterte mich verwirrt, während ich unsere Umgebung beobachtete. Sie entsprach meinen Erinnerungen. Die große, unermesslich tiefe Spalte im Boden bot den gleichen Anblick wie zuvor. Ich glaubte fast, Stimmen in ihr zu hören, von Leid und Qual geprägte Schreie, aber ich ging mit einem Achselzucken darüber hinweg. Jemand wie ich braucht nur von etwas überzeugt zu sein, um die Realität zu formen, was in diesem Fall bedeutete: Die Stimmen verstummten sofort. Vielleicht hatten sie nie existiert. Oder sie ertönten nach wie vor, ohne dass ich sie hörte. Wie dem auch sei: Ich wollte ihnen keine Aufmerksamkeit schenken.

»Dies ist der Bereich, in dem Sie uns gerettet haben«, sagte Data. »Warum sind wir hierher zurückgekehrt?«

»Befänden Sie sich lieber an einem anderen Ort?« fragte ich und schritt langsam zum Rand des Abgrunds. Der Meeresgrund war nass und schlammig gewesen, aber jetzt erwies er sich als trocken und hart. Eine große, leere Ebene erstreckte sich vor mir, und die Spalte stellte das einzige interessante Merkmal dar. Weit über mir erstreckte sich ein dunstiger, purpurner Himmel. Hier und dort bemerkte ich rote Streifen, die den Eindruck von Blut erweckten.

»Vielleicht ...«

»*Seien Sie still, Picard*«, sagte ich und verlor angesichts des Drucks, dem ich ausgesetzt war, zum ersten Mal die Geduld. »Sie sind nur deshalb hier, weil ich Ihre Gegenwart dulde. Ich habe Ihnen bereits das Leben gerettet. Sie bilden sich ein zu verstehen, was hier geschieht, aber dazu sind Sie gar nicht imstande! Nur meine Fähigkeit, mich zu konzentrieren und über unser

Vorgehen zu entscheiden, bewahrt uns vor der totalen Vernichtung, und Ihr dauerndes Geplapper nützt uns überhaupt nichts. Dies ist nicht die *Enterprise*, Picard, und so sehr es Sie auch erstaunen mag: Im großen, wundervollen Universum, das derzeit um uns herum implodiert, gibt es Situationen, mit denen Sie nicht fertig werden können. Habe ich mich klar genug ausgedrückt, oder muss ich noch deutlicher werden? Möchten Sie vielleicht, dass ich kürzere Sätze mit einfacheren Worten benutze, um Ihnen das Verständnis zu erleichtern? Nun?«

Ich stand ganz dicht vor Picard. Nur wenige Zentimeter trennten uns voneinander.

Und er schlug mich.

Er.

Schlug.

Mich.

Ich war fassungslos. Heißer als jemals zuvor brannte das Feuer des Zorns in mir, und Picard war nur eine Haaresbreite davon entfernt, in einen Frosch oder eine Dampfwolke verwandelt zu werden. Ich spielte auch mit dem Gedanken, seine Atome in eine Milliarde verschiedene Richtungen davontreiben zu lassen.

»Sie wissen ... noch immer nicht ... was ich mit Ihnen anstellen könnte«, zischte ich. »Nach all der Zeit und nach allen unseren Begegnungen ... Vielleicht erzeugt auch in diesem Fall allzu große Vertrautheit Verachtung. Vielleicht glauben Sie, dass ich zögern würde, Ihnen den schmerzhaftesten aller Tode zu bescheren, wenn ich Lust dazu verspüre.« Ich war ihm jetzt so nahe, dass es kaum mehr Luft zwischen uns gab. Mein Blick bohrte sich in ihn hinein, reichte bis zur Innenseite seines Hinterkopfs. »Ich bin der Bösewicht. Daran hat sich nichts geändert. Oh, wir hatten unseren Spaß, mit Robin Hood und dergleichen, aber ich bin nach wie vor der Bösewicht. Alle anderen Bösewichter, mit denen Sie es zu tun bekamen ... sie sind nichts im Vergleich mit mir. Borg? Romulaner? Cardassianer? Mit einem Fingerschnippen könnte ich ihre Planeten auseinanderbrechen lassen. Ein Niesen von mir hätte alle ihre Flotten vernichtet. Ganz gleich, was Sie denken und wie Sie unsere Beziehung beurteilen, Picard: Sie sollten nicht eine Sekunde lang vergessen, dass sich zwischen uns eine Kluft von den Ausmaßen der Unendlichkeit erstreckt.«

Es war eine recht gute Rede, fand ich, vielleicht ein wenig zu lang – ich hoffte, dass Data jedes einzelne Wort aufzeichnete. Während ich noch darüber nachdachte, ob meine Ansprache die Bezeichnung ›motiviert‹ oder ›inspiriert‹ verdiente, hob der Idiot vor mir die Hand, so als wollte er mich erneut schlagen.

»Oh, nur zu, Picard. Ich würde mich freuen.«

Der Tonfall und das Blitzen in meinen Augen wiesen ihn darauf hin, dass ich es ernst meinte.

Er ließ die Hand sinken.

Aber er sah mich auch weiterhin an. Überrascht beobachtete ich, wie die Härte aus seinen Zügen verschwand und Mitgefühl wich.

»Sie machen sich Sorgen um sie, nicht wahr?« fragte er. »Das Ende des Universums hat weniger Bedeutung für Sie als die Rettung Ihrer Frau und Ihres Sohnes.«

Er hatte natürlich Recht. Ich wusste, dass er Recht hatte. Und schlimmer noch: Er wusste, dass er Recht hatte, und er wusste auch, dass ich es wusste.

»Bestimmt leben sie noch«, sagte Picard. »Und wir holen sie zurück.«

»Ja. Ja, das werden wir«, erwiderte ich. Mit der Verwendung des Wortes ›wir‹ bewies ich Großzügigkeit, denn ich war sicher, dass ich den weitaus größten Teil der Arbeit leisten musste.

Ich ignorierte die Ereignisse der letzten Minuten und versuchte, uns wieder auf Kurs zu bringen.

»Wir müssen dieser Sache auf den Grund gehen«, sagte ich. Picard und Data sahen mich an, schienen mehr von mir zu erwarten. Ich schwieg.

»Das ist alles? Ihr Plan beschränkt sich darauf?«

»Ja! Ich meine, es ergibt doch einen Sinn, oder? Um herauszufinden, was eigentlich geschieht, müssen wir der Sache im wahrsten Sinne des Wortes auf den Grund gehen. Dort finden wir eine Antwort.«

»Und wenn es keine Antwort gibt?« fragte Data.

»Oh, es gibt immer eine Antwort, Mr. Data. Es muss nicht unbedingt eine sein, die wir hören möchten oder verstehen können, aber eine Antwort existiert in jedem Fall.«

»Hat es jemals eine Antwort gegeben, die Sie nicht verstehen, Q?« fragte Picard.

Ich dachte kurz nach und zuckte dann mit den Schultern. »Nun, ich nehme an, es gibt für alles ein erstes Mal.«

»Hoffen wir, dass es nicht ausgerechnet hier der Fall ist«, kommentierte Picard.

»Ja.«

Und dann näherten wir uns kühn dem Rand der Spalte.

Sie war gewaltig. Der Grand Canyon schrumpfte daneben zu Bedeutungslosigkeit. Ich wollte den Abgrund untersuchen, bevor ich mich in ihn hineinwagte. War es dort glühend heiß oder eiskalt? Ich versuchte, einen Eindruck zu gewinnen, empfing jedoch nichts.

»Und nun?« fragte Picard. »Wie gelangen wir nach unten?« Er hielt nie viel davon, darauf zu warten, dass andere Leute Vorschläge unterbreiteten, und deshalb beantwortete er seine eigene Frage: »Klettern scheint die einzige Möglichkeit zu sein. Es sei denn, Sie können uns nach unten transferieren.«

»Genau darin besteht meine Absicht«, erwiderte ich.

Den Ort zu wechseln – nichts einfacher als das. Es war nicht schwieriger als einen Berg zu bewegen ...

Mit einem Wink – der nicht nötig war, wie ich zugebe, dafür aber recht eindrucksvoll wirkte – sorgte ich dafür, dass wir in einem Lichtblitz verschwanden. Ziel: der Grund des Abgrunds. Stellen Sie sich meine Verblüffung vor, als wir rematerialisierten und uns auf dem Felsvorsprung wiederfanden. Ich sah mich um und drehte mich dabei so schnell um die eigene Achse, dass ich fast über die eigenen Füße gestolpert wäre.

»Na so was!« entfuhr es mir – bestimmt nicht der intelligenteste Kommentar, den ich jemals abgegeben hatte.

»Offenbar befinden wir uns noch immer am Ausgangspunkt«, sagte Data.

»Danke«, entgegnete ich. »Danke für Ihre hervorragende Einschätzung der Situation. Haben Sie noch weitere brillante Bemerkungen dieser Art auf Lager?«

»Was ist passiert, Q?«

»Ich weiß nicht, was passiert ist, Picard. Ich weiß nur, dass wir jetzt eigentlich dort unten sein sollten. Stattdessen sind wir hier.«

»Hat etwas Ihre Macht neutralisiert?«

»Nein. Nein.« Ich improvisierte. »Wir scheinen irgendwie ... reflektiert worden zu sein. Deshalb kehrten wir hierher zurück.«

»Es gibt also etwas, das in der Lage ist, Ihrer Macht standzuhalten?« fragte der Androide.

Ich rollte mit den Augen. »Warum sagen Sie es nicht lauter, Data? Wieso laufen Sie nicht mit einem großen Hinweisschild herum, damit das ganze Universum davon erfährt?«

»Beruhigen Sie sich, Q. Ich weiß, dass es eine bittere Pille für Sie ist, aber Data hat nur etwas gefragt.«

»Es war eine Frage zu viel! Und da wir gerade dabei sind ... Lassen Sie mich klarstellen, dass ich nach wie vor Q bin. Unendlich viele Möglichkeiten minus eine sind noch immer unendlich viele Möglichkeiten.«

Es blitzte, und drei Paar Antigrav-Stiefel materialisierten an unseren Füßen. Ich lächelte selbstgefällig und schritt zum Rand des Abgrunds. »Sehen Sie, Picard? Wir schweben hinab, ganz sanft und mit der gleichen Geräuschlosigkeit, mit der die Haarfollikel Ihre Kopfhaut verlassen.«

Zuversichtlich trat ich über den Rand hinweg und verharrte in der Leere. Die Antigrav-Stiefel funktionierten wie vorgesehen ...

Und dann sprang mir der Magen in Richtung Mund, als ich plötzlich fiel.

Nur meine rasche Reaktion bewahrte mich vor einem Sturz in die bodenlose Tiefe: Ich streckte die Arme aus, bekam einen Vorsprung zu fassen und klammerte mich mit ganzer Kraft daran fest. Ich suchte mit den Zehenspitzen irgendeinen Kontakt zur Felswand, fand aber keinen Halt. Langsam rutschten meine Finger ab ...

Eine Sekunde später berührten sie nur noch leere Luft. Aber bevor ich fiel, schloss sich Datas goldene Hand um meinen Unterarm und hielt mich fest. Meine Schulter war enormen Belastungen ausgesetzt – es fühlte sich an, als sei jemand oder etwas bestrebt, mir den Arm auszureißen. Wie seltsam. Für Schmerzen gab es in meiner Empfindungswelt keinen Platz, und es blieb mir ein Rätsel, warum sich ein solches Gefühl ausgerechnet jetzt einstellte, während ich über der schwarzen Leere hing.

»In der Nähe des Abgrunds scheinen Ihre besonderen Kräfte nicht zu funktionieren«, sagte Picard.

»Meine Güte, Picard, glauben Sie?« Ich hatte es nie gut verstanden, meinen Sarkasmus zu verbergen.

Data zog mich hoch, und es erleichterte mich, wieder festen Boden unter den Füßen zu haben.

»Nun«, entgegnete Picard und reagierte klugerweise nicht auf meinen Ärger, »haben Sie noch andere Ideen?«

»Derzeit fällt mir nichts ein«, sagte ich. »Aber ich überlege weiterhin.«

»Was ich zur Kenntnis nehme«, erwiderte Picard so, als ginge es darum, einen Logbucheintrag anzufertigen.

»Ich glaube, ich kann mich nützlich machen«, sagte Data. Er trat ganz nahe an den Rand der Spalte heran und blickte nach unten. Dann ging er in die Hocke, streckte die Beine über den Abgrund, schwang herum und hielt sich mit den Händen am Rand fest – alles geschah mit einer einzelnen, fließenden Bewegung.

»Was haben Sie vor?« fragte Picard.

Wir hörten ein Klopfen. »Ich sorge dafür, dass wir uns irgendwo festhalten können.«

Wir näherten uns dem Rand und blickten in die Tiefe. Der Boden der gewaltigen Spalte war nicht erkennbar. Vielleicht würden wir so lange in die Tiefe klettern, bis uns die Kräfte verließen – um anschließend bis in alle Ewigkeit – oder was davon übrig war – zu fallen. Andererseits: Inzwischen stand fest, dass wir nichts erreichen konnten, ohne ein gewisses Risiko einzugehen. Und Data bemühte sich, das Risiko zu verringern. Mit Armen und Beinen schlug der Android Löcher in die Felswand, für unsere Hände und Füße bestimmt. Er bewegte sich wie ein Affe: ein superstarker, goldhäutiger Affe. Data kam erstaunlich schnell voran und hielt nur gelegentlich inne, um einen Blick nach oben zu werfen. Innerhalb kurzer Zeit geriet er fast außer Sicht.

»Soll ich meine Bemühungen fortsetzen, Captain?« rief er.

»Unbedingt, Mr. Data«, antwortete Picard. »Das war eine gute Idee.«

»Danke, Sir. Ich werde dafür bezahlt, gute Ideen zu haben.« Data legte eine kurze Pause ein und sah nach oben. »Bekomme ich einen Zuschlag für die derzeit geleisteten Überstunden?«

»Data ... arbeiten Sie weiter.«

»Ja, Sir.«

Er setzte den Abstieg fort und verschwand kurze Zeit später in der Dunkelheit. Rhythmisches Klopfen wies darauf hin, dass er weitere Löcher in die Felswand schlug.

»Nach Ihnen, *mon capitaine*«, sagte ich galant, deutete eine Verbeugung an und zeigte zur Spalte. Picard schien nicht amüsiert zu sein, was mich aber kaum überraschte. Weitaus vorsichtiger als zuvor Data schob er sich über den Rand hinweg. Ich wartete einige Sekunden lang, um Picard einen gewissen Vorsprung zu lassen, und dann folgte ich ihm. Absolute Finsternis erstreckte sich unter mir, und aus irgendeinem Grund fühlte ich mich sehr allein. Uns schien eine ziemlich lange Kletterpartie bevorzustehen, und nach einigen Minuten wünschte ich mir, beten zu können.

Wir Q beten natürlich nicht. Wir haben nie gebetet. Ein Gebet richtete sich naturgemäß an eine übergeordnete Instanz, an eine höhere Autorität. Jene Autorität wird von geringeren Wesen erschaffen, definiert und in Frage gestellt, von Geschöpfen, die dem Rätselhaften einen Namen geben und hoffen, es dadurch zu verstehen.

Tatsache ist hingegen: Es gibt keinen Gott.

Oh, dann und wann habe ich Picard mit dem Konzept eines Gottes und betreffenden Anspielungen provoziert. Aber die Wahrheit des Universums ist nicht so leicht quantifizierbar, dass man irgendeinen Aspekt davon – insbesondere das wundervolle Phänomen der Schöpfung – ›Gott‹ nennen könnte. Ich weiß, ich weiß: Es gibt mehr zwischen Himmel und Erde, als jede beliebige Philosophie für möglich hält, aber die Vorstellung von einem einzigen, obersten Wesen ... Nein. Nein, das ist viel zu unsinnig, um in Erwägung gezogen zu werden. Ja, es gibt Dinge, die man nicht versteht, und das ist völlig normal. Es existieren sogar Dinge, die ich nicht verstehe. Zum Beispiel das menschliche Interesse am Akkordeon. Oder Kokosnussöl. Völlig unverständlich. Oh ... und Baseball. Nur ein Spiel ist noch langweiliger, und damit vertreibt man sich auf Sraticon IV die Zeit. Man nennt es Frimbel: Mehrere Gruppen intelligenter Wesen sitzen auf dem Boden und schließen Wetten darüber ab, wann eine frisch gestrichene Mauer trocken ist. Sie hocken nicht nur da und beobachten die Mauer – sie kommentieren auch noch den Vorgang des Trocknens, als sei es ein Pferderennen! Nun, Baseball belegt dicht hinter Frimbel den zweiten Platz auf der Liste der langweiligsten Spiele. Man denke an die großen Amphitheater der Antike, an Pomp und Prunk, an Christen, die von Löwen zerfleischt wurden ... Es ist traurig, dass Brot und Spiele einem banalen Sport weichen mussten, bei dem es darum geht, einen kleinen weißen Ball über ein Feld zu schlagen und die ganze Zeit über zu versuchen, ihn zu fangen ... Nun, das ist der Beweis dafür, dass manche Dinge im Lauf der Zeit nicht besser werden.

Aber kehren wir zum Konzept eines Gottes zurück. Ich bin als Gott verehrt worden, und daher kenne ich die Denkweise, die als Basis für entsprechende Verhaltensmuster dient. Es ist alles dummes Zeug. Götter existieren aus drei Gründen: 1. Um zu erklären, was zu einem bestimmten Zeitpunkt nicht verstanden werden kann. 2. Um ein geistliches Bedürfnis zu befriedigen. 3. Damit man sich bei ihnen über die Ungerechtigkeiten des Lebens beklagen kann, wenn etwas schief geht. Mich betreffen diese drei Punkte natürlich nicht.

Wie soll man einen Gott von anderen Wesen unterscheiden? Was auf einem gewöhnlichen Planeten göttlicher Macht zugesprochen wird, erledigen wir Angehörige des Q-Kontinuums mit einem Fingerschnippen – und selbst das ist nur notwendig, wenn wir der Sache ein dramatisches Flair geben wollen. Wie also sollten wir, beziehungsweise ich, an ein mächtigeres, höheres Geschöpf glauben? Um das Unerklärliche zu erklären? Das ist nicht nötig. Für uns gibt es nichts Unerklärliches. Alles ist klar, exakt und leicht verständlich.

Die Vorstellung, voller Verzweiflung ein höheres, allwissendes und allmächtiges Wesen um Hilfe zu bitten, ist schlicht und einfach absurd. Wenn man sich streng an die Logik hält, so hat jenes höhere Wesen zugelassen, dass es zu der schwierigen Situation kam, die einen zum Beten veranlasste. Und von dem gleichen Geschöpf erwartet man Hilfe und Rettung? Da bleibt meiner Ansicht nach die Vernunft auf der Strecke.

Nun, Gebete kommen für mich also nicht in Frage. Aus einem introspektiven Blickwinkel gesehen ließe sich folgendes feststellen: In gewisser Weise kommt hier die Dichotomie meiner Existenz zum Ausdruck. Bei unserer ersten Begegnung stellte ich mich Picard als ›Q, der Fragesteller‹ vor. Das bin ich tatsächlich: Ich untersuche und sondiere, ich strebe nach Wissen, indem ich niedere Lebensformen – und davon gibt es erstaunlich viele – teste. Aber wenn ich wirklich allwissend bin, warum sollte es dann überhaupt nötig sein, irgendwelche Fragen zu stellen? Die Antworten stehen von vorneherein fest und sind mir bekannt, präsentieren nichts Geheimnisvolleres als ein ›Experiment‹ mit einem Eiswürfel, der in eine Bratpfanne geworfen wird. Meine Güte, welches Schicksal mag den armen Würfel erwarten, fragen wir uns. Nun, das fragen wir uns natürlich nicht: Das dumme Ding wird schmelzen. Ist doch ganz klar.

Andererseits ... Rutscht er in der Bratpfanne hierhin oder dorthin? Dauert das Schmelzen fünf oder sieben Sekunden? Ertönt dabei ein Schrei? In der ganzen Geschichte des Universums hat noch nie ein schmelzender Eiswürfel geschrien, aber vielleicht geschieht es hier und jetzt zum ersten Mal. Wäre es nicht interessant, Zeuge eines solchen Vorgangs zu sein?

Sie verstehen, was ich meine.

Es ist das Äquivalent der menschlichen Kunstform des Pointillismus. Die Allwissenheit ermöglicht es, das ganze Bild auf eine Weise wahrzunehmen, zu der Normalsterbliche nicht imstande sind. Aber selbst wenn man allwissend ist: Man muss trotzdem, wie alle anderen, ganz genau hinsehen, um die einzelnen Punkte zu erkennen, aus denen das Bild besteht. Indem ich Einzelheiten untersuche, kann ich die Ewigkeit verbringen, ohne verrückt zu werden.

Manchmal ...

Manchmal frage ich mich, ob ich dabei wirklich erfolgreich gewesen bin.

Wäre mir mein eigener Wahnsinn bewusst? Wüsste ich es, wenn ich verrückt wäre? Es gibt übergeschnappte Wesen, die glauben, über die Macht von Göttern – oder von Q – zu verfügen. Ihre Wahrnehmungen sind für sie ebenso real wie meine für mich. Q wies Picard darauf hin: Wenn alle Messinstrumente proportional schrumpfen – wie sollen wir dann das Schrumpfen des Universums feststellen? Nun, wenn ich verrückt wäre ... Wie sollte ich erkennen, dass ich den Verstand verloren habe? Es gab keine Vergleichsmöglichkeiten. Meine besten Anker in der Realität – Frau und Sohn – waren verschwunden, was bedeutete: Nichts konnte mir Aufschluss darüber geben, ob ich noch alle Sinne beisammen hatte.

Während ich an der Felswand des gewaltigen Abgrunds in die Tiefe kletterte und dabei die von Data geschaffenen Löcher nutzte, um mich festzuhalten, gingen mir seltsame Gedanken durch den Kopf. Ich fragte mich, ob ich vielleicht an einer besonderen Art von Schwachsinn litt. Konnte es sein, dass alle anderen Angehörigen des Q-Kontinuums Recht hatten, während ich verrückt geworden war und mich auf etwas einließ, das jeder vernünftige Q ablehnte? Vielleicht hatte man mir meine Fähigkeiten genommen, weil ich kurz davor stand, ein wahnsinniger Gott zu werden.

Zu wem beten wahnsinnige Götter? Zu Engländern?

Ich verdrängte diese Überlegungen aus mir, denn sie führten in eine Richtung, die noch mehr Wahnsinn bereit hielt als die gegenwärtige Situation. Vorsichtig kletterte ich weiter. Unter mir klopfte es immer wieder, als Data weitere Löcher schlug, und während ich lauschte, wurde mir plötzlich klar, worin das Problem bestand. Es betraf das ganze Bild.

Normalerweise sehe ich das ganze Bild immer auf den ersten Blick, aber diesmal war das nicht der Fall – ich sah nur einzelne Punkte. Vor mir erstreckte sich ein völlig unbekanntes Territorium. Ich hatte keine Ahnung, wohin ich ging und was mich wer weiß wo erwartete. In gewisser Weise beneidete ich Picard – er war an so etwas gewöhnt. Die ganze Zeit über stürzte er sich in irgendwelche Abenteuer, ohne den geringsten Hinweis darauf, wie die Sache enden mochte. Ich gebe es nicht gern zu, aber es erleichterte mich, jemanden bei mir zu wissen, der kühn dorthin vorstieß, wo noch kein vernünftiges Geschöpf gewesen ist.

Und Data sorgte für befreiende Komik.

»Data«, ertönte Picards Stimme und weckte meine Aufmerksamkeit. »Data!« Es klang besorgt.

Der Grund dafür wurde mir sofort klar. Das Klopfen weiter unten hatte sich bisher in gleichmäßigen Abständen wiederholt. Die Löcher in der Felswand waren alle gleich tief und gleich weit voneinander entfernt. Nun, man erwartete maschinenhafte Präzision, wenn man es mit einer Maschine zu tun hatte. Aber jetzt herrschte Stille, und man brauchte nicht allwissend zu sein, um den richtigen Schluss daraus zu ziehen: Es entstanden keine weiteren Löcher.

Ich sah die Felswand, weil sie sich direkt vor meinem Gesicht befand, aber ansonsten war es so finster wie im Herzen eines Selbstmörders. Der unter mir kletternde Picard blieb in der Dunkelheit verborgen, und das galt natürlich auch für den Androiden.

»Was ist mit Data, Picard?« rief ich. »Sie sind ihm näher. Sehen Sie ihn?«

»Nein«, erwiderte Picard und rief ebenfalls. Ich fragte mich, warum wir es beide für erforderlich hielten, so laut zu sprechen. Um uns herum herrschte eine so absolute Stille, dass selbst ein Flüstern wie ein Kanonenschuss geklungen hätte.

»Was sollen wir jetzt unternehmen, *mon capitaine*?« fragte ich.

Ich wartete auf eine Antwort.

Und ich wartete noch etwas länger.

»Ich finde das alles andere als komisch, Picard«, sagte ich, obwohl ich wusste, dass er mich gar nicht hörte. »Picard«, versuchte ich es erneut, und wieder blieb eine Antwort aus. »Was für eine verzwickte Lage«, murmelte ich.

Und dann hörte ich den Schrei.

Er dauerte einige Sekunden lang, war schrill und schien von einer Frau zu stammen. Ich glaubte fest daran, dass er von Lady Q stammte, rief nach ihr und versuchte, das Heulen zu übertönen ...

Und plötzlich existierten die Löcher nicht mehr. Das soll nicht heißen, dass meine Hände aus ihnen glitten oder sie sich auf geheimnisvolle Weise füllten, wodurch für meine Finger kein Platz mehr blieb. Im einen Augenblick hielt ich mich an der Felswand fest, und im nächsten – nichts. Und ich hatte mich nicht einmal bewegt!

Ich rutschte an der Wand nach unten und sucht vergeblich nach Halt.

*Das Universum stirbt*, fuhr es mir durch den Sinn.

*Aber ich weigere mich zu glauben, dass man nichts dagegen unternehmen kann ...*

Ich stürzte in die Tiefe, während der schrille Schrei in meiner Seele widerhallte – er klang wie das Heulen einer Todesfee, die Verstorbene ins Jenseits geleitete.

Der Schrei war ohrenbetäubend. Es dauerte eine ganze Weile, bis ich begriff, dass er nicht von einer Frau stammte. Es war nicht einmal ein Schrei, sondern ein sonderbares Pfeifen, das ich seit Äonen nicht gehört hatte. Kam es von einer ... Lokomotive? Ja, das schien tatsächlich der Fall zu sein.

Unmittelbar im Anschluss an diese Erkenntnis trat mir jemand in den Bauch.

Eigentlich hätte ich überhaupt nichts spüren sollen, denn ich fühle keinen Schmerz. Stattdessen wurde mir die Luft aus den Lungen gepresst. Ich öffnete die Augen, und zwar gerade noch rechtzeitig, um einen Fuß zu sehen, der sich auf mein Gesicht herabsenkte. Rasch stand ich auf, und dadurch verfehlte der Fuß meinen Kopf, wenn auch nur knapp. Sein Eigentümer, ein großer, fast panisch wirkender Mann, eilte an mir vorbei – ohne zu ahnen, dass er fast auf das Gesicht eines Wesens getreten wäre, das ihn in Fliegendreck verwandeln konnte!

Allerdings ... Unter den gegenwärtigen Umständen war ich nicht mehr völlig sicher, ob mir tatsächlich solche Möglichkeiten offen standen. Ich nahm diese Zweifel zum Anlass, mich selbst zu untersuchen. Hatte man mir meine Macht genommen, so wie damals? Zum Glück stellte ich fest, dass das nicht der Fall war. Aber irgendetwas sorgte dafür, dass ich meine Fähigkeiten nicht nutzen konnte. Letztendlich lief es auf das gleiche Resultat hinaus: Ich war machtlos – und das ausgerechnet jetzt, in einer kritischen Situation. Was hatte es mit dem schwarzen Abgrund auf sich? Was versetzte ihn in die Lage, ein allmächtiges Geschöpf hilflos werden zu lassen?

Ich sah mich um.

Ich stand auf einem alten, aus Holz bestehenden Bahnsteig. Hier und dort zeigten die Bretter deutliche Anzeichen von Verwitterung, und Ruß bedeckte sie. In der Nähe wartete ein Zug, und die Pfeife der Lokomotive ertönte erneut. Es klang irgendwie verloren, wie ein Kind, das nach seiner Mutter rief.

Ich nahm die Dinge um mich herum immer deutlicher wahr – ein Künstler schien ein Bild zusammenzufügen, Schicht um Schicht, und jede Schicht wurde erst dann sichtbar, wenn sie vollständig war. Ich hörte nicht nur das Heulen der Pfeife, sondern auch Stimmen, schluchzende, flehende, rufende, bittende Stimmen, eine Kakophonie des Leids. Namen wurden genannt, Flüche ausgestoßen. Vor allem aber kam ein ganz besonderes Empfinden zum Ausdruck: »Dies kann nicht geschehen. Dies kann nicht geschehen. Dies ist nicht die Realität. Uns droht keine Gefahr.« An diesem Glauben klammerten sich die Leute fest wie ein Ertrinkender an einem Rettungsring, obgleich man sie wie Vieh zum Zug trieb.

Was mich betraf ... Ich versuchte noch immer zu verhindern, zu Boden getrampelt zu werden. Zahllose Personen, die mir entgegendrängten ... Das war eine sehr ungewöhnliche und beunruhigende Erfahrung. Sie müssen wissen: Ich bin Q. Ich weiß, das habe ich schon einmal gesagt, aber es kann nicht schaden, erneut darauf hinzuweisen. Wenn Leute mich kommen sehen, so wahren sie normalerweise einen respektvollen Abstand. Große Mengen teilen sich vor mir, wenn ich eintreffe. Ich bin durchaus an eine mich umgebende Aura der Unberührbarkeit gewöhnt, herzlichen Dank. Sie gefällt mir. Warum sollte ich auch Anstoß daran nehmen? Sie erinnert andere daran, wer sie sind, wer ich bin und dass der Unterschied zwischen uns kaum größer sein könnte.

Bitte nehmen Sie mir das nicht übel, und halten Sie mich in dieser Hinsicht auch nicht für einzigartig. Immerhin: Jeder Gott braucht Verehrer. Kein Gott begnügt sich allein mit der eigenen Existenz. Allwissende und allmächtige Wesen können nicht darauf verzichten, dass Verehrer ihren Status bestätigen, mindestens einmal pro Tag und sonntags zweimal. Nun, ich bin kein Gott, und zufälligerweise weiß ich, dass es keine Götter gibt. Aber selbst mein Ego benötigt gelegentliche Streicheleinheiten. Hört mich, fürchtet mich, haltet euch von mir fern, denn ich bin Q, das A und das O, der Anfang und das Ende. Es klingt nicht schlecht. Es hat das gewisse Etwas.

Sie können sich also vorstellen, dass es mir ganz und gar nicht gefiel, dauernd angerempelt zu werden. Leider schien ich nichts dagegen unternehmen zu können.

Dann bemerkte ich Data.

Er stand einfach da, reglos wie eine Statue. Und damit bot er einen recht unterhaltsamen Anblick. Jene Personen, die gegen ihn stießen, prallten einfach ab. Die unwiderstehliche Kraft trifft auf das unbewegliche Objekt, und diesmal trug das unbewegliche Objekt einen eindeutigen Sieg davon. Mich amüsierte vor allem der Umstand, dass sich Data dauernd entschuldigte. »Tut mir leid. Pardon. Entschuldigen Sie. Ich bin untröstlich.« Immer und immer wieder. Es war wirklich erstaunlich!

Ich ging los und näherte mich ihm. Er sah mich kommen und winkte mir so zu, wie es nur ein Androide vermag – Körper und Geist schienen nur teilweise daran beteiligt zu sein. Ich winkte ebenfalls, wenn auch nur deshalb, um ihn nicht zu enttäuschen.

Auf dem Bahnsteig wimmelte es von Angehörigen aller Spezies. Aber ganz gleich, welche Hautfarbe sie hatten, ob blau, grün, neongelb, aquamarin oder rosarot mit purpurnen Tupfern – in den Gesichtern zeigte sich der gleiche Ausdruck. Ungläubigkeit durchdrang alle Fasern ihres Seins und umgab sie wie Hitze eine Düne. *Dies kann unmöglich mit mir geschehen!* riefen ihre Blicke. *Dies kann unmöglich mit mir geschehen!*

Plötzlich entstand eine Art Schneise in der Menge: Data hatte sich in Bewegung gesetzt und kam mir entgegen. Immer wieder schob er Leute beiseite – so viel zu den guten Manieren des Androiden. Dabei wiederholte sich ständig das gleiche Muster: Schieben, drücken, eine Entschuldigung, schieben, drücken, eine Entschuldigung, von der einen Seite des Bahnsteigs zur anderen. Da er gute Fortschritte dabei erzielte, beschloss ich, stehenzubleiben und den Blick umherschweifen zu lassen.

Abgesehen von Zug und Bahnsteig gab es keinen Hinweis darauf, wo wir uns befanden und was man von uns erwartete. Es gab einen Himmel über uns, und allein das erschien mir seltsam genug. Wenn wir uns in einem tiefen Abgrund befanden – wie konnte dann ein Himmel existieren? Aber er zeigte sich in seiner ganzen violetten Pracht, und die Sonne verschwand gerade hinterm Horizont, schickte ihre letzten Strahlen in den Abend.

Was den Zug anging ... Nun, ich fand ihn recht interessant. Er bestand aus einer leistungsstarken Dampflokomotive und ziemlich vielen Waggons – sie schienen bis in die Unendlichkeit zu reichen. Und es handelte sich nicht um Passagierwaggons. Offenbar waren sie für den Transport von Vieh bestimmt, nicht für den von Personen.

Trotzdem wurden die Leute hineingetrieben, und zwar von Aufsehern, die großen Gefallen an ihrer

Arbeit fanden. Es überraschte mich nicht zu sehen, dass die meisten Aufseher aus den aggressiveren Völkern stammten: Jem'Hadar, Cardassianer, Kreel und so weiter. Besonders kriegerische und räuberische Burschen. Und sie verhielten sich genau so, wie sie sich immer verhalten hatten.

Sie waren mit Peitschen, Schlagstöcken und all den anderen Dingen ausgerüstet, die dazu dienen, Befehlen Nachdruck zu verleihen. Und sie machten mit dem Genuss typischer Sadisten Gebrauch davon.

Ich hielt eine vorbeistolpernde Frau fest. »Warum lassen Sie dies alles mit sich geschehen?« fragte ich.

»Dies alles?« Sie war sehr alt. Alle unangenehmen Erfahrungen ihres Lebens waren tief in das faltige Gesicht eingegraben. Dünnes weißes Haar fiel auf schmale Schultern. Die Augen wirkten trüb und leer. »Was meinen Sie damit?«

»Ich meine dies hier! Warum lassen Sie dies alles mit sich geschehen?« Ich deutete zu den Peitschenschwingern, die immer mehr Leute in die Waggons trieben. »Sie sind weit in der Überzahl und könnten die Aufseher leicht überwältigen. Sie brauchen nur zu entscheiden, sich ihnen zu widersetzen.«

»Warum denn? Es wird alles gut.«

»Aber ...«

Die Alte ging weiter. Besser gesagt: Sie wurde von der Menge fortgeschoben. Einen Augenblick später traf Data ein. »Ist alles in Ordnung mit Ihnen?« fragte er.

»Nun, meine besonderen Fähigkeiten sind blockiert, und ich bin von irren Spinnern umgeben, die keine Ahnung haben, was mit ihnen passiert. Abgesehen davon ist alles in bester Ordnung. Wie wär's mit einer Partie Binokel?«

»Offenbar können diese Leute nicht klar denken. Ihre Gespräche und Kommentare deuten darauf hin, dass sie die hiesigen Ereignisse nicht für real halten.«

»Ich habe den gleichen Eindruck gewonnen. *Entschuldigung!*« Ein vorbeitaumelnder, verstörter Zendarianer hatte mir den Ellenbogen ins Gesicht gestoßen. »Was geht hier Ihrer Ansicht nach vor, Data?«

»Schwer zu sagen. Diese Leute scheinen nicht in der Lage zu sein, uns nützliche Informationen zu geben ...«

Eine vertraute Stimme – Picards Stimme – erklang hinter mir. »Was stehen Sie da herum?« fragte er.

In Datas Miene zeigte sich fast so etwas wie Verblüffung. Ich drehte den Kopf und fragte mich, warum der Androide mit solchem Erstaunen auf den Anblick seines Captains reagierte.

Eine halbe Sekunde später verstand ich.

Es stand tatsächlich Picard hinter mir, aber er trug schwarze Kleidung. Ein konischer Blaster ersetzte die linke Hand. Das Gesicht war leichenblass, und ein komplexer visueller Mechanismus bedeckte die eine Hälfte davon – das Ding ließ ihn besser sehen und kontrollierte gleichzeitig seine Gedanken. Kurz gesagt: Er war kein Mensch mehr, sondern etwas anderes, das gleichzeitig vertraut und schrecklich wirkte. Ich dachte sofort daran, welchen Schaden dieser spezielle Picard anrichten konnte. Derzeit konnte ich nicht auf meine Macht zurückgreifen, aber der Gestalt vor uns stand zweifellos ihr volles Potenzial zur Verfügung.

»Wir stehen hier, weil wir uns weigern, dem Herdeninstinkt nachzugeben«, sagte ich und musterte den anderen, gefährlicheren Picard.

»Ihre Wünsche sind irrelevant«, sagte Locutus der Borg. »Betreten Sie den Waggon.«

»Wir möchten das Ende des Universums verhindern«, ließ sich Data vernehmen. »Wir versuchen ...«

»Ihre Versuche sind irrelevant. Ihre Absichten sind irrelevant.« Locutus hob den Waffenarm. »Sie ... sind irrelevant. Betreten Sie jetzt den Waggon – oder Ihre Irrelevanz wird permanenter Natur sein.«

Ich wollte an ihm vorbeigehen, doch Locutus holte mit der gepanzerten Hand aus und schmetterte sie mir mitten ins Gesicht. Ich sank auf ein Knie und spürte, wie Blut zwischen den Lippen hervorquoll. Wie von selbst tasteten meine Finger nach dem Mund, und als ich das Blut an ihnen sah ... Ich konnte es einfach nicht fassen. Locutus streckte den Arm aus. Data packte ihn am Handgelenk und zwang den Blaster nach oben – die Waffe spuckte einen Strahlblitz gen Himmel.

Einige Sekunden lang standen sich Locutus und Data ganz dicht gegenüber, fast Nase an Nase. Dann sagte der Borg ruhig: »Data ... Fügen Sie sich. Jetzt sofort.«

Der Androide dachte kurz nach und wandte sich an mich. »Vielleicht sollten wir kooperieren, Q.«

Ich rührte mich nicht von der Stelle, tastete nur nach meinem blutenden Mund. Finstere Gedanken gingen mir durch den Kopf, sehr finstere. »Kooperieren? Mit dem ... Ding? Mit einer französischen Blechbüchse? Lieber sterbe ich.«

»Dabei bin ich gern behilflich«, sagte Locutus. In diesen Worten erklang genug von Picard, um mir mitzuteilen, dass sie ernst gemeint waren.

Data trat an mich heran und senkte die Stimme. »Wenn Sie tot sind, können Sie Ihrer Familie nicht mehr helfen. Und wenn sich Ihre Frau und Ihr Sohn im Zug befinden ... Vom Bahnsteig aus sind Sie wohl kaum in der Lage, sie zu lokalisieren.«

Ich sah den Androiden an und erkannte die Notwendigkeit, mich dem Unvermeidlichen zu fügen. »Soll das heißen, Widerstand ist zwecklos?«

»Ich fürchte, darauf läuft es hinaus.«

Langsam schritten wir zum Zug. Locutus ging in die gleiche Richtung und wandte nicht einmal den Blick von uns ab. Er schien irgendeinen Trick zu erwarten, vielleicht einen im letzten Augenblick unternommenen Fluchtversuch. Doch so etwas wurde unmöglich, als das Gedränge um uns herum immer mehr zunahm. Uns blieb gar nichts anderes übrig, als dem Druck nachzugeben, den die Menge auf uns ausübte. Nun, die Begegnung mit Locutus bot uns einen Vorteil: Sie hatte vor dem ersten Waggon stattgefunden, und genau dorthin strebten die Leute um uns herum. Wenn ich den Zug nach meiner Familie durchsuchen wollte, so war es angebracht, am einen Ende zu beginnen und sich zum anderen vorzuarbeiten. Wie ich im Einzelnen vorgehen sollte, war mir noch nicht klar. Dinge nicht zu wissen ... Ich empfand das als sehr beunruhigend. Allwissende Geschöpfe verstehen sich nicht besonders gut aufs Improvisieren.

Genau in diesem Augenblick hörte ich Picards Stimme, und diesmal kam sie aus einer ganz anderen Richtung. »Data!« Bisher hatte ich angenommen, dass irgendein bizarrer externer Faktor Picard in seine frühere Borg-Identität zurückverwandelt hatte. Doch das war ganz offensichtlich nicht der Fall, denn dort drüben stand er, Jean-Luc Picard, und zwar der echte. Einige Kratzer und Abschürfungen ließen ihn ein wenig mitgenommen erscheinen, aber davon abgesehen war er gesund und munter. Er stemmte sich dem Strom der Leute entgegen, die in die andere Richtung drängten und dabei Gesten vollführten, als wollten sie Fliegen verscheuchen. Picard hatte uns gesehen und rief so laut er konnte: »Data! Q! Ich bin hier!«

»Hallo, Picard!« rief ich zurück und hob die Hand zum Gruß. »Haben Sie Proviant für uns gekauft?«

»Was?« erwiderte er. Es war ihm immer schwer gefallen, die subtilen Aspekte des Sarkasmus zu verstehen.

Dann ertönte wieder die Stimme von Locutus. Es war natürlich die gleiche Stimme, aber die Intonation sorgte für einen erheblichen Unterschied.

»Keine Gespräche. Kein Kampf. Gespräche sind

irrelevant. Kampf ist nutzlos.« Nun, Locutus war nicht unbedingt ein Konversationsgenie.

Er hatte inzwischen auf dem Dach des ersten Waggons Aufstellung bezogen. Rauch kam aus dem Schornstein und der Borg verschwand gelegentlich darin, bis der Wind die Schwaden wieder fortwehte. Er wirkte sehr eindrucksvoll und gab allein durch seine Haltung zu erkennen, dass er sofort schießen würde, wenn jemand Probleme verursachte.

Picard drehte ruckartig den Kopf, als er die Stimme hörte, und allem Anschein nach glaubte er, seinen Augen nicht trauen zu können. Wir befanden uns inzwischen vor der offenen Tür des Waggons. Die Aufseher schwangen ihre Peitschen und Schlagstöcke, was die Leute vor uns veranlasste, rasch einzusteigen. Wir folgten ihrem Beispiel, und hinter uns glitt die schwere Tür zu. Dunkelheit herrschte. Es dauerte einige Sekunden, bis sich meine Augen an die Dunkelheit gewöhnten, und während dieser Zeit wurde mir die Realität unserer Situation klar: Wir waren in einem Güterwagen eingesperrt, zusammen mit hundert anderen Personen. Ich fand das alles andere als erfreulich.

»Q, q!« rief ich, aber niemand antwortete. Niemand sprach ein Wort. Hier und dort schluchzte oder schniefte jemand, und der Geruch ...

Nun, jedes Wesen riecht, um es vorsichtig auszudrücken. Das ist schlicht und einfach eine Tatsache – die Natur will es so. Normalerweise hält man diesen Geruch unter Kontrolle, indem man sich wäscht, für gewöhnlich einmal am Tag. Allerdings gibt es gewisse Individuen, die sich mehrmals am Tag um dieses Problem kümmern sollten. Das führte zu einer sehr unangenehmen Situation, wie Sie sich leicht vorstellen können. Ganz gleich, welche Geruchskontrolle früher verwendet worden war – unter den gegenwärtigen Umständen funktionierte sie nicht mehr. Woraus sich eine ziemlich schlimme olfaktorische Erfahrung ergab.

Als ich wieder sehen konnte, versuchte ich, einen allgemeinen Eindruck zu gewinnen.

Wir waren eine kunterbunte Gruppe. Wesen aus allen Ecken des Universums standen so dicht beisammen, dass niemand genug Platz hatte, um sich zu setzen. Picard trat an meine Seite und wirkte bestürzt. »Haben Sie ihn gesehen?« fragte er, und ich wusste, dass es sich nicht um eine rhetorische Frage handelte. Offenbar zog er wirklich eine Sinnestäuschung in Erwägung.

»Ja, Picard, wir haben ihn gesehen«, erwiderte ich.

»Vorausgesetzt natürlich, Sie meinen Locutus«, fügte Data förmlich hinzu.

»Natürlich meine ich Locutus, Data!« sagte Picard scharf. Er versuchte sich zu beruhigen, und das fiel ihm nicht leicht. »Entschuldigen Sie, Data. Ich hätte Sie nicht so anfahren sollen.« Typisch Picard. Mit dem drohenden Ende des Universums konfrontiert, mit einer sehr rätselhaften Situation und einer Gestalt, die aus dem schlimmsten Albtraum seines Lebens stammt... Aber Picard legt auf Höflichkeit wert. Manchmal scheinen ihm gute Manieren wichtiger zu sein als alles andere.

»Sie brauchen sich nicht zu entschuldigen, Captain. Mein Programm sieht nicht die Möglichkeit vor, beleidigt zu sein.«

Picard lächelte kurz – was seltsam genug war, wenn man unsere aktuelle Lage berücksichtige –, wurde dann wieder ernst. »Wie ist so etwas möglich, Q? Wieso bin nicht nur ich hier, sondern auch Locutus?«

»Locutus ist Teil Ihrer Vergangenheit, Picard. Erinnern Sie sich daran, schon einmal hier gewesen zu sein?«

»Nein.«

»Vielleicht haben wir es mit einem multidimensionalen Phänomen zu tun«, spekulierte Data.

»Ja, das könnte tatsächlich der Fall sein. Au! Passen Sie gefälligst auf!« fauchte ich, als ein großer, kräftig gebauter Mann gegen mich stieß. Ich schob ihn so fest wie möglich zurück.

»Ich glaube, Data hat den zentralen Punkt angesprochen«, fuhr ich fort. »Bisher war immer vom Ende des Universums die Rede, aber es geht um mehr. Das Ende des *Multiversums* bahnt sich an, und deshalb ist es durchaus möglich, dass wir Manifestationen aus anderen Dimensionen begegnen.«

»Er ...« Picard blickte unwillkürlich nach oben und schien sein anderes Selbst, den Borg, noch immer auf dem Dach des Waggons zu vermuten. »Er stammt also aus einer anderen Dimension, aus einem Paralleluniversum, in dem ich nie gerettet wurde und Locutus geblieben bin?«

Die Pfeife heulte, und der Zug setzte sich mit einem Ruck in Bewegung.

Picard bemerkte einen Vulkanier, der stoisch in einer Ecke stand. Wenn man jemanden sucht, der vernünftig und logisch denkt, so sind Vulkanier die erste Wahl. Ich muss zugeben: Selbst wir Q sind der Ansicht, dass die Vulkanier zu den beeindruckenderen Spezies zählen. Natürlich sind sie nicht auf unserem Niveau. Im Lauf der Zeit habe ich viele Völker kennen gelernt und kann daher feststellen: Vulkanier neigen weniger als andere Leute dazu, dumm und töricht zu sein.

Dieser Vulkanier war in mittleren Jahren, und an den Schläfen begann sein Haar zu ergrauen. Er schien zu meditieren. »Entschuldigen Sie bitte!« sagte Picard laut. »Ja, ich meine Sie. Wissen Sie, wo wir hier sind und wohin wir fahren?«

Einige Sekunden lang musterte der Vulkanier Picard stumm. »Wir fahren nirgendwohin«, antwortete er dann.

»Wie bitte?«

»Wir sind einer Situation ausgesetzt, die ganz offensichtlich unmöglich ist«, sagte der Vulkanier. »Etwas scheint uns aus unserem bisherigen Leben und unserer gewohnten Umgebung geholt zu haben, um uns aus irgendeinem unerfindlichen Grund hier zusammenzupferchen. So etwas ist ausgeschlossen. Solche Dinge passieren einfach nicht. Sie sind nicht logisch.«

»Ja, mag sein, aber ... es passiert trotzdem«, erwiderte Picard sanft. Vielleicht glaubte er, seinem Gesprächspartner auf die Sprünge helfen zu müssen.

Der Vulkanier schüttelte den Kopf und wirkte fast amüsiert. »Unsere derzeitigen Wahrnehmungen spielen in diesem Zusammenhang keine Rolle. Fakt ist, dass solche Dinge nicht passieren. Deshalb kann dies unmöglich real sein.«

Data musste natürlich seine goldene Nase in diese Sache stecken. »Die Wahrnehmung verbindet uns mit der Wirklichkeit, die außerhalb unseres Denkens existiert.«

»Für gewöhnlich ist das der Fall. Aber hier wäre es absurd anzunehmen, dass unsere gegenwärtigen Erfahrungen in der Realität wurzeln. Weitaus vernünftiger ist die Vermutung, dass es sich um eine Halluzination oder einen Traum handelt. Vielleicht kam es zu Komplikationen bei einer Mentalverschmelzung. Oder ich leide an einer Krankheit, die ich nicht verstehe. Die einfachste Erklärung ist meistens die richtige.«

»Ockhams Prinzip«, sagte Data.

Der Vulkanier wölbte eine Braue. »Suraks Fünfter Grundsatz.«

»Beethovens Neunte«, warf ich ein, aber niemand lachte.

»Offenbar denken große Geister gleich«, meinte Data. Bei diesen Worten sah der kleine Mistkerl nicht mich an, sondern den Vulkanier!

»Dies ist ein wirklich interessantes Gespräch, und ich könnte sekundenlang zuhören, aber leider verlangen wichtigere Dinge unsere Aufmerksamkeit«, sagte ich. »Meine Familie befindet sich nicht in diesem Waggon. Es gibt also keinen Grund für uns hier zu bleiben.«

Doch Picard schien es nicht eilig damit zu haben, diesen Güterwagen zu verlassen. Er sah eine persönliche Herausforderung darin, alle Leute dazu zu bringen, sich mit der aktuellen Situation zu befassen. Im Tonfall eines Volksredners rief er: »Sie alle – hören Sie mir zu! Sie müssen dies nicht einfach tatenlos hinnehmen! Wir sind imstande, den Zug unter unsere Kontrolle zu bringen! Wenn wir uns zusammenschließen, können wir die Aufseher überwältigen und ...«

»Was sagen Sie da?!« kreischte jemand. »Es ist alles in Ordnung!«

»Es ist alles in *Ordnung*? Sie überlassen die Kontrolle über ihr Leben unbekannten Unterdrückern, die Sie zu einem Ort bringen, den Sie nicht kennen, und zwar aus Gründen, die Ihnen ebenfalls unbekannt sind. Wie können Sie unter solchen Umständen behaupten, es sei alles in Ordnung?«

»Es gibt kein Problem. Es besteht kein Grund zur Sorge. Alles wird gut.«

Andere ›Passagiere‹ brachten ähnliche Meinungen zum Ausdruck. »Ja, es ist alles in Ordnung. Niemand braucht sich Sorgen zu machen. Schlagen Sie keinen Krach.«

Eins muss man Picard lassen: Er gibt nicht einfach auf. »Hören Sie mir zu!« rief er. »So unglaublich es auch klingen mag: Eine fremde Kraft oder Entität bedroht das Gefüge des Universums! Wir alle werden einem sonderbaren Martyrium unterzogen, aus Gründen, die uns rätselhaft bleiben. Aber wir müssen uns nicht fügen. Wir können Widerstand leisten und den Verantwortlichen zeigen, dass wir nicht bereit sind, so etwas einfach hinzunehmen! Wir lassen uns nicht wie Vieh zu einem unbekannten Ort verfrachten. Wir sind Personen! Wir sind intelligente Wesen und haben das Recht, unser Schicksal selbst zu bestimmen. Wer ist auf meiner Seite?«

Es war eine hervorragende Rede, das gebe ich gern zu, und normalerweise hätte eine derartige Rhetorik dazu geführt, dass selbst die stursten Individuen gerufen hätten: »Wir helfen Ihnen, Picard, ja, wir folgen Ihnen bis in die Hölle!«

Doch hier bestand die einzige Reaktion aus stummen, verwirrten Blicken. Und dann sagte der Vulkanier mit einer Autorität, die nur Vulkanier Worten verleihen können: »Es ist alles in Ordnung. Dies hier ... geschieht nicht.« Er hätte selbst einen Toten davon überzeugen können, nicht tot sein.

»Warum leugnen Sie das Offensichtliche?« erwiderte Picard.

»Die Sinne können getäuscht werden, nicht wahr?« fragte der Vulkanier und sah mir dabei direkt in die Augen. Ich war ziemlich erstaunt und wusste nicht genau, warum diese Worte ausgerechnet mir galten. Vor einer Weile hatte ich selbst darüber nachgedacht, wie unzuverlässig die eigene Wahrnehmung sein konnte, insbesondere in einer so ungewöhnlichen Situation. Waren meine Gedanken etwa wie ein offenes Buch?

Dann rief jemand weiter hinten im Waggon: »Dies hier geschieht tatsächlich, aber es ist trotzdem alles in Ordnung. Alles wird wieder so, wie es war, und es besteht nicht die geringste Gefahr. Dies ... ist nur ein kleiner Ausflug, und anschließend bringt man uns nach Hause zurück.«

Die dämlichen Worte ernteten überall zustimmendes Nicken. Was für Narren!

»Sie irren sich, dies geschieht *nicht*«, widersprach der Vulkanier. »Niemand von uns ist hier. Aber Sie haben

Recht mit Ihrem Hinweis, dass wir nichts unternehmen müssen. Da stimme ich Ihnen zu, wenn auch aus anderen Gründen.«

Ich hoffe, dieser Wortwechsel verleiht dem Leser einen Eindruck von der Absurdität unserer Situation. Hier schien eine Art Philosophieunterricht für geistig Minderbemittelte stattzufinden, und die dümmsten Bemerkungen wurden mit den besten Noten belohnt.

Wie ein Schüler hob ich die Hand und sagte: »Picard, ich habe bereits darauf hingewiesen, dass es keinen Grund dafür gibt, noch länger hier zu bleiben. Angesichts der Banalität der Konversation schlage ich vor, den Waggon zu verlassen und die Suche fortzusetzen.«

Ich konnte mich nicht daran erinnern, Picard jemals so entmutigt gesehen zu haben. »Ja«, erwiderte er leise. »Ja. Ich sehe ebenfalls keinen Sinn darin, hier noch mehr Zeit zu vergeuden. Sie haben Recht, Q.«

»Das sind meine Lieblingsworte«, sagte ich. »Nun, hat jemand eine Idee, wie wir hier herauskommen?«

»Mr. Data …« Picard deutete zur Rückwand des Güterwagens. Zuerst dachte ich, dass er sich einen Vorschlag vom Androiden erhoffte, aber Data nickte einfach nur, und ich begriff: Sie hatten so lange zusammengearbeitet, dass wenige Worte von Picard genügten. Er brauchte nur zu nicken, und schon wurde Data aktiv.

In gewisser Weise beneidete ich sie um diese Beziehung. Während all der zahllosen Jahrhunderte meiner Wanderschaft durch die Galaxie gab es nie jemanden, mit dem ich auf einem solchen Niveau kommunizieren konnte. Nicht einmal mit Lady Q war ich dazu imstande. Oh, sicher, wir verständigten uns, indem wir unsere Gedanken teilten, wie alle Angehörigen des Q-Kontinuums. Aber nicht einmal denken zu müssen, weil die andere Person weiß, was einem durch den

Kopf geht ... So etwas ist nur bei einem Vertrauen möglich, das sich – so seltsam es auch klingen mag – jenseits der Grenzen meiner Erfahrungswelt erstreckt.

Es lag mir natürlich fern, entsprechende Worte an Picard zu richten. Stattdessen sagte ich: »Ja, Data, machen Sie nur, hopp, hopp!«

Der Androide ging sofort los und presste die Hände flach an die Rückwand des Waggons. Der Vulkanier brachte Datas Aktivitäten vages Interesse entgegen; vielleicht glaubte er, dass der Androide eine Mentalverschmelzung mit dem Güterwagen versuchte. Mir war natürlich sofort klar, worum es Data ging. Er untersuchte die Wand und übte Druck aus, um festzustellen, wo sie nachgab. Nach einigen Sekunden holte er aus und schlug die Faust durchs Holz. Die Latten splitterten, und Wind wehte durch die Öffnung – angesichts des Gestanks eine sehr willkommene Erfrischung. Innerhalb kurzer Zeit schuf Data eine Öffnung, die groß genug war, um hindurchzuklettern.

Der Androide drehte sich um und winkte uns zu sich. Wir entfernten einige weitere Latten und versuchten dann, einen Eindruck von der Situation zu gewinnen. Ich konnte nicht unbedingt behaupten, dass mir gefiel, was ich sah. Mit unglaublicher Geschwindigkeit raste der Zug über die Gleise, und das Klacken der Räder kam einem stakkatoartigen Donnern gleich. Die Idee, von einem Waggon zum nächsten zu springen, verlor rasch ihren Reiz. Ich wusste nicht, über welchen persönlichen Schutz ich in dieser Sphäre verfügte, ahnte aber, dass er nur sehr gering war. Ich hatte bereits Muskelschmerzen, Kälte und andere unangenehme Dinge gefühlt, was mich zu der Vermutung veranlasste, dass es zu sehr ernsten Konsequenzen kommen mochte, wenn ich bei der gegenwärtigen Geschwindigkeit auf die Schienen fiel. Data war sicher imstande, einen solchen Sturz unverletzt – beziehungsweise unbeschädigt – zu überstehen, was Picard und mir allerdings kaum etwas nützte.

Zu allem Übel waren die Güterwagen mit einem Kupplungsmechanismus verbunden, der sich als sehr schmal erwies. Wo verbarg sich meine Macht, wenn ich sie brauchte?

Interessanterweise blickte Picard nicht zu den Schienen hinab, sondern nach oben zum Dach des Waggons. »Sie halten nach Locutus Ausschau, nicht wahr, Picard?« fragte ich.

Er nickte.

»Fürchten Sie das, was er repräsentiert?«

Falten bildeten sich auf Picards Stirn. »Natürlich nicht! Ich habe vor allem an das Sicherheitsrisiko gedacht, das er darstellt. Wir könnten in eine sehr schwierige Lage geraten, wenn er von oben auf uns schießt.«

Picard war von Anfang an viel zu selbstgefällig gewesen, und ich freute mich über die Gelegenheit, es ihm mit gleicher Münze heimzuzahlen. »Das ist nicht der Grund. Ich habe bemerkt, wie Sie Locutus auf dem Bahnsteig angesehen haben. Allein der Gedanke an ihn lähmt Sie geradezu vor Entsetzen.«

»Damit habe ich schon vor langer Zeit Frieden geschlossen, Q.«

»Mit dem Verderben schließt man keinen Frieden.«

»Sie wissen nicht, wie es in mir aussieht, Q.«

»Vielleicht wissen Sie es selbst nicht.«

Picard schenkte diesen Worten keine Beachtung und wandte sich an Data. »Können Sie uns zum nächsten Waggon bringen?«

»Ja, Sir«, erwiderte der Androide voller Zuversicht. Genau darin bestand einer seiner großen Vorteile. Ein Mensch hätte diese Antwort vielleicht aus falsch verstandenem Wagemut gegeben und wäre anschließend gezwungen gewesen, die Zähne zusammenzubeißen und tollkühn zu sein, um die Prahlerei nicht auffliegen zu lassen. Bei Data hingegen lag der Fall anders. Er hatte die Situation bereits analysiert und sie mit den Parametern seiner eigenen Leistungsfähigkeit verglichen, um zu dem Schluss zu gelangen, dass er einer solchen Aufgabe tatsächlich gewachsen war.

»Dann machen Sie das«, sagte Picard. Ich liebe diesen Ausdruck! Er ist so typisch für Picard. Unser Held könnte sagen: »Also los«, »Viel Glück« oder »Versuchen wir's.« Aber nein, es muss unbedingt »Machen Sie das« heißen. Picard hielt sich gern für den Herrn seines eigenen Schicksals. Kein Wunder, dass er sofort die fundamentalen Konzepte der Mentalrealität im Q-Kontinuum verstand. Er versuchte ständig, die Realität seinen Wünschen anzupassen. »Machen Sie das« bedeutete: »Sorgen Sie dafür, dass die Realität so aussieht, wie ich es möchte.«

Ein erstaunlicher Mann. Unter anderen Umständen hätte er einen passablen Q abgegeben.

Data trat auf die Kupplung. Er hatte festgestellt, dazu imstande zu sein, und deshalb zögerte er nicht, handelte einfach. Ich fand das lobenswert. Mit raschen, sicheren Schritten überquerte er die Kupplung, ohne um die eigene Sicherheit besorgt zu sein. Uniformjacke und Hose flatterten im Wind, aber die Haare blieben unbewegt. Vielleicht hatte er sie mit Schellack gekämmt. Der nächste Waggon war nur wenig mehr als einen Meter entfernt, aber für manche Leute hätten es genauso gut Meilen sein können. Nicht so für Data. Er verhielt sich wie jemand, der über die Straße schlenderte.

Er schlug ein Loch in die Wand des nächsten Güterwagens, und ich dachte dabei an die Leute darin. Sie standen da, kauerten vielleicht auf dem Boden, und plötzlich schmetterte eine goldene Faust durch die Wand. Vermutlich ließ es Data auch diesmal nicht an Höflichkeit mangeln, indem er wieder »Entschuldigung«, »Bitte um Verzeihung« und »Hoffentlich störe ich nicht« sagte.

Innerhalb weniger Sekunden entstand eine Öffnung, die groß genug war, um uns in den zweiten Waggon klettern zu lassen.

»Nach Ihnen, *mon capitaine*«, sagte ich und verbeugte mich spöttisch.

Picard atmete tief durch und trat auf die Kupplung. Zuerst wirkten seine Bewegungen recht sicher, doch eine jähe Erschütterung ließ ihn taumeln. Data griff genau in dem Augenblick nach dem Arm des Captains, als der das Gleichgewicht verlor. Mühelos zog er ihn in den nächsten Waggon, wandte sich dann mir zu und streckte die Hand aus. Ich glaubte mich bei einer Debüttantenparty. »Oh, Data, ich wusste gar nicht, dass Ihnen so viel an mir liegt«, sagte ich mit besonders verschämt klingender Stimme.

Ich trat auf die Kupplung und erstarrte. Vor meinem inneren Auge entstand ein Bild und zeigte mir, wie ich auf die Gleise fiel und ... starb. Nun, ich bin hier ein wenig zu dramatisch. Würde ich sterben? Natürlich nicht. Ich bin viel zu erhaben. Aber ich könnte ... langsam verblassen, während mich ein paar Milliarden Personen als guten Freund und Mentor im Gedächtnis behalten, als eine sorglose Seele und ...

»Kommen Sie, Q!« rief Picard. »Brauchen Sie meine Hilfe?«

Das genügte natürlich, um mich aus meinen Träumereien zu wecken. Ich presste die Lippen zusammen, schob mich über die Kupplung und trachtete danach, einen möglichst zuversichtlichen Eindruck zu erwecken. Der Kupplungsmechanismus zitterte unter mir, aber ich achtete nicht darauf. Drei Schritte weit kam ich, bevor ich stolperte und ... Data griff ebenso nach meinem Arm wie zuvor nach dem seines Captains. Er zog mich in den nächsten Waggon, und erneut umgab uns der Geruch von Wesen, die sich mehr oder weniger fürchteten. Diesmal aber war der Gestank fast willkommen.

Ich rechnete damit, dass um uns herum protestierende Stimmen laut wurden, aber ...

Nichts dergleichen geschah. In diesem Güterwagen saßen alle und blickten in die gleiche Richtung, zur großen Schiebetür. Und alle zur großen Schiebetür starrenden Personen schüttelten den Kopf.

Es schien sich fast um eine sonderbare religiöse Zeremonie zu handeln. Immer wieder drehten sich die Köpfe von einer Seite zur anderen, in einem beständigen, unheimlich anmutenden Rhythmus. »Nein«, kam es monoton von hundert Lippen. »Nein, nein, nein.«

Ich rief nach meiner Frau und meinem Sohn, bekam aber keine Antwort. Sie befanden sich nicht in diesem Güterwagen. Selbst die Personen, die wir vor uns sahen ... Es fiel schwer zu glauben, dass sie wirklich zugegen waren. Sie schienen völlig von ihrer Umgebung getrennt zu sein, noch mehr als die Leute im ersten Waggon. Nein. Nein. Nein. Nein.

»Warum schütteln Sie alle den Kopf?« fragte Picard. Er konnte einfach niemanden in Ruhe lassen.

Natürlich blieb eine Antwort aus. Kein Wunder. Diese Leute negierten die sie umgebende Realität, und das bedeutete auch, dass Picard und seine Frage gar nicht für sie existierten.

»Lassen Sie nur, Picard«, sagte ich. »Es hat keinen Sinn.«

»Aber ... aber ...« Und dann schwieg er, als er begriff, dass ich Recht hatte.

Wir gingen zum anderen Ende des Waggons, und dort machte sich Data erneut ans Werk. Wenn man es mit Geschöpfen wie ihm zu tun hatte, brauchte man sich glücklicherweise über Erschöpfung und dergleichen keine Gedanken zu machen.

Der nächste Waggon unterschied sich kaum vom letzten.

Und so ging es weiter

Picard hielt es für notwendig, sich immer wieder von seiner romantisch-ritterlichen Seite zu zeigen und einem ausgeprägten messianischen Komplex nachzugeben. Mehrmals sprach er zu den Leuten und versuchte, sie aus ihre Apathie zu wecken und zu veranlassen, aktiv zu werden. Aber er erzielte keinen Erfolg und gab schließlich auf.

Wir setzten den Weg fort. Zuschlagen, durch die Öffnung treten, »Entschuldigung«. Zuschlagen, durch die Öffnung treten, »Bitte um Verzeihung«. Von einem Güterwagen zum nächsten. Zu Beginn der Suche hoffte ich sehr, meine Familie zu finden, aber mich erwartete eine Enttäuschung nach der anderen. Je weiter wir kamen, desto mehr wuchs in mir die Überzeugung, dass sich irgendein Sinn hinter dieser Angelegenheit verbarg. Vielleicht musste ich mich einigen Herausforderungen stellen, bevor ich endlich mein Ziel erreichen würde – kein sehr origineller Gedanke, ich weiß, aber er half mir dabei, nicht den Mut zu verlieren.

Als wir durch einen weiteren Waggon mit Leuten kamen, die der Realität ablehnend gegenüberstanden, verkündete Data: »Dies scheint der vorletzte Güterwagen zu sein.«

Picard und ich antworteten mit einem Sind-Sie-sicher-Blick, woraufhin Data eine weitere Öffnung schuf, die es uns ermöglichte, nach draußen zu klettern. Vorsichtig schoben wir uns zur Seite, bis wir um die Ecke des Waggons sehen konnten und feststellten, dass Data Recht hatte – was für eine Überraschung.

Es bedeutete, dass unsere Suche bald beendet war. Doch dieser guten Nachricht folgte sofort die schlechte: Wenn sich Lady Q und q nicht im nächsten Waggon befanden, so hatte ich nicht die geringste Ahnung, wo ich nach ihnen Ausschau halten sollte. In dem Fall mochte es angeraten sein, im Zug zu bleiben und zu warten, bis er seinen Bestimmungsort erreichte.

Aber dabei handelte es sich nicht um einen Ort, den ich gern aufsuchen würde. Mein Instinkt teilte mir mit: Die Endstation des Zuges bedeutete im wahrsten Sinne des Wortes das *Ende*. Es gab keine Fakten, die mich zu dieser Annahme veranlassten; sie basierte vielmehr auf den Resten meiner Allwissenheit. Die Atmosphäre des Unheils verdichtete sich immer mehr, und vielleicht endete dieser Albtraum nicht mit einem Erwachen.

Ich sah Picard an und erkannte, dass ihm die gleichen Gedanken durch den Kopf gingen – eigentlich eine erschreckende Vorstellung.

»Also los, Data«, sagte er fest. »Sehen wir uns den letzten Waggon an.«

Data bewegte sich mit der gleichen Sicherheit, die er während der ganzen Suche gezeigt hatte. Ich beugte mich erneut vor und bemerkte Berge in der Ferne. Donner grollte, und gelegentlich gleißte ein Blitz. »Wundervoll«, murmelte ich. »Regen. Genau das hat uns gefehlt, um unser Abenteuer zu vervollständigen.«

Wir brachten die Kupplung hinter uns. Inzwischen waren Picard und ich fast ebenso geschickt wie der Androide, wenn es darum ging, von einem Güterwagen zum nächsten zu gelangen. Der Mechanismus wackelte unter uns, aber wir hatten uns daran gewöhnt und gelernt, trotz der sehr heftigen Vibrationen das Gleichgewicht zu wahren. Stellen Sie sich in diesem Zusammenhang einen Surfer vor, der auf dem Surfbrett steht und sein Gewicht verlagert, um sich den Veränderungen der Welle anzupassen. Ich blickte nicht mehr zu Boden, und die Wahrscheinlichkeit dafür, auf die Schienen zu fallen, erschien mir sehr gering. Ich wünschte sogar, mir etwas mehr Zeit für die Überquerung der

Kupplung genommen zu haben, denn im letzten Waggon erwartete uns das reinste Chaos.

Es blieb mir ein Rätsel, warum sich die Situation in diesem Güterwagen so sehr von der in den anderen unterschied. Eins stand fest: Der Unterschied hätte kaum größer sein können. Hier grenzte alles an Wahnsinn. Nein, das stimmte nicht ganz – die Grenze zum Wahnsinn war längst überschritten.

Überall um uns herum schrien Personen aus vollem Halse: »*Dies geschieht nicht! Es soll aufhören! Sie können es nicht auf mich abgesehen haben! Bestimmt wollen sie jemand anders! Dich! Sie wollen dich, nicht mich! Meine Zeit ist noch nicht gekommen! Ich will zurück!*«

Hier ging der Gestank nicht in erster Linie auf verschiedene Körpergerüche zurück, sondern auf Panik. Ich darf Ihnen versichern: Ein solcher Geruch ist keineswegs angenehmer. Wir versuchten, den Lärm zu übertönen, aber es fiel uns schwer, das eigene Wort zu verstehen. Die Leute in diesem Waggon schienen der Ansicht zu sein, dass sie nur laut und oft genug schreien mussten, um dafür zu sorgen, dass das Problem verschwand. Nun, in gewisser Weise konnte ich es ihnen nicht verdenken. Früher einmal habe ich diese Methode selbst ausprobiert, so wie ein Kind immer wieder heult: »Es ist noch nicht Zeit, um ins Bett zu gehen.« Bei allmächtigen Wesen kann so etwas durchaus funktionieren, aber niedere Lebensformen machen für gewöhnlich die Erfahrung, dass ein solches Verhalten nicht zu den gewünschten Resultaten führt.

Picard beeindruckte mich, denn nach einer Weile gelang es ihm tatsächlich, sich Gehör zu verschaffen. »*Aufhören! Aufhören! Dies führt zu nichts!* Wenn Sie etwas an Ihrer Situation ändern wollen, so schließen Sie sich uns an! Kämpfen Sie gegen Ihre Unterdrücker. Stehen Sie auf und leisten Sie entschlossen Widerstand. Noch ist nicht alles verloren.«

Es war schon eine ganze Weile her, seit Picard zum letzten Mal Gebrauch von seinen rhetorischen Fähigkeiten gemacht hatte, und ich fand die kurze Ansprache recht bewegend. In ihr erklang etwas in der Art von »Auf in den Kampf, wir fürchten weder Tod noch Teufel!«

Und diesmal erzielten seine Worte eine Reaktion. Diese Leute beschränkten sich nicht wie die in den anderen Waggons darauf, uns einfach nur verstört anzustarren. O nein. Sie richteten abschätzende Blicke auf uns – und dann griffen sie an!

Vor einigen Jahrhunderten besuchte ich eine abgelegene Welt und traf dort einen von Kummer gebeugten Mann. Er saß vor einer hohen Felswand und starrte ins Leere. Zwar wirkte er tief in Gedanken versunken, aber es konnte kein Zweifel daran bestehen, dass ihm etwas Tragisches zugestoßen war.

Er sah mich nicht, denn ich versteckte mich hinter einem Strauch. Amüsiert stellte ich fest, dass er zu beten begann.

»Erhabener«, stöhnte er, »ich bin ein toter Mann. Ich habe eine schreckliche Sünde begangen. Mein Bruder und ich stritten uns um eine Frau, und ich versetzte ihm einen zornigen Schlag. Ich wollte ihn nicht töten, Erhabener, aber er starb. In unserem Land gibt es für so etwas nur eine Strafe: den Tod. Und deshalb bin ich ein toter Mann. Ich bin tot.«

Ich beschloss, mich ein wenig zu vergnügen, präsentierte mich als eine von weit oben herabreichende Lichtsäule. »**Nein**«, sprach ich. »**Du bist kein toter Mann.**«

Der Mann schnappte nach Luft und versuchte aufzustehen, doch er war so geschwächt, dass die Beine unter ihm nachgaben. Er hob die Hand zur Brust. »Ich bin ... kein toter Mann?«

»**Nein, das bist du nicht. Glaubst du an mich?**«

Er nickte so heftig, dass ich befürchtete, der Kopf könnte sich vom Hals lösen.

»**Na schön. Ich sage dir: Du bist kein toter Mann,**

**aber du hast gesündigt. Siehst du die hohe Felswand hinter dir? Erklettere sie und tritt an ihren Rand.«**

»Dein Wille ... ist mir Befehl, Erhabener.« Er war so verblüfft und atemlos angesichts der unerwarteten Offenbarung, dass er die Worte nur mühsam hervorbrachte. Wie oft hatte der arme Kerl sein Herz irgendeinem vermeintlichen Gott ausgeschüttet und keine Antwort bekommen? Aber jetzt ... Jetzt zeigte sich der Gott als strahlendes Licht und *sprach* zu ihm. Hoffnung wuchs in seinem Herzen, als er an der Felswand geradezu emporflog. Er kletterte so schnell, dass er sich die Hände an scharfen Kanten aufriss, aber er schenkte dem Schmerz keine Beachtung, konzentrierte sich ganz auf das, was er für eine heilige Mission hielt.

Schließlich erreichte er die Kante, und vor ihm verjüngte sich die Felswand zu einem schmalen Grat. Ganz dicht trat er an den Rand heran, wie befohlen. Es wehte kein Wind, und es weilten keine Geräusche verursachenden Geschöpfe in der Nähe – absolute Stille herrschte. Der Mann stand dort und fragte sich vermutlich, was sein ›Gott‹ sonst noch von ihm verlangen würde.

Plötzlich gab der Boden unter ihm nach. Was eigentlich niemanden überraschen sollte, denn es ist ziemlich dumm, ganz am Rand einer solchen Felswand zu stehen. Der Mann ruderte mit den Armen und versuchte vergeblich, der Schwerkraft zu trotzen.

Während er in die Tiefe stürzte, donnerte meine Stimme von oben: »*Jetzt* **bist du ein toter Mann.**« Er landete mit einem Platschen, aber ich hatte bereits das Interesse verloren und setzte den Weg zu anderen Welten fort, um dort weitere gute Taten zu vollbringen.

Ich weiß: Sie glauben, ich sei gemein gewesen. Aber in Wirklichkeit habe ich dem Mann einen Gefallen erwiesen. Sie glauben mir nicht? Nun, wenn seine Artgenossen ihn erwischt hätten, so wäre er sicher einen viel schmerzvolleren Tod gestorben. Wahre Gnade fällt vom Himmel, wie auch ein Brudermörder.

Ich habe diese kleine Geschichte aus folgendem Grund erzählt: Als die Irren uns von allen Seiten angriffen, bekam ich eine Ahnung davon, was der Mann in seinen letzten Sekunden gefühlt hatte. Es gab nur einen Unterschied. Ich konnte nicht zu einem höheren Wesen beten, weil ich selbst ein höheres Wesen bin, und meine eigene Präsenz nützte mir derzeit überhaupt nichts.

Ich möchte an dieser Stelle darauf hinweisen, dass Schlägereien nicht unbedingt zu meiner Stärke gehören. Eine angreifende Armada allein mit Willenskraft mitten in einen Asteroidenschwarm zu versetzen, weil mir die Dekoration der Schiffe nicht gefällt ... dazu bin ich sehr wohl imstande. Aber mich auf Handgreiflichkeiten mit einer Horde Wahnsinniger einzulassen ... so etwas gefällt mir nicht. Zu meinem letzten Erlebnis dieser Art kam es, als ich mich dem Kommandanten einer Raumstation zum Boxkampf stellte. Ich muss zugeben: Die Sache ging schlecht für mich aus. Mein Status schien den Burschen überhaupt nicht zu beeindrucken. Später zahlte ich es ihm natürlich heim, aber das ist eine andere Geschichte, die hier nichts zur Sache tut.

Im Durcheinander des Güterwagens blieb mir nichts anderes übrig, als von meinen Fäusten Gebrauch zu machen. Diese Irren leugneten die Realität mit einer derartigen aggressiven Hingabe, dass selbst völlig übergeschnappte Amokläufer ein oder zwei Sekunden lang innegehalten hätten. Sie fielen über mich her, offenbar in der Hoffnung, mich zu Boden reißen zu können. Ich setzte mich so gut wie möglich zur Wehr. Picard sah sich mit der gleichen Situation konfrontiert und hatte kaum mehr Erfolg als ich.

Data hingegen standen ganz andere Möglichkeiten offen.

Er sprang nach oben, hielt sich an einem Sparren fest und durchschlug das Dach. Das Holz splitterte sofort, und ein großes Loch entstand. Anschließend ließ sich der Androide ins Getümmel fallen und stieß Leute beiseite oder schob sie aus dem Weg, ohne dass sich sein Gesichtsausdruck veränderte. Auch diesmal hielt er am Prinzip der Höflichkeit fest: »Entschuldigen Sie bitte«, »Tut mir leid«, »Bitte treten Sie zur Seite«, »Hoffentlich habe ich Ihnen nicht die Nase gebrochen« und so weiter. Ich hätte laut lachen können, wenn ich nicht gezwungen gewesen wäre, um mein Leben zu kämpfen.

Data packte Picard und warf ihn wie einen Sack Kartoffeln durch die Öffnung aufs Dach des Güterwagens.

Wenige Sekunden später fühlte ich, wie der Androide nach meinem Kragen tastete. »Ich klettere lieber nach oben!« rief ich, aber Data nahm keine Rücksicht auf meinem Stolz. Im Rückblick betrachtet muss ich eingestehen, dass er richtig handelte – immerhin versuchten die Irren, mir den Schädel einzuschlagen. Wie dem auch sei: Plötzlich flog ich und fand mich dann neben Picard auf dem Dach des Waggons wieder. Data folgte uns, sprang einfach durchs Loch.

Das Überqueren der Kupplungen war schon schlimm genug gewesen, aber hier oben *auf* dem Zug ging es noch ungemütlicher zu. Der überaus starke Fahrtwind drohte uns vom Dach zu blasen.

Ich dachte über unsere Situation nach und kam zu dem Schluss, dass wir nicht viele Möglichkeiten hatten.

»Ich glaube, uns ist ein taktischer Fehler unterlaufen«, sagte Data.

»Was meinen Sie damit?« fragte Picard.

»Wir befanden uns zunächst im ersten Waggon. Anstatt uns in Richtung Ende des Zuges vorzuarbeiten, hätten wir die Lokomotive angreifen sollen. Wenn es uns gelungen wäre, das dortige Personal zu überwältigen und den Zug anzuhalten, so hätten wir die Waggons leichter durchsuchen können, ohne uns bei den Kupplungen Gefahren auszusetzen.«

Picard und ich starrten Data einige Sekunden lang an. Anschließend trafen sich unsere Blicke – und kehrten dann wieder zum Androiden zurück. »*Und das sagen Sie erst jetzt?*« entfuhr es mir. »*Warum haben Sie nicht früher darauf hingewiesen?*«

»Strategie gehört nicht zu meinem Prioritäten. Meine Aufgabe besteht in erste Linie darin, wissenschaftliche Daten zu analysieren ...«

»*Ach, seien Sie still, Data!*« rief ich.

»Fordern Sie ihn nicht auf, still zu sein!« erwiderte Picard scharf. »Er hat Recht. Ich hätte daran denken sollen. Aber es kam mir nicht in den Sinn. Der Grund dafür ist mir schleierhaft.«

»Ich kenne den Grund«, hielt ich ihm entgegen. »Sie haben nicht daran gedacht, weil Locutus Ihren ganzen Kopf füllte!«

»Das stimmt nicht!«

»Wer leugnet jetzt die Wahrheit, Picard?«

Ein oder zwei Sekunden lang erweckte er den Eindruck, mich erneut schlagen zu wollen. Stattdessen wandte er sich an Data: »Wir können den Plan noch immer durchführen. Wenn wir gut aufpassen, sollte es eigentlich möglich sein, auf den Dächern der Waggons zum Anfang des Zuges zurückzukehren.«

Ich sah zur Lokomotive, die einige Kilometer entfernt zu sein schien. Vermutlich handelte es sich um eine optische Täuschung, aber sie wirkte sehr überzeugend. Die Alternativen bestanden darin, vom Zug zu springen oder durch die Güterwagen nach vorn zurückzukehren. Weder das eine noch das andere übte großen Reiz auf mich aus.

Picard sah mich an, und mit einem zustimmenden Nicken unterstützte ich seine haarsträubenden Absichten. Geduckt setzten wir uns in Bewegung, doch durch den starken Fahrtwind kamen wir nur langsam voran.

Diese Beschreibung gilt natürlich nur für Picard und mich. Data, die Bergziege, bewegte sich, als sei er dazu geschaffen, auf Güterwagen umherzuspazieren. Sein positronisches Gehirn nahm tausend winzige Rejustierungen vor, um den neuen externen Einflüssen gerecht zu werden, und anschließend ging er einfach los. Er brauchte sich nicht einmal zu ducken. Mit hoch erhobenem Kopf schritt er dahin, wobei seine Arme stärker als sonst hin und her schwangen – eine Ein-Androiden-Parade.

Wir sprachen nicht miteinander, als wir uns der Lokomotive näherten. Worüber hätten wir auch reden sollen? Auf den Dächern der Waggons kamen wir wesentlich schneller voran als in ihnen, und vielleicht gab es tatsächlich eine optische Täuschung: Die Lokomotive schien die ganze Zeit über weit entfernt zu sein – und dann trennten uns plötzlich nur noch wenige Güterwagen von ihr. Wir gratulierten uns schon zur sicheren Ankunft, als ...

Locutus der Borg stieg vor uns zwischen zwei Waggons auf. Ich weiß nicht, wie er das fertig brachte. Eine Art Liftplattform schien ihn nach oben zu tragen.

Er verharrte und sah uns an, während der Blaster nach unten zeigte. Picard blieb wie angewurzelt stehen, und die Farbe wich aus seinem Gesicht, als er sein früheres Alter Ego musterte.

»Keine Sorge, Captain«, sagte Data. »Ich kümmere mich um ihn.«

»Nein«, antwortete Picard mit einer sonderbaren Schärfe in der Stimme. »Nein, Data. Das übernehme ich selbst.«

»Captain, dies ist vielleicht nicht der geeignete Zeitpunkt ...«

»Nicht der geeignete Zeitpunkt wofür, Data?« Picards

Stimme klang noch immer scharf. Was Locutus betraf: Er rührte sich auch weiterhin nicht von der Stelle und begnügte sich damit, zuzuhören und zu beobachten.

»Captain, dies ist nicht der geeignete Zeitpunkt für eine Konfrontation, die das tief in Ihnen verwurzelte psychologische Bedürfnis befriedigt, über einen inneren Aufruhr zu triumphieren. Damit meine ich jene Unruhe, die der Anblick des Geschöpfs dort vor uns verursacht.«

Meine Güte, dachte ich. Data war nicht nur ein wandelnder Taschenrechner, sondern auch noch ein Psychiater! Na so was.

»Data«, erwiderte Picard langsam, »das Ende des Universums ist nahe. Dies ist nicht nur der richtige Zeitpunkt, sondern vielleicht sogar der perfekte. Alles deutet darauf hin, dass es auch der *einzige* sein könnte. Bitte treten Sie zur Seite.«

»Das ist doch lächerlich«, warf ich ein. »Wenn Data mit Locutus fertig werden kann, so sollten wir die Sache ihm überlassen. Es hat keinen Sinn, ausgerechnet jetzt den kühnen Helden zu spielen, um ein persönliches Trauma zu überwinden.«

»Es gibt kein persönliches Trauma, verdammt! Ich bin einfach nur am besten für eine Konfrontation mit ihm geeignet!«

»Noch mehr Wahrheitsverleugnung, Picard?«

Er warf mir einen Blick zu, der Bände sprach, sah dann wieder zu Data und wiederholte: »Treten Sie zur Seite.«

Dem Androiden blieb natürlich keine Wahl. Er war verpflichtet, seinem Vorgesetzten zu gehorchen.

Es war ein ziemlicher Kontrast. Dort stand Locutus, hoch aufgerichtet, arrogant und voller Zuversicht. Picard hingegen blieb halb geduckt, als er sich ihm vorsichtig näherte. Die Berge, die sich zunächst in der Ferne abgezeichnet hatten, waren inzwischen ein ganzes Stück näher gekommen. Ein großes Tal schien das Ziel des Zuges zu sein.

Etwa anderthalb Meter vor Locutus blieb Picard stehen. Sie musterten sich gegenseitig, jeder von ihnen ein verzerrtes Spiegelbild des anderen. Picards Körpersprache signalisierte Furcht vor dem Borg. Doch dann straffte er die Schultern und hüllte sich ebenfalls in eine Aura der Selbstsicherheit.

»Aus dem Weg«, sagte Picard.

»Nein«, erwiderte Locutus.

»So viel zu den Verhandlungen«, meinte ich zu Data.

»Seien Sie still, Q«, zischten Locutus und Picard gleichzeitig. Wie ärgerlich: ein allmächtiges Wesen, das zweimal von der gleichen Stimme Schelte empfing, und zwar gleichzeitig!

»Ich habe keine Angst vor dir«, sagte Picard.

»Angst ist irrelevant.«

Schon wieder dieses Wort: ›irrelevant‹. Kannte der Bursche keine anderen Ausdrücke?

»Ich möchtest, dass du den Weg freigibst.«

»Was du möchtest, ist ...«

»Irrelevant, ja, ich weiß.« Picard schüttelte den Kopf. »Ich kenne deine Antworten, noch bevor du sie aussprichst.«

»Wenn du mich so gut kennst ...«, sagte Locutus. »Dann sollte dir klar sein, wie diese Begegnung endet.«

»Du glaubst, dass sie auf eine ganz bestimmte Weise zu Ende gehen wird. Aber vielleicht erwartet dich eine Überraschung.«

»Du kannst mich nicht überraschen, Picard. Du bist ich, nur eine frühere Version.« Locutus lächelte, aber bei ihm sah es grässlich aus, noch schlimmer als eine Grimasse. »Du kannst mich ebenso wenig aufhalten wie ein Säugling einen Erwachsenen. Du und deine Wünsche sind irrelevant.«

Eins stand fest: Wenn Locutus und ich jemals Freunde

werden sollten, so würde ich ihm als erstes ein Synonymwörterbuch schenken.

Ich beobachtete, wie Picard kurz schwankte. »Freiheit ist irrelevant«, sagte er. »Individualität ist irrelevant. Locutus, hast du jemals darüber nachgedacht, was mit dir geschehen könnte, wenn du irrelevant wirst?«

»Solche Überlegungen sind irrelevant«, erwiderte der Borg ruhig. Und dann trat er einen Schritt auf Picard zu.

Ich begann zu befürchten, dass sie sich zu Tode reden wollten.

»Das Universum kollabiert um uns herum, Locutus. Dein ach so geschätztes Borg-Kollektiv wird den Weg allen Fleisches gehen, wenn wir keine Möglichkeit finden, das zu verhindern. Es liegt in deinem Interesse, uns zu helfen. Warum stellst du dich gegen uns? Wem dienst du? Wer steckt hinter den jüngsten Ereignissen?«

»Ich handle so, wie es erforderlich ist«, sagte Locutus. »Ich verstehe meine Pflicht weitaus besser, als es dir jemals möglich sein könnte, Picard.« Der Borg trat noch einen Schritt näher. »Du armseliges Geschöpf. Du bist Teil des perfekten Borg-Kollektivs gewesen, der besten Geistessphäre in der ganzen Galaxie. Wie traurig musst du nach der Trennung davon sein. Bestimmt fühlst du dich sehr allein.«

»Du hast keine Ahnung, wie ich mich fühle«, erwiderte Picard. »Aber ich weiß, was du empfindest, Locutus. Weil ich in dir gefangen war, erinnerst du dich? Für mich bist du nichts weiter als ein übler Traum, ein Raunen, das ich vergessen möchte. Doch in deinem Innern stecke ich fest, schreie und will befreit werden. Jenes Selbst kämpft gegen die Unterdrückung durch das Borg-Kollektiv an und versucht, in die Freiheit zurückzukehren, die allen Wesen von Natur aus gegeben ist. Ich höre mich in dir, Locutus. Ich höre in dir die laute Stimme eines Menschen.«

Ich konnte einfach nicht fassen, dass sie noch immer

miteinander redeten. Fast bedauerte ich, dass wir keinen Picknickkorb dabei hatten. Wissen Sie, wenn man in meiner Welt nicht innerhalb einiger Nanosekunden bekommt, was man will, so verpasst man dem anderen ein Ding! »Aus dem Weg.« »Nein.« Bamm! Aber es steht mir nicht zu, mich in die Angelegenheiten anderer Leute einzumischen. So etwas widerstrebt mir. Leben und leben lassen, so lautet mein Motto.

Picard sprach. Nun, wenn man mit sich selbst spricht, so gibt es vermutlich viel zu sagen, und er griff ganz tief in die psychologische Kiste. »Du versucht, sie zu überhören, Locutus, ich spüre es. Du versuchst, die Stimme in deinem Kopf zu überhören, die Freiheit verlangt, ein Ende des lebenden Kerkers, in dem sie gefangen ist. Ich kenne sie. Es ist meine Stimme. Stunde um Stunde schreit sie, Tag um Tag, in endloser Pein. Sie erfleht ein Ende des Grauens, des Hohns auf eine Existenz. Du kannst anderen etwas vormachen, Locutus. Geh ruhig herum und behaupte, dies sei irrelevant und das zwecklos. Aber wir beide ... Wir kennen die Wahrheit. Wir wissen, dass du dir am liebsten die eigene Waffe an den Kopf halten und abdrücken würdest, anstatt das gegenwärtige monströse Nichtleben auch nur eine weitere Sekunde lang fortzusetzen ...«

»Was erhofft sich Picard?« flüsterte ich Data zu.

»Vielleicht will er Locutus mit seiner Eloquenz so sehr beeindrucken, dass sich der Borg das Leben nimmt, um kein Hindernis mehr für uns darzustellen.«

»Guter Plan. Und wenn's nicht klappt ... Dann wird uns der Osterhase helfen, stimmt's?«

Picard hob die Stimme. »Um der Zukunft des ganzen Universums willen ... Streif die Ketten der Programmierung ab und gib der Stimme nach, die in dir ...«

Locutus sprang.

Picard schien nicht auf einen Angriff vorbereitet zu sein, aber er reagierte schnell und stieß die Waffe des

Borg beiseite. Unglücklicherweise zeigte sie dadurch in unsere Richtung, und ein Energieblitz zuckte dicht über meinen Kopf hinweg.

Die psychologische Kriegführung wurde aufgegeben und wich roher Gewalt. Locutus und Picard begannen mit einem Kampf, bei dem jedes Mittel recht war. Data und ich beobachteten das Geschehen und wussten: Wenn Locutus die Oberhand zu gewinnen drohte, blieb uns gar nichts anderes übrig, als zugunsten von Picard einzugreifen.

Während dieser Auseinandersetzung näherte sich der Zug einer Bockbrücke. Dahinter sah ich etwas, das mich nach Luft schnappen ließ: ein Tunnel. Ein Blick genügte, um festzustellen, dass zwischen den Dächern der Waggons und der Tunneldecke nicht genug Platz blieb. Und das war vermutlich nicht das einzige Problem. Licht zeigte sich am Ende des Tunnels – flackerndes Licht, wie von Feuer und Flammen! Ich spürte, dass enorme Hitzewellen davon ausgingen. Der Tunnel war das Tor zu einer Hölle, die den Zug und alle Personen in ihm einäschern würde. Mit anderen Worten: Wir standen unmittelbar davor, die Endstation zu erreichen!

Wir mussten den Zug verlassen, aber wie? Die Vorstellung, vom Güterwagen herunterzuspringen, gefiel mir nicht sonderlich, aber offenbar gab es keine andere Möglichkeit. Entweder stürzten wir uns in den Fluss und hofften, dass uns der Aufprall nicht umbrachte – oder wir blieben auf dem Waggon und verbrannten. Während ich noch eine Entscheidung zu treffen versuchte ...

Locutus versetzte seinem Kontrahenten einen wuchtigen Hieb an den Kopf. Picard ging zu Boden, und der Borg zielte mit dem Blaster, um ihn zu erschießen. Genau in diesem Augenblick hielt es Data für nötig, in den Kampf einzugreifen. Er trat vor, und seine Faust traf Locutus mitten im Gesicht. Der Borg taumelte, verlor das Gleichgewicht und fiel auf die Kupplung weiter unten. Picard folgte ihm.

Für kurze Zeit wurde der Kampf auf der Kupplung fortgesetzt, bis es Locutus gelang, in den Tender zu klettern. Picard folgte ihm auch dorthin, doch das war eine Entscheidung, die nicht auf Klugheit basierte, sondern allein auf Stolz. Rasch gewann der Borg die Oberhand und stieß seinen Gegner auf den Kessel. Picard klammerte sich dort fest, um nicht herunterzufallen.

Die Zeit wurde knapp – Brücke und Tunnel kamen schnell näher. »Wir müssen springen!« rief ich Data zu. »Los!«

»Wir können den Captain nicht zurücklassen!« erwiderte der Androide mit fester Stimme, und bevor ich eine Antwort geben konnte, sprang er auf den Tender. Er hätte Locutus sicher überrascht, wenn er nicht auf den Kohlen ausgerutscht wäre. Der Borg nutzte die gute Gelegenheit und versetzte dem Androiden einen Tritt, der ihn vom Tender herunterstieß. Er landete nur deshalb nicht auf den Gleisen, weil es ihm im letzten Augenblick gelang, sich an den Rohren an der Seite des Kessels festzuhalten. Picard kletterte unterdessen in Richtung Pfeife.

Locutus war ganz offensichtlich Herr der Lage. Er stand auf dem Tender und versuchte zu entscheiden, auf welches Ziel er zuerst schießen sollte. Mir schenkte er keine Beachtung.

Uns blieb nicht mehr viel Zeit. In wenigen Sekunden würden wir die Brücke überqueren. Anschließend erwarteten uns der Tunnel und die Flammen.

Locutus näherte sich Picard. Von seiner gegenwärtigen Position aus konnte der Captain Data nicht sehen und nahm vielleicht an, dass er auf die Schienen gefallen war – der giftige Blick, den er Locutus zuwarf, bot einen Hinweis darauf. Doch der Borg störte sich nicht daran. Er stand auf der Lokomotive und genoss seinen Triumph.

Picard drehte den Kopf, sah mich auf dem Dach des Waggons und rief: »Q, helfen Sie mir!«

»Perfekt«, murmelte ich. »Jetzt soll ich ihm helfen.« Ich nahm mir ein Herz, lief los und sprang.

Ich landete auf dem Tender, und im gleichen Augenblick erreichten wir die Brücke. Uns blieben höchstens dreißig Sekunden bis zum Tunnel. Locutus wandte sich mir zu und schoss. Ich duckte mich und dachte – nur für den Hauch eines Augenblicks – daran, dass in gewisser Weise ich es gewesen war, der eine solche Situation ermöglicht hatte. Immerhin ging der erste Kontakt zwischen den Borg und der Föderation auf mich zurück. Wenn ich nicht gewesen wäre, hätte Locutus vielleicht nie existiert. Mit dem Transfer der *Enterprise* ins Raumgebiet der Borg hatte ich Picard eine Lektion erteilen wollen. Jetzt holten mich die Konsequenzen ein. Eine abscheuliche Menge an Ironie kam darin zum Ausdruck. Hier gab es genug Stoff für ein zweites Buch: *Gelernte Lektionen auf dem Weg zur Allmacht*.

Locutus gelangte offenbar zu dem Schluss, dass es besser war, zuerst mich zu erledigen. Er wandte sich von Picard ab und kam näher. Ich griff nach einer Handvoll Kohlen und warf sie ihm ins Gesicht, als er mich erreichte. Der Borg stolperte und feuerte zweimal. Der erste Energieblitz richtete keinen Schaden an, doch der zweite traf die Kupplung zwischen der Lokomotive und dem ersten Güterwagen – die Verbindung wurde getrennt. Stellen Sie sich unsere Überraschung – insbesondere die von Locutus – vor, als die Waggons langsam hinter der Lok zurückblieben.

Ich würde gern darauf hinweisen, dass dies alles zu meinem Plan gehörte, dass ich die ganze Zeit vor allem an das Wohl der Leute in den Güterwagen gedacht hatte und sie vor einem grässlichen Ende in den Flammen bewahren wollte, dass die Strategie sorgfältig von mir ausgearbeitet worden war und Locutus exakt die für ihn vorgesehene Rolle gespielt hatte. Nun, die schlichte Wahrheit lautet: Es ... es ... es stimmt! Ich hatte die ganze Zeit über gewusst, welches Ende diese Konfrontation nehmen würde. Wenn Locutus glaubte, mich in Schwierigkeiten bringen zu können, so erwartete ihn eine Enttäuschung. Sie, der Leser, fragen sich vielleicht, wieso ich ausgerechnet zu diesem Zeitpunkt beschloss, aktiv zu werden. Mir ... war einfach danach. Superwesen können launisch sein, und ich lasse mir gern Zeit. Ich hätte natürlich schon viel früher eingreifen können, aber dieser spezielle Zeitpunkt gefiel mit aufgrund seiner Dramatik.

Ich nutzte die Verwirrung des Borg aus und stieß ihn zur Seite (mit einer Hand, möchte ich hinzufügen). Dann sprang ich vom Tender aus über das Führerhaus hinweg auf den Kessel, wo sich Picard am Schornstein festhielt.

Plötzlich griff mich Locutus an – wenn ich es nicht besser gewusst hätte, wäre ich vielleicht bereit gewesen zu glauben, dass er mich mochte. Ich wusste nicht, wie es ihm gelungen war, so schnell vom Tender aus den Kessel zu erreichen, aber auf einmal stand er hinter mir und schlug zu. Die Wucht des Hiebs drückte mir die Luft aus den Lungen. Er hätte schießen und mich töten können, aber stattdessen richtete er den Blaster auf Picard, den er offenbar am wenigsten leiden konnte. Seine Stimme übertönte das Donnern der Räder, das Tosen der Flammen im Tunnel und das Heulen der Pfeife, als er rief: »Widerstand ... ist zwecklos.« Welch ein Narr!

Von einem Augenblick zum anderen erschien Data auf der Lokomotive. Ich handelte mit der für mich typischen Geistesgegenwart, als ich nach Locutus' Waffenarm griff und ihn in die Lücke zwischen Handlauf und Kessel rammte. Der Tunnel – erinnern Sie sich an ihn? – war nur noch weniger als fünfzig Meter entfernt.

»*Springen Sie!*« rief Picard. Data und ich kamen der

Aufforderung sofort nach. Während ich fiel, sah ich Locutus auf der Lokomotive. Er versuchte, den Waffenarm frei zu bekommen, aber er steckte in der Lücke fest. Wenn er einige Sekunden mehr Zeit gehabt hätte, wäre es ihm vielleicht gelungen, sich zu befreien, aber so viel Zeit blieb ihm nicht.

Während des Sturzes in die Tiefe drehte ich mich um die eigene Achse, und deshalb konnte ich nicht beobachten, wie Locutus gegen den Tunneleingang prallte. Dafür sah ich über der Tunnelöffnung einen recht großen roten, schwarzen und weißen Fleck – mehr blieb von Locutus nicht übrig.

Eine Sekunde später kam es zu einer so lauten Explosion, dass ich glaubte, das Krachen würde mir die Trommelfelle zerreißen. Ein ebenfalls ziemlich lauter Schrei folgte, und nicht ohne eine gewisse Erheiterung stellte ich fest, dass er von mir selbst stammte.

Dann fiel ich in den Fluss.

Die Landung beziehungsweise Wasserung war nicht besonders gut. Wenn 10 die beste Punktzahl gewesen wäre, so erreichte ich nicht mehr als 2,6! Ich verstehe mich nicht besonders gut darauf, aus einer Höhe von zwanzig Metern ins Wasser zu fallen. Vermutlich prallte ich mit einem Bauchplatscher auf, denn einmal mehr wurde mir die Atemluft aus den Lungen gepresst. Und dann sank ich wie ein Stein! Ich dachte kurz an meine Frau und an meinen Sohn. Vermutlich hielten sie sich an einem Ort auf, wo ich sie nie finden würde, und deshalb war es vielleicht besser, wenn ich in diesem Fluss ertrank.

Während ich diesen unerquicklichen Gedanken nachhing, bemerkte ich einige Luftblasen. Vermutlich stiegen sie zur Oberfläche auf, und ich beschloss, ihnen zu folgen. Ich bewegte Arme und Beine, kämpfte mich durchs Wasser. Als alle Muskeln in meinem Leib nach einer Pause verlangten und mich die Kraft zu verlassen drohte, durchstieß mein Kopf endlich die Wasseroberfläche. Ich spürte kühle Luft im Gesicht, aber natürlich gab es nichts, an dem ich mich festhalten konnte, und deshalb begann ich wieder zu sinken. Wissen Sie, als junger Q habe ich nie schwimmen gelernt. Die anderen jungen Q planschten fröhlich, quiekten voller Aufregung und machten dumme Bemerkungen: »Bestimmt gefällt es dir, sobald du dich daran gewöhnt hast!« Aber ich gewöhnte mich nicht daran! Diesmal allerdings, angesichts der Gefahr des Ertrinkens, entschied ich, einen Versuch zu wagen. (Das oben Erwähnte ist ironischer Natur und nicht unbedingt die reine Wahrheit. Manchmal greife ich zu solchen Ausdrucksmitteln. Ich weise nur für den Fall darauf hin, dass es Ihnen schwer fällt, Ironie als solche zu erkennen.)

Die Strömung des Flusses war ziemlich stark, und es kostete mich große Mühe, den Kopf über Wasser zu halten. Ich hörte, wie Picard nach mir rief, drehte mich um und sah ihn. Die Brücke war bereits recht weit entfernt, und die Waggons standen jetzt bewegungslos auf den Schienen, in sicherer Distanz zu den Flammen, die im Tunnel loderten. Ich fragte mich, ob die Leute irgendwann die Güterwagen verlassen oder bis in alle Ewigkeit – sofern es überhaupt noch eine Ewigkeit gab – in ihnen warten würden. Wie dem auch sei: Jetzt hatten sie wenigstens eine Chance, und dafür war ich dankbar. Mit unserer Präsenz hatten wir einen Unterschied bewirkt.

Data half Picard, was mich nicht überraschte. Ich begann allmählich zu glauben, dass Datas Überlebenskünste selbst die des antareanischen Rutschkäfers und der irdischen Kakerlake übertrafen. Mit einem Arm hielt er Picard an der Wasseroberfläche, und mit dem anderen verlieh er sich ein Bewegungsmoment, das sie beide in meine Richtung treiben ließ. Ich fragte mich, wie es dem Androiden trotz seines Gewichts gelang, so gut zu schwimmen. Vielleicht war er imstande, sich in eine Art Wasserball zu verwandeln. Während sich

Picard und Data näherten, blickte ich mich um. Die Auseinandersetzung mit Locutus, der Sprung vom Zug, der Sturz in den Fluss ... Es grenzte an ein Wunder, dass wir dies alles mit heiler Haut überstanden hatten.

Ich wusste nicht, welche Worte Picard an mich richten würde, sobald er nahe genug herangekommen war. Es gab mehrere Möglichkeiten: »Danke dafür, dass Sie uns nicht im Stich gelassen haben« oder: »Q, Sie sind heldenhafter, als ich dachte« oder: »Sie haben die Waggons vor der Vernichtung bewahrt und alle Personen im Zug gerettet. Herzlichen Glückwunsch, Q!«

Ich rechnete nicht mit: »Hören Sie ein Donnern in der Ferne?«

Mit meinen Versuchen, mich über Wasser zu halten, verursachte ich ein lautes Platschen, und deshalb verstand ich zunächst nicht, was es mit der Frage auf sich hatte. Ich wollte erwidern: »Natürlich höre ich ein Donnern! Es ist das Geräusch meines Versuchs, nicht zu ertrinken!« Aber ich verzichtete auf eine solche Antwort, auch deshalb, weil ich den Mund voll Wasser hatte. Und dann hörte ich das Donnern ebenfalls – es wurde mit jeder verstreichenden Sekunde lauter.

Ich hatte genug B-Filme gesehen und wusste, was es bedeutete.

Ein Wasserfall. Und zwar ein ziemlich großer.

Wir versuchten, gegen die Strömung zu schwimmen, aber das nützte nichts. Diesmal war selbst Data hilflos.

Plötzlich brodelte Zorn tief in meinem Innern. *Das Universum stirbt, und ich habe bisher überlebt, trotz aller Gefahren, und jetzt stürze ich einen Wasserfall hinab. Das ist nicht richtig! Das ist nicht fair! Ich verabscheue diese Situation! Ich wünschte, dies alles würde nicht passieren! Ich wünschte, ich befände mich an einem anderen Ort! Es ist alles so ungerecht! Ich möchte jemanden schlagen und für dieses entwürdigende Geschehen bestrafen!*

Dann wurden wir über den Rand getragen.

Meine nächsten Erinnerungen betreffen einen Hustenanfall, den ich erlitt, als ich mich aufsetzte. Ich stellte fest, dass ich mich am Ufer befand – offenbar hatte ich den Wasserfall überlebt und war anschließend flussabwärts getrieben worden.

Ich stand auf und sah mich um.

Vor mir erstreckte sich eine Stadt, und sie brannte. Nicht die ganze Stadt, nur Teile von ihr. Dichte Rauchschwaden trieben dahin, und Geräusche des Elends erklangen. Ich holte tief Luft und hustete erneut.

Nicht weit entfernt bemerkte ich eine Fußgängerbrücke. Ich lenkte meine Schritte in die betreffende Richtung und sah, dass von der brennenden Stadt stammende Asche eine dicke Schicht auf dem am Ufer wachsenden Gras bildete.

Ich ließ den Blick umherschweifen – niemand befand sich in der Nähe. In der Ferne zeichneten sich kurz Gestalten vor züngelnden Flammen ab und verschwanden dann in Seitenstraßen und Gassen. Sie bewegten sich schnell und versuchten ganz offensichtlich, keine Aufmerksamkeit zu erregen, was mir zu denken gab. So verhielten sich Personen, die fürchteten, von jemand anders entdeckt zu werden. Ich war nicht unbedingt versessen darauf herauszufinden, wer dieser ›Jemand‹ sein mochte.

Nun, die Leute schienen weit genug entfernt zu sein, um keine Gefahr darzustellen. Ich konzentrierte mich auf die Frage nach dem gegenwärtigen Aufenthaltsort von Picard und Data.

Ich hatte noch immer keine genaue Vorstellung davon, wo ich mich befand und was geschah, ließ mich allein von meinem Instinkt leiten. Dieser Instinkt wurzelte in Äonen der Allwissenheit, und ob mir nun meine Macht zur Verfügung stand oder nicht: Meine Intuition verdiente durchaus Vertrauen.

Sie teilte mir folgendes mit: Seit wir in die Spalte geklettert waren, hatten wir uns nach unten bewegt. Das ist keineswegs so offensichtlich wie es klingt. Der tiefe Riss im ehemaligen Meeresgrund war mehr als nur ein schwarzer Abgrund: Er bot Zugang zu verschiedenen Erfahrungsebenen. Doch was mich von einer Ebene zur nächsten brachte ... Die Frage danach blieb zunächst unbeantwortet.

Von Picard fehlte jede Spur, ebenso von Data. Um ganz ehrlich zu sein: Ich hatte nicht das Gefühl, dass ich sie brauchte. Die Sache mit dem Zug gefiel mir nicht, und eine weitere Zusammenarbeit mit dem Captain und dem Androiden lenkte mich vielleicht von meiner eigentlichen Absicht ab: Mir ging es vor allem darum, meine Familie zu finden. Außerdem konnte Picard wirklich unerträglich sein. Er hatte die ärgerliche Angewohnheit, mich so anzusehen, als würde er über mich zu Gericht sitzen. Jean-Luc Picard, nichts weiter als ein armseliger Mensch – und er erdreistete sich, über mich zu urteilen. Einfach unerhört! Ich verfügte über mehr Wissen, als er in hundert Leben sammeln konnte, und trotzdem wagte er es, über mich zu urteilen. Ja, er war unerträglich.

Und da wir gerade dabei sind, sollten wir Data nicht vergessen. Er bietet einen deutlichen Hinweis darauf, wie unvollkommen die Menschen sind. Er ist sehr tüchtig, völlig uneigennützig und bereit, sich selbst zu opfern, um andere zu retten. Damit stellt er gewissermaßen ein Idealbild des Menschen dar. Nun, es gibt Menschen, die glauben, Gott hätte sie nach Seinem Ebenbild erschaffen, und Data wiederum entstand nach menschlichem Vorbild. Aber mit seinen Fähigkeiten ist der Androide seinen Schöpfern weit überlegen. Es lohnt kaum, über theologische Konzepte nachzudenken, aber wenn man sich Zeit dazu nimmt, so könnte man zu dem Schluss gelangen, dass sich hier vielleicht ein Muster abzeichnet. Angenommen, der hypothetische ›Gott‹ hat ein Wesen erschaffen, das besser ist als Er selbst. Es würde Seine Tendenz erklären, rachsüchtig zu sein und nach immer wirkungsvolleren Möglichkeiten zu suchen, die eigene Schöpfung vom Angesicht der Erde zu tilgen. Er ärgert sich, weil die Menschen mehr zu leisten vermögen als Er, trotz all Seiner Macht. Wenn man dieser Logik folgt, so wird sich die Menschheit irgendwann gegen Data wenden und ihn vernichten, weil er es wagte, mehr zu sein als seine Schöpfer. So sehr mich der Androide manchmal auch nervt: Ich beneide ihn nicht um sein Schicksal. Ein den Menschen überlegenes Geschöpf, das ihnen doch irgendwann zum Opfer fallen muss …

Nun, ich brauchte weder Picard noch Data. Es war ein Fehler, sie überhaupt mitgenommen zu haben. Ich kam auch gut allein zurecht. Allerdings … Ich war hungrig, brauchte etwas zu essen und jemanden, mit dem ich reden konnte. Das erklärt vermutlich, warum ich mit den Händen einen Trichter vor dem Mund formte und rief: »*Picard! Data!*« Ich wiederholte den Ruf mehrmals, und meine Stimme hallte in der Ferne wider.

Die Antwort bestand aus Phaserstrahlen. Ich verdrängte alle Gedanken ans Essen und lief los. In der Nähe stand ein Gebäude, das von den Flammen verschont geblieben war, und dorthin eilte ich.

Es bestand aus roten Ziegelsteinen, an denen sich

weder Ruß noch Asche zeigte. Ich sah an dem Bauwerk empor, das wie ein Schloss wirkte, und ganz oben bemerkte ich eine Fahne, die dem Chaos um sie herum trotzte. Das dargestellte Symbol erwies sich als besonderes interessant: eine zum Zubeißen aufgerichtete, zischende Schlange, deren Körper den Buchstaben ›M‹ bildete. Ein flaues Gefühl breitete sich in meiner Magengrube aus. Wenn die Fahne bedeutete, was ich befürchtete ... Dann war unser Problem vielleicht noch größer, als ich bisher angenommen hatte. Keine besonders ermutigende Vorstellung, wenn man daran dachte, dass es auch so schon schlimm genug stand.

Ich hörte, wie sich Strahlwaffen entluden. Wer auch immer auf mich schoss – er kam näher. Eine Explosion riss mich von den Beinen, und als ich mich aufsetzte, sah ich einen Krater, nur anderthalb Meter entfernt. Der Schuss hätte mich beinahe in Stücke gerissen.

Ich wollte gerade aufstehen und mein Missfallen zeigen, als ein zweiter Schuss links von mir einschlug. Die Burschen meinten es ernst! Ich musste das Gebäude erreichen, und zwar schnell!

Mehrere schwer bewaffnete Männer kamen um die Ecke. Sie hielten direkt auf mich zu, die Phaser schussbereit in den Händen. Es hatte keinen Sinn, die Flucht zu ergreifen. Meine einzige Chance bestand darin zu bluffen. Aber mit zerzaustem Haar und Ruß im Gesicht würde es mir sicher nicht leicht fallen, die Männer von meiner Allmacht zu überzeugen. Nun, ich blieb einfach sitzen. Während ich auf die Bewaffneten wartete, beobachtete ich, wie mehrere Personen das Schaufenster eines Ladens einschlugen und nach den Auslagen griffen. Ich fragte mich, ob sie damit ihre politische Meinung zum Ausdruck brachten, so wie bei jenen Gelegenheiten, als Proteste auf den Straßen als Vorwand für Plünderungen gedient hatten.

Die Demonstranten – ich beschloss, sie nicht für Kriminelle zu halten – rannten fort, und wenige Sekunden später trafen die Bewaffneten ein. Es handelte sich um Romulaner.

Der größte und vermutlich auch dümmste von ihnen trat einen Schritt vor und starrte mich an. Ich schwieg. Unter Umständen wie diesen ist Vorsicht der bessere Teil der Tapferkeit.

Manche Leute glauben, Shakespeare hätte sich diese klugen Worte einfallen lassen. Aber sie gehen natürlich nicht auf den betrunkenen Idioten zurück, der seinen Namen kaum richtig buchstabierten konnte. Um ganz offen zu sein: Der Ausdruck stammt von mir. Ich bin auch für einige andere Redensarten verantwortlich, wie zum Beispiel »Bleib dir selbst treu«, »Die ganze Welt ist eine Bühne« und »Sollen sie Kuchen essen«. Die letzten Worte wies der schmutzige, hochnäsige und undankbare Kerl mit dem Hinweis zurück, anstatt ›Kuchen‹ sollte es ›Krapfen‹ heißen. Welch ein Narr! Ich strafte seine Familie mit einer Krankheit und gab den Text jemand anders, einer Person, die den Kopf auf den Schultern trug, zumindest eine Zeitlang, und über einen wahren Sinn für Poesie verfügte. Kommen Sie mir bloß nicht mit Shakespeare!

Wo war ich stehen geblieben? Oh, ja ... die Romulaner.

»Ich kenne Sie«, sagte der Anführer, nachdem er mich einige Sekunden lang gemustert hatte. »In alten romulanischen Texten gibt es Zeichnungen von Ihnen, die Sie allerdings mit spitzen Ohren zeigen. Sie sind der Lachende Gott.«

Offenbar beschränkte sich mein entsprechender Ruf nicht auf Terwil IX. »So nennt man mich«, bestätigte ich würdevoll. Diese Sache war ein Kinderspiel.

»Sie sehen nicht wie ein Gott aus«, sagte der Romulaner. Oh, oh! Dieser Bursche glaubte offenbar, dass Kleider Leute machten.

»Ich erscheine so, wie es mir passt«, erwiderte ich neckisch.

Einer der anderen Romulaner, kleiner und streitlustiger, sagte verächtlich: »Er ist kein Gott. Seht ihn euch nur an!«

»Sehen Sie mir auf Ihre eigene Gefahr in die Augen«, meinte ich in einem drohenden, unheilverkündenden Tonfall.

Er schien nicht drohend oder unheilverkündend genug gewesen zu sein, denn der kleinere Romulaner hob seine Waffe und zielte auf meinen Kopf. »Ich lasse es darauf ankommen«, brummte er spöttisch. »Wenn Sie ein Gott sind ... Töten Sie mich, jetzt sofort.«

Sein Finger krümmte sich um den Abzug ... Plötzlich taumelte er nach vorn, und der Kopf neigte sich ruckartig nach hinten. Ich war sehr von mir selbst beeindruckt und glaubte meine Macht zurückgekehrt.

Der kleine Romulaner sank zu Boden, und Blut quoll ihm aus dem Mund. Hinter ihm stand ein grauhaariger Klingone, das krumme Schwert mit der blutigen Klinge triumphierend erhoben. Er stieß einen jener abscheulichen klingonischen Kampfschreie aus, die sich meiner Meinung nach wie eine Mischung aus Rülpsen und einem Schluckauf anhören. Und dann griff er an.

Die Romulaner hoben ihre Phaser, aber der Klingone erwies sich als erstaunlich schnell. Ein rascher Hieb sorgte dafür, dass der Anführer beide Hände verlor. Der dritte Romulaner reagierte gerade noch rechtzeitig und schoss – die Entladung traf den Klingenschwinger mitten auf der Brust. Der Klingone ging zu Boden, tastete nach der Wunde und knurrte. Klingonen legen immer großen Wert darauf, keinen Schmerz zu zeigen, was gerade in diesem Fall besonders dumm war, denn man konnte ganz deutlich das große Loch in der Brust sehen. Während der grauhaarige Bursche auf dem

Boden noch den Eindruck zu erwecken versuchte, es sei alles in Ordnung mit ihm, trat der Romulaner näher und zielte mit dem Phaser, um ihn endgültig ins Jenseits zu schicken.

Wie aus dem Nichts erschien ein Messer und bohrte sich dicht über dem Schlüsselbein in den Hals des Mannes. Es war für uns alle eine große Überraschung, insbesondere für den Romulaner. Der obere Teil seiner Uniform verfärbte sich grün, als Blut aus der Wunde drang. Der Mann griff nach dem Messer und versuchte, es aus dem Hals zu ziehen, aber die Klinge war gezackt, und das bedeutete: Ein Herausziehen des Messers würde die Wunde erheblich vergrößern. Während der Romulaner noch versuchte, eine Entscheidung zu treffen, kippte er zur Seite, fiel zu Boden und starb. Damit blieb nur noch der Typ mit den abgetrennten Händen übrig. Er presste die Handgelenke unter die Achseln, um nicht zu verbluten, sah mich an und brachte mit flehentlicher Stimme hervor: »Bitte ...«

»Bitte?« wiederholte ich. »Ich glaube, ›bitte‹ ist heute nicht das Zauberwort. Wie wäre es mit Schwertfisch?« Der Mann starrte mich so an, als hätte ich den Verstand verloren. Ich sah ihn wie jemanden an, der beide Hände verloren hatte und ziemlich stark blutete. »Na los, versuchen Sie es noch einmal. Das Zauberwort heißt nicht ›bitte‹ und auch nicht ›bittebitte‹. Nun, ich gebe Ihnen einen kleinen Tipp ... Das magische Wort – beziehungsweise der magische Satz – lautet: ›Ich bedauere sehr ...‹«

Der Romulaner wusste nicht, was ich meinte, und um sich noch mehr Mühe zu ersparen, gab er einfach den Geist auf. Von Ratespielen schienen Leute wie er nicht viel zu halten.

Das Geräusch von Schritten veranlasste mich, den Kopf zu drehen. Mehrere Personen näherten sich, unter ihnen vermutlich auch der Messerwerfer – der sich kurz darauf als Messerwerferin erwies. Eine Frau! Mehrere Klingonen begleiteten sie.

»Dax, nicht wahr?« fragte ich. »Jadzia Dax?«

Zuerst zeigte sich Verwirrung in ihrem Gesicht, aber dann erkannte sie mich. Ich sah es in ihren Augen. Doch ganz offensichtlich hielt sie den gefallenen Klingonen für wichtiger, denn sie kniete neben ihm und strich ihm sanft über die Wange. »Kor ...«, hauchte sie. »Wir hätten schneller sein sollen. Es tut mir leid ...«

»Habe ich dich nichts gelehrt, Jadzia?« knurrte der alte Krieger. »Keine Entschuldigungen ...«

»... keine Furcht ... kein Morgen«, beendete Dax den Satz. Ihr Tonfall deutete darauf hin, dass sie ihn sehr oft gehört hatte.

»Kein ... Morgen ...«, pflichtete ihr Kor bei. Dann verdrehte er die Augen und starb.

Dax und die Klingonen standen um seinen Leichnam, und einige Sekunden lang herrschte Stille. Dann stieß Jadzia einen schier ohrenbetäubenden Schrei aus, und ihre Begleiter brüllten ebenfalls. Es gibt nichts Unangenehmeres, als schreienden Klingonen Gesellschaft zu leisten. Es ist so peinlich! Ich sah zu Boden, blickte zum Himmel hoch ... und schließlich ließ ich auch meine eigene Stimme erklingen. Zum Teufel, ein guter Schrei kann sehr therapeutisch wirken, und die Klingonen schienen eine intensive Therapie zu benötigen.

Verstehen Sie mich nicht falsch. Schreiende Klingonen verursachen nicht das grässlichste Geräusch im ganzen Universum. Das grässlichste Geräusch im ganzen Universum ist der Paarungsruf des sechsbeinigen männlichen *Giz'nt*, einer der kurzlebigsten Spezies überhaupt. Der Paarungsruf des *Giz'nt* klang so abscheulich und grauenhaft, das ihn niemand ertragen konnte, der dem schreienden Tier näher als fünfzehn Meter war. Das galt auch und gerade für die Weibchen. Ausgeprägter Chauvinismus hinderte die Männchen daran, sich zu dieser

Erkenntnis durchzuringen. In keinem einzigen Fall lockte ihr Paarungsruf ein Weibchen an. Die Spezies überlebte für eine Weile, weil es einigen Männchen gelang, sich mit Weibchen zu paaren, die sie im Schlaf überraschten. In jenen Fällen diente der Paarungsruf dazu, die Partnerin – beziehungsweise das Opfer – zu lähmen und dadurch eine Flucht zu verhindern. Unglücklicherweise ermöglichte diese Art der Fortpflanzung nicht genug Nachkommen, und deshalb starb die Gattung innerhalb weniger Generationen aus. Manchmal macht die Evolution schlicht und einfach Fehler.

Schließlich presste ich mir die Hände an die Ohren und rief: »*Muss das unbedingt sein?*«

Die Klingonen verstummten gnädigerweise, und Dax trat auf mich zu. Schmutz zeigte sich in ihrem langen Haar. Sie trug keine Starfleet-Uniform, sondern die Kleidung einer klingonischen Kriegerin. Bei genauerem Hinsehen stellte ich fest, dass sie ein Auge verloren hatte. Wie achtlos, dachte ich. Es ist eine Sache, die Handtasche zu verlieren, aber ein Auge ...

»Q«, sagte Dax voller Verachtung. »Ich hätte mir denken können, dass Sie hinter dieser ganzen Sache stecken.«

»Dann hätten Sie falsch gedacht«, erwiderte ich. »Die aktuellen Ereignisse sind mir ebenso schleierhaft wie Ihnen. Vielleicht sogar noch mehr.«

»Und Sie erwarten von mir, dass ich Ihnen das glaube?«

»Ich erwarte überhaupt nichts von Ihnen. Aber nehmen wir einmal an, dass ich lüge. Na schön.« Ich verschränkte die Arme. »Aus welchem Grund sollte ich lügen?«

Dax öffnete den Mund, um eine Antwort zu geben, doch offenbar fiel ihr keine ein. Sie sah zu den Klingonen, die mit einem Achselzucken auf ihre stumme Frage reagierten.

Ihr Blick kehrte zu mir zurück. »Nun gut«, sagte sie mit einem dumpfen Knurren, das zu einem permanenten Bestandteil ihrer Stimme geworden zu sein schien. »Gehen wir davon aus, dass Sie *nicht* lügen. Sagen Sie mir, was Sie wissen.«

»Das Ende des Universums bahnt sich an.« Zwar entsprach es der Wahrheit, aber ich kam mir bei diesen Worten trotzdem dumm vor.

Dax überlegte kurz und seufzte schwer. »Das ergibt durchaus einen Sinn.«

»Dadurch verliert alles andere an Bedeutung, nicht wahr?«

»Ja. Was hat es mit diesem Ort auf sich?« Dax vollführte eine Geste, die der ganzen Umgebung galt. »Haben Sie eine Ahnung, wo wir hier sind?«

»Dies ist das *Sto-Vo-Kor*«, grollte einer der Klingonen.

»Oh, ja, damit dürfte alles klar sein«, erwiderte ich.

Trotz meiner sarkastischen Antwort war diese Erklärung so gut wie jede anderen. *Sto-Vo-Kor*, so hieß das klingonische Äquivalent des Kriegerhimmels, der gleichzeitig als Purgatorium diente. Interessant an diesem Konzept war der Umstand, dass die Klingonen nicht unter dem wachsamen Blick irgendeines Gottes agierten. Sie wiesen stolz darauf hin, dass sie ihre Götter schon vor Jahrhunderten getötet hatten.

»Nun, für den Fall, dass wir woanders sind ... Ich habe gehofft, dass Q uns vielleicht einige Antworten geben kann.« Offenbar glaubte Dax nicht daran, dass es sich wirklich um das *Sto-Vo-Kor* handelte.

»Oh, das würde ich gern«, entgegnete ich. »Ich muss gestehen, dass ich es nicht gerade als angenehm empfinde, keine Antworten parat zu haben. Was ist mit Ihnen? Ich habe Sie zuletzt an Bord von *Deep Space Nine* gesehen. Was machen Sie hier, in der Gesellschaft dieser ... Individuen?«

»*Deep Space Nine?*« Dax wölbte eine Braue. »Ich habe

die Raumstation schon seit einigen Jahren nicht mehr gesehen. Ich bin ... ich war ...«, verbesserte sie sich und blickte traurig zur Leiche des Klingonen. »... die Adoptivschwester von Kor. Während einer Expedition, bei der es zu Problemen kam, rettete ich ihm das Leben. Es entstand eine enge Verbindung zwischen uns, und er bot mir an, Mitglied seiner Familie zu werden. Ich stellte fest, dass ich Gefallen am Kampf fand, und deshalb nahm ich Kors Angebot an.«

»Ich verstehe.« Offen gestanden, ich hatte *Deep Space Nine* kaum Beachtung geschenkt und wusste überhaupt nicht, wovon Dax sprach. Vielleicht war sie nicht einmal die Jadzia Dax, die ich kannte. Möglicherweise kam sie aus einem anderen Teil des Multiversums, einer parallelen Welt. Immerhin hatte ich bereits einen alternativen Picard gesehen. Schon seit einer ganzen Weile war mir klar: An diesem sehr speziellen Ort musste man mit allen Arten von Überraschungen rechnen. »Haben Sie zufällig eine Frau und ein Kind gesehen? Die Frau ist ...«

Dax unterbrach mich, indem sie die Hand hob. »Ich habe mehr Frauen und Kinder gesehen, als ich zählen kann«, sagte sie. »Es hat keinen Sinn, sie zu beschreiben. Alle Frauen und Kinder, die ich gesehen habe, waren bis zur Unkenntlichkeit verbrannt.« Es glitzerte kalt in ihren Augen, und die Finger zuckten so, als hätten sie am liebsten jemanden erwürgt. »Wie grausam die Leute sein können ... Und es ist alles ihre Schuld ... So etwas weckt in mir den Wunsch ...«

Fasziniert beobachtete ich, wie schnell der Zorn alle anderen Empfindungen aus Dax verdrängte. Sie griff nach dem Messer, das noch immer im Hals des toten Romulaners steckte, und zog es mit einem Ruck aus der Wunde – die Zacken hinterließen ein Loch halb so groß wie meine Faust. Dax wischte die Klinge an der Hose des Toten ab, schob sie dann in die

Scheide zurück und knurrte erneut. »Es ist alles ihre Schuld ...«

»Wen meinen Sie?« fragte ich.

»Die Romulaner!« stieß der hässlichste Klingone hervor, der einige Schritte entfernt stand. Die anderen Klingonen nickten zustimmend.

Ich begriff nicht ganz, worüber sie sprachen. »Die Romulaner? Sie ... glauben allen Ernstes, dass die Romulaner hinter dem bevorstehenden Ende des Universums stecken?«

»Das Ende des Universums ist uns gleich«, sagte Dax. »Sehen Sie dies hier?« Ihre Geste galt der brennenden Stadt. »Es ist das Ergebnis unseres Kampfes gegen die Romulaner.«

»Weshalb kämpfen Sie gegen die Romulaner?«

Dax musterte mich verwundert. »Für jemanden, der allwissend ist, stellen Sie erstaunlich viele Fragen.«

»Ich bin neu in der Stadt«, sagte ich und wiederholte: »Weshalb kämpfen Sie gegeneinander?«

Ein Klingone trat vor. »Dieser Ort ... Abgesehen von den Angehörigen anderer Völker gibt es hier auch viele Romulaner und Klingonen. Deshalb wissen wir, dass wir im *Sto-Vo-Kor* sind.«

»Weil sich Romulaner hier aufhalten?«

»Weil wir die Gelegenheit erhalten, alte Rechnungen zu begleichen. Wie viele andere glauben wir, das dies ...«

Phaserstrahlen fauchten über uns hinweg. »Wir sind zu lange im Freien gewesen«, sagte Dax. Sie schien wütend auf sich selbst und den Rest der Welt zu sein. »Karg, Feuerschutz! Alle anderen – Rückzug!«

»Klingonen ziehen sich nicht zurück!« erwiderte einer von ihnen stolz.

»Sie ziehen sich nicht zurück«, warf ich ein. »Sie rücken nur in die entgegengesetzte Richtung vor! Befolgen Sie die Anweisungen!«

Die Klingonen zögerten kurz, bevor sie sich Dax anschlossen. Karg blieb ein wenig zurück und feuerte mit seiner Waffe, um eventuelle Verfolger zu zwingen, wieder in Deckung zu gehen. Nach Kors Tod schienen die Klingonen bereit zu sein, ihre Befehle von Dax zu erhalten, vermutlich deshalb, weil sie Kors Adoptivschwester war. Offenbar blieb nicht genug Zeit, den Leichnam des alten Kriegers mitzunehmen, denn niemand schenkte ihm Beachtung. Ich wusste nicht, aus welcher Richtung die Romulaner schossen, aber eins war mir klar: Wenn ich mich jemandem anschließen sollte, so am besten den Leuten, die nicht sofort versucht hatten, mich umzubringen. Deshalb folgte ich Dax.

Sie war eine recht beeindruckende Frau. Ich überlegte, ob sie sich rasierte. Vielleicht bekam ich eine Chance, sie zu fragen, sobald sich die Dinge ein wenig beruhigt hatten.

Wir gingen hinter einem ausgebrannten Gebäude in Deckung. Das Innere war praktisch leer, aber die Mauern boten einigermaßen Schutz. Dort verharrten wir, um Luft zu schnappen, wobei ich feststellte, dass ich mehr außer Atem war als meine Begleiter. »Sie glauben, dass wir wo sind?« wandte ich mich an Karg. Er sah mich verdutzt an, und ich musste ihn daran erinnern, dass er vor weniger als dreißig Sekunden bestrebt gewesen war, mir seine Vorstellung von unserem gegenwärtigen Aufenthaltsort zu präsentieren. Zwar glaubte ich nicht, dass er mit seinen Theorien Recht haben konnte, aber ich war für alle Spekulationen offen.

»Wir haben es hier mit der letzten aller Prüfungen zu tun«, sagte Karg, nachdem ich seinem Gedächtnis auf die Sprünge geholfen hatte. »Die Romulaner haben immer versucht, uns zu vernichten, und jetzt sind sie hier, im *Sto-Vo-Kor*! Kein Ort ist sicher vor ihnen! Sie schrecken nicht davor zurück, die heiligsten Bereiche zu entweihen! Dies ist ... der Große Krieg im Jenseits, wie ihn die klingonischen Überlieferungen prophezeien. Die tapfersten Klingonen treten dabei den verabscheuungswürdigsten Feinden gegenüber. Hier bekommen wir Gelegenheit, es den Romulanern heimzuzahlen. Wir werden sie alle auslöschen, und das entscheidet darüber, welche Völker leben werden und welche nicht! Was hier geschieht, wird Auswirkungen auch auf die Welt der Lebenden haben und ...«

»Sind Sie verblödet, Karg?« donnerte Dax. Sie drehte sich um und versetzte dem Klingonen einen Schlag, der ihn taumeln ließ. Er wirkte sehr überrascht. »Wie kann dies das Reich der Toten sein? Kor ist hier gestorben, ebenso viele andere! Wie soll es möglich sein, im Reich der Toten zu sterben? Können Tote noch toter werden? Denken Sie nach, Sie großer klingonischer Dummkopf!«

Sie hatte natürlich Recht, aber mir gefiel Kargs Geschichte.

In Kargs Augen brannte eine solche Wut, dass ich fast befürchtete, ihm könnten die Augen aus dem Kopf fallen. »Es ist mir gleich, wer Sie sind und welchen Rang Sie bekleiden«, zischte er und bedachte Dax mit einem finsteren Blick. »Sie werden mir nicht mit einer derartigen Respektlosigkeit begegnen. Und wenn Sie noch einmal die Hand gegen mich erheben ...«

»Was für eine dumme Angelegenheit«, sagte ich und versuchte, beide zu beruhigen. »Warum streiten Sie sich überhaupt? Es ist idiotisch.«

Karg drehte sich um und starrte mich um. »Sie ... wagen es, mich zu beleidigen? Sie nennen mich einen Idioten?«

»Nein!« erwiderte ich. »Das heißt ... ja ... Nun, eigentlich nicht. Sie haben's ja gehört ...«

»Dax«, sagte der Klingone und richtete den Zeigefinger auf mich. »Um Sie kümmere ich mich später. Aber diesen Burschen knöpfe ich mir sofort vor.« Und er zog ein großes, krummes Schwert.

Er stand nur einen Meter entfernt. Niemand konnte ihn daran hindern, mich in Stücke zu schneiden. Und ich hatte nur helfen wollen!

Wenn ich über die vergangenen Äonen nachdenke, erstaunt es mich immer wieder, wie sehr sich manche Individuen über Dinge aufregen, die sie gar nicht kennen. Man nehme nur die Erde. Millionen, sogar Milliarden von Menschen kamen in der Blüte ihrer Jahre ums Leben, weil man sich um so dumme Fragen stritt wie: »Was befindet sich auf der anderen Seite des Berges?« Niemand ist je auf der anderen Seite des Berges gewesen und zurückgekehrt, um Bericht zu erstatten, aber das spielt bei der Diskussion überhaupt keine Rolle. Große ›geistige Städte‹ entstehen, zusammen mit ›Karten der Phantasie‹, die den Weg dorthin weisen. Und man gebe gut auf sich Acht, wenn man all den Unsinn in Frage stellt. Wer auch nur andeutungsweise zu verstehen gibt, dass die Beweise vielleicht nicht ausreichen, muss damit rechnen, auf dem Scheiterhaufen zu enden. Gute Gedanken genügen nicht; gute Taten müssen kodifiziert und individuelle Vorstellungen von Barmherzigkeit angepasst werden. Warum? Um der Kontrolle willen. Geben Sie mir ein Kind im Alter von bis zu zwölf Jahren, und Sie bekommen von mir jemanden zurück, der für den Rest seines Lebens ein abergläubischer Wilder bleibt.

In einer derartigen Situation fand ich mich jetzt wieder.

Und dann kam mir das Schicksal zu Hilfe. Das oberste Stockwerk des ausgebrannten Gebäudes explodierte plötzlich. Es regnete Trümmer, und die Romulaner griffen von zwei Seiten an. Sie waren zahlenmäßig überlegen, was für Klingonen nicht viel bedeutet, denn jeder von ihnen kann mit der Kraft von zehn kämpfen.

»Warten Sie!« rief ich. »Es hat doch keinen Sinn! Warum wollen Sie den Hass bis ins Jenseits tragen? Wenn …«

Sie waren weder an einem ›Wenn‹ interessiert noch daran, die Stimme der Vernunft zu hören. Sie ließen sich allein von blindem Zorn leiten. Selbst Jadzia Dax schnitt eine wütende Grimasse und schien nicht bereit zu sein, mit den Romulanern Frieden zu schließen. Zwar mochte sie mit gut klingender Rhetorik das Gegenteil behaupten, aber vom Feind angegriffen reagierte sie wie die Klingonen und konnte es gar nicht abwarten, sich in den Kampf zu stürzen.

Phaserstrahlen fauchten um uns herum. Die Romulaner und Klingonen fielen übereinander her. Messer, kurze Schwerter und Dolche kamen zum Einsatz. Metall kratzte über Metall. Krieger knurrten. Sterbende röchelten. Körper fielen mit einem dumpfen Geräusch zu Boden.

Ich stand mitten in diesem Durcheinander, wie ein desinteressierter Beobachter im Chaos. Blut spritzte, und Flüche erklangen. »Meine Güte, hier sind wirklich alle vollkommen ausgerastet«, murmelte ich und schüttelte den Kopf.

Es gibt einen Mythos über den Ursprung dieses Verhaltens. Offenbar geschah es in ferner Vergangenheit, dass sich Sportfans in einem Stadion trafen, um ihre Mannschaften anzufeuern. Für einige von ihnen war das Spiel nicht aufregend genug, und sie trugen den Wettkampf auf die Zuschauerränge. Hunderte von jungen Männern begannen mit einer wilden Schlägerei, während unten auf dem Feld das Spiel weiterging. Nach dem Spiel standen die jungen Burschen auch weiterhin unter der Wirkung von jeder Menge Adrenalin – und vielleicht auch noch unter der von anderen Dingen –, was sie veranlasste, das Chaos in die Stadt zu tragen. Sie zertrümmerten Schaufensterscheiben, stießen Autos um und zündeten Feuer an, um ihre Unzufriedenheit angesichts der Niederlage ihrer Mannschaft zum Ausdruck zu bringen. So weit, so gut. Was ich in diesem Zusammenhang interessant fand, war der Umstand, dass die gleichen Burschen ihre Stadt auch dann verwüsteten, wenn die Mannschaft gewann. Sieg oder Niederlage, darauf kam es gar nicht an! Plündern und zerstören, wenn das Team verlor; plündern und zerstören, wenn es gewann. Diese Leute nannte man ›Fans‹, eine Kurzform des Wortes ›Fanatiker‹. Seit damals bin ich immer sehr auf der Hut, wenn ich es mit Fans zu tun bekomme – um zu vermeiden, dass sie mir den Kopf von den Schultern reißen.

Ein Romulaner bemerkte mich und griff an. Ich hatte inzwischen begonnen, eine Theorie zu entwickeln, und ich beschloss, sie hier und jetzt auf die Probe zu stellen – immerhin war ich zu stolz, um die Flucht zu ergreifen. Ich rührte mich nicht von der Stelle, blieb einfach stehen, bohrte in der Nase und gab zu erkennen, dass ich mich nicht verteidigen wollte.

Der Romulaner kam bis auf zwei Meter heran, hob den Phaser ...

Ein Amboss fiel ihm auf den Kopf.

Das Ding kam einfach aus dem Nichts. Um mich herum tobte der Kampf; Romulaner und Klingonen bedachten sich gegenseitig mit jahrtausendealten Flüchen und Verwünschungen, die sich auf Abstammung und dergleichen bezogen. Ich achtete nicht darauf und schritt so zum gefallenen Romulaner, als hätte ich alle Zeit der Welt. Der Amboss hatte den Kopf und einen großen Teil des Oberkörpers zerschmettert. Einige Sekunden lang blickte ich auf die Leiche hinab, und dann sah ich das M-Symbol am Amboss. Genau damit hatte ich gerechnet. »Verdammt, Q«, murmelte ich, »irrst du dich denn *nie*?«

Ich drehte mich um und beobachtete, wie Dax eine blonde Romulanerin zu erwürgen trachtete. Die beiden Frauen kreischten, wälzten sich auf dem Boden und ließen nichts unversucht, um sich gegenseitig zu töten.

Es sah nach einer besonderen Form des Schlammringens aus. Ich schenkte ihnen nicht mehr Beachtung als Dax mir und ging ohne einen weiteren Blick fort.

Karg taumelte mir entgegen. In seinem Bauch zeigte sich eine klaffende Wunde, die anderen Leuten den Tag verdorben hätte, aber nicht ihm. In ihm brodelte noch genug Ärger, dass er versuchte, mit mir abzurechnen. Ich wusste inzwischen, dass überhaupt kein Grund bestand, sich Sorgen zu machen. Deshalb war ich nicht interessiert, als die Klinge eines klingonischen Krummschwerts surrend durch die Luft schnitt und Kargs Kopf vom Rest des Körpers trennte. Der Romulaner, der die Waffe geschwungen hatte, trat einen Schritt in meine Richtung und fiel prompt einem Feuerball zum Opfer, der aus einem nahen Gebäude kam. Dies alles ließ mich völlig unberührt, als ich mich entschlossen dem einzigen unbeschädigten Gebäude weit und breit näherte. Die Dinge wurden allmählich klar.

In der Ferne hörte ich weitere Schreie und vielstimmiges Heulen. Nicht nur Klingonen und Romulaner versuchten, sich gegenseitig auszulöschen. Es fanden auch noch andere Kämpfe statt, bei denen Angehörige verschiedener Völker gegeneinander antraten. Zorn prägte die Atmosphäre. Überall schien man nach Vergeltung zu streben, und zwar für jedes Unrecht, zu dem es jemals gekommen war.

Was für Fanatiker! Das Ende des Universums stand bevor – glaubten die Leute vielleicht, dies sei der geeignete Zeitpunkt, um sich gegenseitig umzubringen? Offenbar wollten alle die letzte Chance nutzen, um all jene ins Jenseits zu schicken, die ihnen ein Dorn im Auge waren. Lief das Ende des Universums letztendlich darauf hinaus, auf eine letzte Möglichkeit, alte Rechnungen zu begleichen? Wie einfallslos und banal.

Während ich den Weg zum Gebäude fortsetzte, wuchs meine Gewissheit, bald Antworten zu bekommen. Der Umstand, dass ich noch lebte, bot einen deutlichen Hinweis. So entsprach es zumindest meiner Theorie.

Eigentlich hätte ich längst tot sein sollen. Mehrmals war ich in ausweglose Situationen geraten und hatte sie irgendwie überlebt. Dafür gab es nur eine Erklärung: Jemand manipulierte das Geschehen. Jemand, so überlegte ich, der meine Ankunft bemerkt hatte und sicherstellen wollte, dass ich ihm begegnen konnte. Dieser Jemand griff immer dann ein, wenn mir Gefahr drohte. Nun, es musste sich um eine Person handeln, die über viel Macht verfügte. Und wer selbst in dieser Sphäre mächtig war, verdiente es zweifellos, formidabel genannt zu werden.

Mir blieb keine Wahl. Das Ziel bestand aus dem unversehrten Gebäude mit der Fahne. Ich hätte meine Ankunft hinauszögern und in die entgegengesetzte Richtung gehen können, aber was hätte das genützt? Früher oder später würde ich das Gebäude erreichen, und ›früher‹ erschien mir sinnvoller als ›später‹. Meine beste Möglichkeit bestand darin, dem Jemand zu zeigen, dass ich nicht eingeschüchtert war. Eigentlich hätte das ganz leicht sein sollen, denn bisher bin ich nie eingeschüchtert gewesen. Aber die Zeiten ändern sich.

Ich ahnte, wem ich in dem Gebäude begegnen würde: einer ganz bestimmten Frau. Und diesmal traten wir uns nicht als Gleichgestellte gegenüber. Sie hatte die Oberhand, und das wusste sie auch.

Aber ich wollte ihr auf keinen Fall zeigen, dass ich es ebenfalls wusste. Habe ich Ihr Interesse geweckt? Dann lesen Sie weiter.

Eine wahre Geschichte: Einmal begegnete ich einem Mann, einem Menschen, der aus einem Flugzeug gesprungen war: Sein Fallschirm öffnete sich nicht. Er hatte keine Ahnung von meiner Präsenz.

Und er rief: »Oh, Gott, warum ausgerechnet ich?«

Und mit lauter, pontifikaler Stimme erwiderte ich: **»Weil mich etwas an dir nervt.«**

Und weil ich zu jenem Zeitpunkt guter Stimmung war, sorgte ich dafür, dass er in einem Heuhaufen landete. Er brach sich jeden dritten Knochen im Leib, überlebte aber. Natürlich berichtete er von seinem Erlebnis, doch man lachte ihn aus. Seine Geschichte ging in die Volkskultur ein und brachte auf amüsante Weise das Gefühl zum Ausdruck, dass es jemand auf einen abgesehen hat. Oder wie es so schön heißt: Selbst wenn man paranoid ist, kann es jemanden geben, der einem das Fell über die Ohren ziehen möchte.

Die meisten Leute begreifen nicht, dass in dieser Hinsicht so etwas wie eine kosmische Konstante existiert. Auf der Erde gibt es ein Symbol namens Yin und Yang. Die bildliche Darstellung zeigt zwei halbkreisförmige Zeichen, die sich umschlingen und vervollständigen. Angeblich symbolisieren sie das Männliche und Weibliche. Nun, auf dem Planeten Rimbar gib es ein noch interessanteres Symbol, das ebenfalls aus zwei Teilen besteht. Doch in diesem Fall umschlingen sie sich nicht, um sich zu vervollständigen; stattdessen erwürgen sie sich gegenseitig. Es hängt eben alles vom Blickwinkel ab.

Wie ich schon sagte: Es existieren kosmische Konstanten. Die bekannteste lautet: Ganz gleich, wie mächtig man ist – es gibt immer jemanden, der über noch mehr Macht verfügt.

Oder: Ganz gleich, wer man ist – es gibt immer jemanden, der einen nicht mag. Es spielt keine Rolle, wie man sich verhält und was man sagt, oder was man nicht tut und was man verschweigt. Irgendwo gibt es jemanden, der einen nur kurz ansieht und etwas findet, das ihm nicht gefällt.

So etwas kann zu persönlichen Fehden, Mord und sogar Völkermord führen. Es kommt ganz darauf an, wer an der Sache beteiligt ist und wie weit sich der Groll entwickelt. Nun, niemand möchte Krieg gegen ein anderes Volk führen, es sei denn, es gibt gute Gründe dafür, wie zum Beispiel: Die Fremden verzehren zu viel Knoblauch; oder sie essen mit den Füßen. Oder besser noch: Sie haben eine andere Hautfarbe. Diese Gründe genügen völlig, um Leute auf die Palme zu bringen und zu veranlassen, wahllos zu töten. Wenn man außerdem auch Überliefertes vorweisen kann, in der Art von »Vor vierzehn Generationen wurde mein Vorfahr von deinem Vorfahren angespuckt«, so ist das noch besser. Dem Hass sind keine Grenzen gesetzt. Je unklarer die Beleidigung, desto wirkungsvoller ist sie. Und so verbringen Gruppen Jahre oder gar Jahrhunderte damit, Groll anzusammeln, wie Zinsen auf einem Konto. Sie saugen das Mark aus dem Knochen namens Hass. Streitereien um das Land einer Person oder um ihre dritte Nichte mütterlicherseits oder um jemanden, der irgendwann eine obszöne Geste vollführte, oder um jemand anders, der ein Hemd trug, das nicht zur Hose passte, was jemand anders ärgerte … Und so weiter und so fort. Es ist alles genau vorhersehbar und ausgesprochen dumm. Quadrillionen intelligenter Wesen sind aus den unbedeutendsten Gründen umgebracht worden, die man sich vorstellen kann. Besonders absurd wird es, wenn sich zwei Gruppen zu töten versuchen, weil ihnen der Gott der anderen nicht gefällt. Der Umstand, dass beide Götter Frieden auf dem jeweiligen Planeten predigen, steht dem Gemetzel nicht im Wege. Solche Gruppen zeigen großes Geschick, wenn es darum geht, derartige Hindernisse zu überwinden.

Inzwischen dürfte Ihnen klar sein, dass das Q-Kontinuum aus unendlich überlegenen Wesen besteht. Vielleicht glauben Sie deshalb, dass wir über solchen Dingen stehen. Aber dem ist leider nicht so. Kosmische Konstanten haben die unangenehme Eigenschaft, für alle zu gelten.

Da wir unendlich überlegene Wesen sind, ergibt es vielleicht einen gewissen Sinn, dass wir auch unendlich überlegene Feinde haben.

Was natürlich nicht bedeutet, dass die Feinde uns wirklich überlegen sind. Wir glauben zumindest, dass so etwas nicht der Fall ist. Sie kannten ihren Platz im Universum, ebenso wie wir, und über lange Zeit hinweg herrschte ein ungestörtes Nebeneinander.

Zur Feindschaft zwischen uns kam es so:

Wir vom Q-Kontinuum saßen eines Tages einfach nur da und kümmerten uns um unsere Angelegenheiten. Plötzlich gleißte Licht, und von einem Augenblick zum anderen sahen wir uns Wesen gegenüber, die völlig neu für uns waren.

Jene Geschöpfe musterten uns mit einer kühlen Verachtung, die wir gut kannten. Mit anderen Worten: Sie verhielten sich wie wir. Und sie sahen aus wie wir. Das ging uns wirklich gegen den Strich. Es war so weit alles in Ordnung, wenn sich fremde Völker bekriegten, wie zum Beispiel Klingonen und Romulaner. Doch wahrhaft erstklassige Feindschaft ergibt sich dann, wenn sich die Hassenden nicht voneinander unterscheiden. Dadurch wird alles noch sinnloser, und genau darum geht es, um die Sinnlosigkeit. Seien Sie unbesorgt, wenn Ihnen das rätselhaft erscheint. Sie sind kein überlegenes Wesen, und deshalb erwartet man auch gar nicht von Ihnen, so etwas zu verstehen.

Nun, die Neunankömmlinge musterten uns, und wir musterten sie. »Hallo«, sagten sie. Eigentlich begann alles recht freundlich, wenn man bedenkt, dass diese Leute später zu unseren erbittertsten Feinden wurden. »Wir sind das M-Kontinuum.«

»Interessant«, erwiderten wir. »Und wer oder was ist das M-Kontinuum?«

»Das M-Kontinuum ist unsere Heimat«, lautete die Antwort. Genauso gut konnte man sich mit einer Möbiusschleife unterhalten. »Und da Sie uns gefragt haben: Wir sind Ihre Feinde.«

»Unsere Feinde? Im Ernst? Warum?«

»Weil es etwas an Ihnen gibt, das uns echt nervt«, erwiderten die Besucher.

Und das war er, der Kern der Sache, von allen Ausschmückungen und so weiter befreit. Nun, es erwies sich als schwer, Leute zu verabscheuen, die so kühne Worte an uns richteten. Außerdem konnten wir kaum ihr Recht dazu in Frage stellen. Die Fremden hatten ganz offensichtlich einen Blick auf uns geworfen und dann entschieden, uns nicht zu mögen. Das verstanden wir. Unter ähnlichen Umständen wäre es uns vielleicht ebenso ergangen.

»Sie sind wegen der kosmischen Konstante hier«, sagten wir.

Sie dachten kurz darüber nach und entgegneten: »Äh, ja. Ja, das scheint tatsächlich der Fall zu sein.«

Es folgte eine weitere Pause, und dann sagten wir: »Wir verstehen uns also.«

»Ja. Das stimmt. Aber ihr nervt uns trotzdem, und wir wollen euch töten.«

»Interessant«, erwiderten wir. »Aber wäre es nicht besser, einen geeigneteren Grund zu finden?«

Die Besucher drängten sich zusammen. Sie gestikulierten und flüsterten miteinander, ohne dass wir vom Q-Kontinuum etwas verstanden. Schließlich wurde ein M auserkoren, uns den neuen, ›geeigneteren‹ Grund zu nennen. »Sie wissen zweifellos, dass wir vor Ihnen existierten«, meinte er.

»Nein, das wissen wir nicht«, sagten wir und wechselten erstaunte Blicke.

»Sie sind nur eine Kopie von uns«, fuhr M fort.

»Tatsächlich?«

»Und da wir vor Ihnen existierten und Sie nur eine Kopie von uns sind, haben wir die Dimensionen von Raum und Zeit durchquert, um Sie alle auszulöschen.«

»Ihr könnt uns mal«, kommentierte ein Q, aber es nützte nichts – auf beiden Seiten regte sich niemand auf. Es klappte einfach nicht. Die genannten Gründe waren nicht bedeutungslos genug.

Und dann rief ein M: »Ihre Mutter!«

Das war zu viel! Eine solche Beleidigung ging weit über die Grenzen des Tolerierbaren hinaus, und deshalb begann der Krieg.

Der Krieg allein ist Grund genug. Alles andere sind Rechtfertigungen und Entschuldigungen. Der Umstand, dass sich später niemand daran erinnerte, welche Mutter M beleidigt hatte, machte alles nur noch fundamentaler. Denken Sie darüber nach. Worüber sollen sich zwei überlegene Spezies streiten? Um Territorium? Es gibt genug Unendlichkeit für alle. Besitz? Wer braucht so etwas? Nein, wir waren Feinde, weil …. weil … wir Feinde waren.

Obwohl natürlich festgestellt werden muss, dass wir

zuerst existierten. Und wenn jemand von uns wirklich eine Mutter gehabt hätte, so wären wir natürlich sofort bereit gewesen, ihren guten Ruf zu verteidigen.

Und so zogen wir in den Krieg.

Der Kontinuumkonflikt erschütterte die Grundfesten der Realität. Die meisten interstellaren Kuriositäten und Paradoxa, die kaum jemand versteht, entstanden bei den ersten Schlachten. Schwarze Löcher? Wurmlöcher? Wir schufen sie. Wir saugten die Energie ganzer Sonnen ab, um gegeneinander zu kämpfen, und dabei formten sich Portale, die große Bereiche des Alls verzerrten und zerfetzten.

Nach den ersten Schockwellen des Kriegs war kein Kontinuum imstande, den Sieg über das andere für sich in Anspruch zu nehmen, was natürlich bedeutete, dass wir uns beide für den Sieger hielten. Im Verlauf der Äonen kam es gelegentlich zu Scharmützeln. Möchten Sie wissen, was die Eiszeit auf der Erde bewirkte? Fragen Sie sich, was den Asteroidengürtel schuf und wie gewisse Quasare entstanden? Es steht alles in den QM-Chroniken. Sie können es nachlesen und weinen.

Seit einiger Zeit hatten wir nichts mehr vom M-Kontinuum gehört. Vielleicht war das der Grund für die Langeweile, die sich immer mehr im Q-Kontinuum ausbreitete. Gelegentlich versuchten wir, den alten Gegner zu provozieren, und er uns, aber die wichtigsten Dispute lagen weit in der Vergangenheit. Während des späten zwanzigsten Jahrhunderts auf der Erde kam es zu einem Kampf, bei dem intensive Gammastrahlung freigesetzt wurde – sie verwirrte Wissenschaftler auf zahlreichen Welten. Jahrhunderte zuvor verursachte ein Gefecht eine so gewaltige Explosion, dass man sie über viele Lichtjahre hinweg sah. Die Menschen waren von dem strahlenden Stern so beeindruckt, dass sie sein Erscheinen jedes Jahr im Winter feierten.

Doch wie gesagt: Die letzte Konfrontation mit dem M-Kontinuum lag schon eine ganze Weile zurück, und um ganz ehrlich zu sein: Ich war enttäuscht.

Inzwischen dürfte Ihnen klar sein, warum ich Ihnen dies alles geschildert habe. Ich vermutete, dass sich ein Mitglied des M-Kontinuums in einem der nahen Gebäude aufhielt. Ich wusste nicht, um wen es sich handelte, und ich hoffte inständig, dass es nicht ausgerechnet M war. Nein, bitte nicht M.

Die Fahne flatterte im Wind, der auch die Feuer schürte. Natürlich hatte ich sie schon bei meiner Ankunft gesehen, aber manchmal sind selbst wir Q schwer von Begriff. Das gebe ich nur zu, um die ganze Angelegenheit ein wenig dramatischer zu gestalten. Was die Einstufung von Superwesen betrifft, erzielen wir noch immer ein AAA+.

Ein beständiger Strom der Macht ging von dem Gebäude aus. Es ärgerte mich sehr, dass ein Mitglied des M-Kontinuums über seine ganze Kraft verfügte, selbst hier. Irgendetwas ging nicht mit rechten Dingen zu.

Im Innern des schlossartigen Bauwerks erklangen Stimmen und zornige Schreie, was zur Umgebung passte. Plötzlich verstummten die Schreie, und eine andere Stimme ertönte: Sie sprach sanft und gleichzeitig fest. Die Stimme einer Frau, und ich kannte sie nur zu gut – M. Typisch. Im Multiversum mangelte es sicher nicht an verrückten Orten, aber sie musste ausgerechnet hier erscheinen.

Ich setzte den Weg zum Gebäude fort. Wächter standen vor dem Eingang. Ich konnte nicht feststellen, aus welcher Spezies sie stammten, denn ihre Gesichter verbargen sich hinter den Masken ihrer Rüstungen. Ich spürte, dass mit ihnen nicht zu spaßen war.

Ja, ich *spürte* es.

Wie jemand, der aus tiefem Schlaf erwachte, wurde ich mir immer mehr der Dinge um mich herum ›bewusst‹. Ein Teil der alten ›Magie‹ kehrte zurück. Ich fühlte sie in den Fingerspitzen. Wenn ein gewaltiger Orkan in und über dieser Stadt wütete, so erreichte ich nun das Auge des Sturms. Überall gab es Hinweise auf Ms Macht.

Mit meinen geistigen Sinnen suchte ich nach Lady Q und q, entdeckte jedoch keine Spur von ihnen. Konnte es wirklich sein, dass sie nicht mehr existierten? Waren zwei der verkohlten Leichen, die überall herumlagen, meine Frau und mein Sohn?

Ich lehnte es ab, eine solche Möglichkeit in Erwägung zu ziehen. Sie lebten noch, ich wusste es! Besser gesagt: Ich glaubte es. Und dieser Glaube trieb mich an.

Ich straffte die Schultern, schenkte den Wächtern keine Beachtung und betrat die Eingangshalle. Eine lange Schlange aus Wartenden hatte sich dort gebildet, und jeder stritt mit jedem. Die Situation geriet nur deshalb nicht außer Kontrolle, weil anonyme Wächter an der Schlange entlangschritten, um gelegentlich Streithähne mit einem warnenden Blick oder einem Schlag ins Gesicht zum Schweigen zu bringen.

Ich sah kurz zum Ende der Warteschlange und ging dann an ihr vorbei.

»He!« erklang die donnernde Stimme eines Stentorianers. »Wohin wollen Sie?«

»Zum Anfang der Schlange«, sagte ich.

»Niemand drängelt sich vor! Warten Sie wie alle anderen auf die Richterin!«

Ich wollte ihm ausweichen, aber er versperrte mir den Weg. Ein Wächter beobachtete uns, schien aber nicht zu beabsichtigen, in das Geschehen einzugreifen. Offenbar interessierte es ihn, wie die Sache ausging.

Ich verfügte nicht über meine ganze Macht, beschloss aber, eine kleine Demonstration zu wagen. Der Stentorianer neigte mir sein großes Gesicht entgegen, um mich anzubrüllen – und musste plötzlich feststellen, fast einen Meter kleiner zu sein. Die anderen Wartenden schnappten nach Luft. Der Stentorianer schrie, aber diesmal klang seine Stimme wie die einer Maus, und in der nächsten Sekunde war er nur noch fünf Zentimeter groß. »Größe spielt eine Rolle«, sagte ich, hob den Fuß und hielt ihn über den Zwerg. »Hat sonst noch jemand etwas dagegen, dass ich mich ›vordrängele‹?«

Niemand gab einen Ton von sich.

»Gut.« Ich trat über den Stentorianer hinweg und gab ihm als Abschiedsgeschenk einen Stoß mit der Ferse.

Alle waren angemessen beeindruckt, und ich fühlte mich ziemlich gut. Ich näherte mich dem Wächter, und mein strenger Blick forderte ihn auf, beiseite zu treten.

Er blieb stehen.

Ich runzelte die Stirn und machte Anstalten, ihn auf die gleiche Weise zu bestrafen wie den Stentorianer.

Nichts geschah. Ich versuchte es noch einmal, wieder ohne Erfolg. Ich gab mir alle Mühe. Die Falten fraßen sich tiefer in meine Stirn, und Schweißperlen rannen mir über die Schläfen. Unruhe erfasste die Wartenden; sie ahnten offenbar, das etwas nicht stimmte.

Wenn mir der Wächter auch weiterhin den Weg versperrte und ich nichts dagegen unternahm, so kam es vielleicht zu Schwierigkeiten, mit denen ich nicht fertig werden konnte. Man schlug mir nur deshalb nicht den Schädel ein, weil man mich für allmächtig hielt. Mir lag nichts daran, die Leute zu desillusionieren. Ich überlegte und suchte nach einer Möglichkeit, mich aus dieser Zwickmühle zu befreien.

Eine Stimme ertönte tiefer im Innern des Gebäudes. Die Stimme jener Frau, die ich gut kannte.

»Ich habe auf dich gewartet, Q.«

»Ja, daran zweifle ich nicht«, sagte ich. Der Wächter wich zur Seite, und ich trat ein.

Der Raum erwies sich als ein Auditorium, ausgestattet mit Bühne und Vorbühne und gesäumt von Säulen, die eine glitzernde, kuppelförmige Decke stützten. Malereien schmückten die Wände, und alle Bilder zeigten Gewalt: die ältesten Sünden, auf die älteste Art und Weise verübt.

M saß mitten auf der Bühne, in einem der prunkvollsten Sessel, die ich je gesehen hatte. Die Beine des Throns endeten in Klauenfüßen, und die Rückenlehne war einem großen Vogel nachempfunden – er symbolisierte aus der Asche aufsteigende Gerechtigkeit.

Trotz ihrer geringen Größe wirkte die Frau sehr hoheitsvoll. Das rote Haar war kurz, und in den Augen zeigte sich ein stählerner Glanz. Ein purpurnes Gewand umhüllte ihre Gestalt, und die Arroganz trug sie wie ein Negligee mit tiefem Ausschnitt. Bittsteller lagen zu ihren Füßen, dazu bereit, ihr jeden Wunsch zu erfüllen.

»Ich grüße dich, Q«, sagte sie. »Unsere letzte Begegnung liegt lange zurück.«

»Nicht lange genug, M.« Ich kniff die Augen zusammen. »Warum brauchst du Wächter, o Mächtige?«

»Meinst du die Burschen mit den Rüstungen? Sie sind nur Staffage, weiter nichts.« Ihre Stimme schien ganz unten aus einer Whiskyflasche zu kommen.

»Ach? Ich glaube, die Wächter sind hier, weil deine Macht nicht mehr grenzenlos ist.«

»Eine interessante Theorie. Und du könntest sie überprüfen, wenn du ein wenig Mumm hättest. Aber das ist leider nicht der Fall.« Die Frau stand auf. »Weißt du, ich habe gehofft, dass ich bei der Begegnung mit deinem unerträglichen Kontinuum dir gegenübertreten würde. Dieser Wunsch ist ganz offensichtlich in Erfüllung gegangen.«

»Was machst du hier, M?«

»Oh, ich bin die Richterin, Q. Das dürfte dir inzwischen klar sein. Überall um uns herum herrscht Chaos.

Ein Durcheinander aus Feuer und Zerstörung, verursacht von Hass und Zorn. Meine Aufgabe besteht darin, wieder Ordnung zu schaffen.«

»Tatsächlich?« Ich verschränkte die Arme. »Und wer hat dir diese Aufgabe übertragen? Hast du vielleicht auf eine Stellenanzeige geantwortet?«

M lächelte mit der Wärme einer Gift spuckenden Viper. »Als ich hier eintraf, wusste ich sofort, worin meine Aufgabe besteht. Es ist mein Platz in der großen Ordnung der Dinge.«

»Wie bescheiden von dir, M. Es ist ganz und gar nicht typisch für dich, deinen Platz zu kennen.«

M deutete auf mich, und ihre Stimme klang fast schrill, als sie erwiderte: »Da bin ich anderer Ansicht, Q. Es ist nicht nur meine Stärke gewesen, sondern auch die des ganzen M-Kontinuums. Wir kennen und verstehen unseren Platz in der natürlichen Ordnung der Dinge. Im Gegensatz zu dir. Du bist die Personifizierung von Chaos und Unordnung. Du verhältst dich so, wie du es möchtest und wann du es möchtest, schaffst dabei nur Ärger und Groll. Deine Taten sind berüchtigt. Jetzt hast du Sturm geerntet.« Sie rückte demonstrativ ihren Slip zurecht, was darauf hindeutete, dass sie auch noch andere Dinge im Sinn hatte. Dann setzte sie sich wieder.

Ich dachte kurz nach, bevor ich einen Schritt näher trat. »Soll das heißen, du steckst nicht hinter den aktuellen Ereignissen?«

»Ich bin nur ein Spieler, der sich mit seiner Rolle zufrieden gibt, Q.«

»Und wer *ist* für all dies verantwortlich?«

M zuckte mit den Schultern. »Das geht mich nichts an. Ich weiß es nicht, und es ist mir gleich. Ich fühle das Ende des Universums nahen, und ich bin froh, dass ich mich dem Kosmos gegenüber richtig verhalten habe. Mein Gewissen ist rein, meine Angelegenheiten sind in Ordnung. Was ist mit deinem Gewissen, Q?«

»Darum mache ich mir derzeit keine Sorgen, M, herzlichen Dank«, sagte ich steif. »Es geht mir vielmehr um meine Frau und meinen Sohn. Wo sind sie?«

»Woher soll ich das wissen? Und warum sollte ich mich darum scheren?«

»Ich glaube, du kennst den Aufenthaltsort meiner Familie.«

»Da glaubst du falsch. Der Umstand, dass du allein hier bist, sollte Hinweis genug sein. Ich spürte deine Präsenz in dem Augenblick, als du eintrafst. Wenn andere Mitglieder deines armseligen Kontinuums gekommen wären, so hätte ich sie bestimmt hierhergebracht, oder?« Die Frau rieb sich nachdenklich das Kinn. »Du hast einen Sohn erwähnt. Wie interessant. Das ist eine neue Entwicklung, nicht wahr?«

»Ja, und sie betrifft nur mich«, erwiderte ich rasch und bedauerte es, dieses Thema angeschnitten zu haben.

»Dies ist mein Ort, Q. Hier betreffen mich alle Dinge, die mein Interesse wecken. Ich bin dein Gastgeber«, fügte M hinzu und lächelte. »Du bist nur deshalb noch am Leben, weil es mir so gefällt.«

»Ich verstehe.«

M hob und senkte die Schultern. »Alles hier ist so, wie ich es wünsche. Dir steht es nicht zu, mich zu beurteilen. Aber ich habe durchaus das Recht, ein Urteil über dich zu fällen.« Die Frau musterte mich mit unverhohlener Neugier. »Ein Sohn? Eine Frau? Sind das wirklich deine Prioritäten?«

»Ihnen gilt meine größte Sorge, ja.«

»Na so was ... Du *hast* dich geändert, Q. Ich weiß nicht, ob zum Besseren, aber eine Veränderung hat stattgefunden. Ich hätte dich dazu nicht für fähig gehalten.«

»Du meintest eben, du wüsstest nicht, wo sich meine Familie befindet. Ich glaube dir.«

M lachte kurz. »Wirklich? Wie nett.«

»Und da du keine genauere Vorstellung als ich davon hast, wer hinter dieser Sache steckt, wer für den Abgrund verantwortlich ist, der uns alle verschlungen hat ... Nun, ich gehe jetzt, wenn du gestattest.«

Sofort versperrten mir zwei Wächter den Weg.

»So einfach ist das nicht, Q«, sagte M. »Ich habe eine Ewigkeit lang auf diesen Moment gewartet. Du, der du so oft über andere zu Gericht gesessen hast ... Jetzt musst du dich selbst vor einem Gericht verantworten.«

»Ich hatte bereits das Vergnügen, mich in meinem eigenen Kontinuum einem Verfahren zu unterziehen«, sagte ich.

»Ja, aber die Geschworenen waren deinesgleichen. Hier urteilt eine höhere Autorität über dich.« Bei den letzten Worten wölbte M eine Braue.

»Davon träumst du, M.«

»In der Tat, Q. Davon träume ich. Ich gebe mich voller Freude meiner Phantasie hin, und du hast das Pech, zur falschen Zeit im falschen Traum zu sein.«

Es blitzte, und ich fand mich plötzlich in einem Gerichtssaal wieder. Ein hüfthohes Geländer umgab mich und konnte mich wohl kaum an der Flucht hindern, im Gegensatz zu den Wächtern in der Nähe.

Ich nahm meine ganze Kraft zusammen, fügte bisher sorgfältig unter Kontrolle gehaltenen Zorn hinzu und griff M an. Sie fühlte mich und reagierte ganz offensichtlich auf meine Attacke: Sie blinzelte und musste sich tatsächlich anstrengen, mich abzuwehren. Aber sie versuchte, sich nichts anmerken zu lassen und den Eindruck zu erwecken, mir mühelos standhalten zu können. Fast wäre ihr das auch gelungen. Ich bemerkte eine Schweißperle an der einen Braue, als sie sagte: »Ein Treffer, Q. Ein spürbarer Treffer. Aber nicht annähernd stark genug. Du beziehst nicht von deiner eigenen Macht Kraft, sondern von meiner, und das bedeutet: Du bist nur so stark, wie ich es erlaube.«

»Und du bist heute sehr von dir eingenommen, M. Aber das warst du schon immer, ebenso wie die übrigen Angehörigen deines Kontinuums. Was willst du hier veranstalten? Eine absurde Gerichtsverhandlung, bei der du den Vorsitz führst?«

Zwei Tellariten standen am Anfang der Schlange, und einer von ihnen rief: »Augenblick mal! Warum bekommt er eine Sonderbehandlung? Wir warten hier schon seit einer ganzen Weile! Wir haben Rechte! Wir sind hierher gekommen, um ein Urteil von Ihnen zu empfangen! Er soll sich gedulden, bis er an die Reihe kommt!«

»Soll er das?« erwiderte M kühl. »Haben Sie eine Kontroverse?«

»Ja!« Der Tellarit deutete auf den Tellariten an seiner Seite. »Er hat mir etwas gestohlen, und zwar das kostbarste ...«

Wir werden nie erfahren, was gestohlen wurde. M schnippte mit den Fingern, und der Kopf des Tellariten implodierte. Es wirkte alles sehr theatralisch. Er fiel, doch bevor er auf den Boden prallen konnte, fing ein Wächter den Toten auf und brachte ihn nach draußen. Nur das Klacken der Stiefel war zu hören, als der Gepanzerte den Saal mit dem Leichnam verließ.

»Hat sonst noch jemand was dagegen, ein wenig länger zu warten?« fragte M fast schmollend.

Überall wurden voller Nachdruck Köpfe geschüttelt.

»M«, sagte ich im Tonfall der Vernunft, »dies alles hat doch keinen Sinn.«

»Glaubst du?« Ärger blitzte in den Augen der Frau und schien eine emotionale Lawine auszulösen. »Ich bin anderer Ansicht, Q. Du unerträglicher Schnösel. Glaubst du vielleicht, ich hätte dich und deine Aktivitäten nicht beobachtet? Ich kenne deine Selbstgefälligkeit. Ich weiß, wie zufrieden du mit dir bist, wenn du dich so verhältst, als seiest du besser als alle anderen. Wie kannst du es wagen! Wie kannst du es wagen, dich so aufzuführen, obgleich du weißt, dass wir vom M-Kontinuum besser sind als du?«

»Du machst dich lächerlich«, erwiderte ich. »Du machst dich lächerlich, weil niemand aus dem Q-Kontinuum mit einem derartigen Unfug Zeit verlieren würde, während so viel auf dem Spiel steht. Das Ende des Universums ist nahe! Welchen Zweck hat es, mich vor irgendein dummes Gericht zu stellen?«

»Welchen Zweck das hat? Der Zweck besteht darin, dich für all das büßen zu lassen, was du während deines Lebens mir und anderen angetan haben, Q! Und du hast ein ziemlich langes Leben hinter dir! Der Zweck besteht darin, es dir heimzuzahlen, dich zu demütigen und meinen Zorn spüren zu lassen!«

»Deinen Zorn? *Deinen Zorn?* Meine Güte, dein Zorn ist mir piepegal.« Es gab keinen Ärger in meiner Stimme. Ich klang nur müde, vielleicht sogar gönnerhaft. »Deine Prioritäten sind so absolut stussig, dass es nicht einmal lohnt, darüber zu reden. Das ist immer das Problem mit deinem M-Kontinuum gewesen. Ihr seid überzeugt davon, das Zentrum aller Dinge zu sein. Wir haben es ganz offensichtlich mit Problemen zu tun, die sogar über unser Verständnis hinausgehen, was uns darauf hinweisen sollte, dass es sich um eine sehr ernste Angelegenheit handelt. Aber befasst ihr euch damit? Nein. Wie üblich seid ihr viel zu sehr mit euch selbst beschäftigt. Derzeit hast du vielleicht die Oberhand, aber diese besondere Partie ist noch nicht zu Ende. Für mich wird die Zeit ebenso schnell knapp wie für dich.«

»*Sei still!*« rief M.

Sie sollten wissen, lieber Leser, dass ich mich nicht leicht fürchte. Na schön, noch als Dreizehnjähriger habe ich mit eingeschaltetem Nachtlicht geschlafen, aber anschließend wurde ich furchtlos. Ich muss gestehen: Ms Zorn gewann an dieser Stelle ein Ausmaß, das mir wirklich einen Schrecken einjagte. Ich hatte bereits beschlossen, mich auf keine weiteren Diskussionen mit ihr einzulassen, aber sie kam mir zuvor. Eine große Klemme materialisierte und presste sich mir auf den Mund. So sehr ich auch daran zog – ich konnte mich nicht von ihr befreien.

Ms Gesicht hatte sich unterdessen purpurn verfärbt. »Ich habe es satt, dir zuzuhören!« knurrte sie. »Dies ist mein Gerichtsverfahren, ob es dir passt oder nicht. Du ... Du ...« Die Frau rang mit sich, und einige Sekunden lang sah es so aus, als könnte sie endgültig die Kontrolle über sich verlieren. Dann beruhigte sie sich, was ihr ganz offensichtlich nicht leicht fiel. Sie atmete mehrmals tief durch und trachtete danach, sich nicht mehr allein vom Zorn leiten zu lassen. In ihren Augen loderte es noch immer, aber die Stimme klang ein wenig ruhiger, als sie sagte: »Ich bin nicht unvernünftig.« Ich hätte gern eine passende Antwort geben, aber der verbale Keuschheitsgürtel hinderte mich daran. »Du brauchst jemanden, der für dich spricht, denn du scheinst die Stimme verloren zu haben.«

Besser die Stimme als den Verstand, dachte ich.

M nickte zwei Wächtern zu, die den Saal sofort verließen. Ich fragte mich, wohin sie eilten, und schon bald bekam ich eine Antwort: Picard und Data wurden hereingeführt. Sie waren nicht gerade sauber, schienen aber unverletzt zu sein. Erst als ich sie sah, begriff ich, dass ich sie vermisst hatte. In Gedanken rügte ich mich selbst. Sie durften natürlich nicht erfahren, dass sich solche Gefühle in mir regten. Das hätte mir gerade noch gefehlt. Ein gewisser Anstand musste schließlich gewahrt bleiben.

Picard bemerkte meinen blockierten Mund und

lächelte. Typisch für ihn. Das Universum stand kurz vor dem endgültigen Kollaps, und Picard fand es komisch, dass mir eine große Klemme den Mund verschloss. Seine Prioritäten waren ebenso absurd wie die von M.

»Diese beiden Personen wanderten draußen umher«, sagte M zu mir. Sie sprach jetzt im Plauderton, als glaubte sie, ich könnte antworten. »Sie fragten sofort nach dir. Seltsamerweise hast du es nicht für nötig gehalten, dich nach ihnen zu erkundigen. Warum?«

Ich war natürlich nicht imstande, eine Antwort zu geben. Zu meiner Überraschung bot Picard eine Erklärung an. »Nun, angesichts seines derzeitigen Zustands weiß Q sicher, dass er sich hier in einer feindlichen Umgebung aufhält. Deshalb wollte er vermutlich nicht unsere Präsenz verraten.«

Das klang sehr überzeugend. Ich nickte zustimmend. Natürlich kam es der Wahrheit nicht einmal nahe, aber in der Not frisst der Teufel Fliegen.

»Na so was«, erwiderte M nachdenklich. »Ich wusste gar nicht, dass Q so ... geistesgegenwärtig und rücksichtsvoll sein kann.« Meine Güte, sie kaufte es Picard tatsächlich ab!

Erstaunt beobachtete ich, dass die im Saal herrschende Hitze ihr überhaupt nichts auszumachen schien. Die Kleidung klebte mir am Leib, aber M wirkte völlig ›cool‹.

»Wer sind Sie?« fragte Picard.

Die Schärfe in seiner Stimme amüsierte M. »Ihr Schicksal liegt in meinen Händen, kleiner Mann. An Ihrer Stelle würde ich vorsichtig sein. Sie dürfen mich ... M nennen.« Sie kaute kurz auf der Unterlippe. »Das heißt, wenn ich es mir genauer überlege ... Sie dürfen mich nicht so nennen. Wissen Sie was, kleiner Mann? Ich glaube, ich mag Sie nicht. Hmm. Nein, nein, Sie gefallen mir nicht. Nehmen Sie dort drüben Platz und seien Sie still.« Sie deutete auf Data. »Sie werden Qs Verteidigung übernehmen.«

»Wobei soll ich Q verteidigen?« fragte der Androide.

»Bei dem Gerichtsverfahren, das jetzt beginnt. Und geben Sie sich Mühe – er braucht einen guten Verteidiger! Stellen Sie sich jetzt neben Ihren Mandanten.« M legte die Hände auf die Armlehnen des Sessels und wartete darauf, dass Data und Picard ihre Plätze einnahmen.

Captain und Androide wechselten einen Blick, der Verwirrung zum Ausdruck brachte, und dann wies Picard mit einem kurzen Nicken darauf hin, dass Data Ms Anweisungen nachkommen sollte. Anschließend wandte er sich an mich und sagte leise: »Wenn man bedenkt, unter welchen Umständen unsere erste Begegnung stattfand, so sind die derzeitigen Ereignisse recht ironischer Natur, nicht wahr?«

Mit einem finsteren Blick wies ich darauf hin, dass ich in der gegenwärtigen Situation nicht die geringste Ironie erkennen konnte. Wie seltsam: Alle Beteiligten schienen ein persönliches Interesse an dieser Sache zu haben!

Data zeigte die Bereitschaft, seine Aufgabe ernst zu nehmen. »Da ich Q verteidigen soll ... Darf ich fragen, wie die Anklage lautet?«

»Natürlich.« M schnippte mit den Fingern, und eine lange Liste erschien in ihren Händen. »Q wird folgendes zur Last gelegt: Er kennt seinen Platz nicht; er zeichnet sich durch exzessive Arroganz aus; er mischt sich in das Leben anderer Personen ein; er ist die Personifizierung von Tod, Zerstörung und Verzweiflung. Vor allem aber trägt Q die Verantwortung für das Ende des Universums. Die derzeitige Entwicklung geht auf ihn zurück.«

Ich schnitt eine Grimasse, um zu zeigen, was ich von solchen Vorwürfen hielt. Einen verbalen Kommentar konnte ich leider noch immer nicht abgeben.

M fuhr fort: »Vorher, ohne adäquate gerichtliche Erwägungen, war es mir nicht klar, aber jetzt weiß ich, dass Qs Präsenz an diesem Ort kein Zufall ist. Er sollte hierher kommen, denn die Aufgabe dieses Gerichts besteht darin herauszufinden, wer für die aktuellen Ereignisse verantwortlich ist – und ihn zu bestrafen. Q ist hier weit und breit der einzige, gegen den ein solcher Vorwurf erhoben werden kann, und deshalb muss er schuldig sein.«

Die Zuschauer jubelten. Für sie spielte es keine Rolle, ob Ms Worte einen Sinn ergaben oder nicht. Sie wünschten sich nur jemanden, dem sie die Schuld geben und den sie bestrafen konnten. Für Vernunft blieb in ihrem Denken und Empfinden kein Platz.

Ich hätte laut gelacht, wenn ich dazu imstande gewesen wäre.

»Die Bedeutung des letzten Anklagepunkts übertrifft ganz offensichtlich die aller anderen«, sagte Data glatt. »Allerdings scheint ein derartiger Vorwurf aus der Luft gegriffen zu sein. Welche Beweise haben Sie?«

»Brauche ich Beweise?« erwiderte M. »Mein Wort genügt. Er ist schuldig.«

»Offenbar sind Sie Ankläger und Richter zugleich«, stellte Data fest. »Das ist nicht akzeptabel. Ein Richter muss unparteiisch sein. Sie können nicht beide Funktionen übernehmen und gute Arbeit leisten.«

»Ich bin, was ich sein möchte, ob es Ihnen passt oder nicht.«

»Das ergibt keinen Sinn, Madam. Sie lassen zu, dass Zorn Ihr Urteilsvermögen beeinträchtigt.«

»Mit meinem Urteilsvermögen ist alles in bester Ordnung, da können Sie ganz unbesorgt sein.« M stand auf. »Lassen Sie es mich kurz erklären. Das Q-Kontinuum und das M-Kontinuum sind Eckpfeiler des Universums. Wir halten alles zusammen. Darin besteht der Zweck unserer Existenz; diese Aufgabe beschreibt unseren Platz im Dasein. Das M-Kontinuum hat diese Pflichten immer wahrgenommen, aber das Q-Kontinuum lehnte seine Verantwortung ab. Die Q sitzen einfach nur herum, geben sich der Langeweile hin und interessieren sich für nichts, erst recht nicht dafür, das einwandfreie Funktionieren der großen Maschine des Universums zu gewährleisten. Und genau deshalb kollabiert das Universum: Stellen Sie sich einen Apparat vor, der nicht ausreichend geölt wurde. Dieser Q ist der schlimmste von allen!« M trat vor. »Er stolziert umher! Er brüstet sich! Er glaubt sich überlegen, obwohl kein Zweifel an der Überlegenheit des M-Kontinuums bestehen kann! Er verbreitet Chaos an jedem Ort, den er besucht. Er ist ein Schandmal für uns alle, und er hat das kosmische Gleichgewicht gestört!«

»Das kosmische Gleichgewicht?« wiederholte Data. »Ich fürchte, es gibt nirgends Gesetze, in denen ein solches Konzept kodifiziert wurde. Sie können Q nicht auf der Grundlage von Gesetzen verurteilen, die Sie hier und jetzt erfinden.«

»Natürlich kann ich das. Haben Sie jemals von Präzedens gehört, Data?« fragte M verächtlich. »Jemand muss einen Präzedenzfall schaffen. Ich möchte Ihnen das Konzept erklären. Irgendwann einmal verhält sich jeder falsch. Sie, Picard, alle Personen.« Sie deutete zu den Zuschauern. »Manchmal kommt es sogar bei Mitgliedern des M-Kontinuums zu falschem Verhalten. Jedes Vergehen dieser Art hat Auswirkungen, die direkt proportional sind zur Bedeutung der betreffenden Person in der großen Ordnung der Dinge.

Nun, als das Q-Kontinuum damit begann, seine Pflichten zu vernachlässigen, und als sich Mitglieder des Q-Kontinuums auf so abscheuliche Weise verhielten wie Q ... Daraus ergaben sich weitaus größere Auswirkungen, denn ihnen kommt mehr Bedeutung in der großen Ordnung der Dinge zu. Und diese Auswirkungen führten im Lauf der Zeit zu dem Zustand, den wir jetzt erleben! Das derzeitige Durcheinander ist ein direktes Resultat jener Vergehen! Es ist seine Schuld! Seine Schuld! *Seine Schuld!*«

»An dieser Stelle halte ich es für nötig ...«, begann Data.

Doch er kam nicht zu Wort. »Seine Schuld! Seine Schuld!« wiederholte das Publikum. Die Temperatur im Gerichtssaal schien noch weiter zu steigen. Mein Hemd war schweißnass. Die Zuschauer schrien, hoben die Fäuste und erweckten den Eindruck, mich am liebsten lynchen zu wollen.

»Euer Ehren, mir scheint...« Data versuchte, sich verständlich zu machen, aber das war in dem Lärm unmöglich. Schließlich schwieg der Androide und beobachtete, wie der Zorn um uns herum wuchs. Picard ließ den Blick umherschweifen, und seine Besorgnis nahm mit jeder verstreichenden Sekunde zu.

Und dann schrie Data, was nicht nur mich verblüffte, sondern auch Picard.

Es war kein gewöhnliches Schreien. Vergessen Sie nicht, dass es sich bei Data um eine Maschine handelte, die über einen Lautstärkeregler verfügte. Zehn bedeutete maximale Lautstärke, aber diesmal schien er bis elf aufgedreht zu haben. »*Seid ihr denn alle verblödet?*« Die laute Stimme des Androiden hallte von der hohen Kuppel wider.

Ich wusste, dass Data einen Gefühlschip in sich trug. Zwar blieb er zurückhaltend und reserviert, aber er hatte Zugang zu menschlichen Empfindungen, wenn er Wert darauf legte. Doch selbst ich war überrascht, als sich Datas Miene in eine wütende Fratze verwandelte.

»**Dies ist absurd!**« fuhr er fort, ohne leiser zu werden. Das Donnern seiner Stimme war schier überwältigend. »**Sie geben allein Ihren Gefühlen nach! Was die Richterin gesagt hat, ergibt überhaupt keinen Sinn!**

Es geht ihr nur darum, Zorn in Ihnen zu wecken, damit Sie das niedermachen, was Sie nicht verstehen! Und wenn ich Sie so sehe ... Es gibt bestimmt viele Dinge, die Sie nicht verstehen!«

»Data ...«, brachte Picard fassungslos hervor.

Der Androide hörte nicht auf ihn und näherte sich M.

»Warum machen Sie das? Warum sind Sie so versessen darauf, Q die Schuld anzuhängen? Warum wollen Sie alles ihm in die Schuhe schieben? Es gibt nicht den geringsten Beweis für Ihre Behauptungen ...!«

M verlor den Rest ihrer Selbstbeherrschung und rief noch lauter als Data: »**Mein Wort ist Beweis genug, Sie Trottel! Mein Wort ist hier Gesetz! Ich bin die Richterin! Dies ist mein Gerichtssaal! Und Sie ...**«

»**Und Sie suchen nach jemanden, den Sie für das alles verantwortlich machen können!**« erwiderte Data noch lauter als M. In seinem Gesicht erinnerte nichts mehr an den ruhigen, gelassenen Androiden, der er bis eben gewesen war. Er wirkte jetzt eher wie ein wilder Tiger. »**Ich frage mich nach dem Grund dafür. Warum sind Sie so sehr bestrebt, ihm die Schuld zu geben?**« Bei diesen Worten deutete er auf mich. »**Ich werde es Ihnen sagen! Ich werde es Ihnen allen sagen!**« Er drehte sich zum Publikum um, das noch zahlreicher geworden war. Mit zerrissener Kleidung und rußbeschmutzt kamen die Leute aus allen Richtungen, um sich den Wortwechsel anzuhören. Das ganze Gebäude schien zu erzittern.

**»Sie werden ihnen gar nichts sagen! Weil Sie nämlich nichts wissen!«** heulte M. Zufälligerweise sah ich nach oben, als sie diese Worte hervorstieß, und dabei stellte ich fest, dass die Kuppel über uns vibrierte.

**»Ich weiß mehr, als Ihnen lieb ist! Ich habe herausgefunden, was Sie zu verbergen versuchen!«** Data wandte sich erneut an die Zuschauer, deutete auf M und fuhr fort: **»Sie – sie trägt die Verantwortung für alles! Sie ist der Grund für all das Leid und das Chaos, das wir erleben! Sie steckt dahinter, und jetzt sucht sie einen Sündenbock! Sie ist schuld. Sie hat dafür gesorgt, dass das Ende des Universums bevorsteht! Wollt ihr tatenlos zusehen, wie sie damit durchkommt? Seid ihr dazu bereit? Wollt ihr nichts unternehmen? Seht euch nur an! Seht nur, was sie euch angetan hat! Wollt ihr die letzten Stunden eures Lebens**

**in Furcht verbringen oder habt ihr den Mut, die Sache selbst in die Hand zu nehmen und einen Unterschied zu bewirken? Nun, wie entscheidet ihr euch?«**

Das Publikum tobte. Was für eine Rede!

Die Leute brüllten und drängten nach vorn. M wandte sich ihnen zu, und die Wächter formten eine Barriere. Doch die Menge wollte sich nicht von ihnen aufhalten lassen. Die Wächter taumelten zurück und stürzten. Ihre Rüstungen zerbrachen, und zum großen Erstaunen aller Anwesenden stellte sich heraus, dass sie leer waren, gar keine Körper enthielten.

Die Klemme löste sich endlich von meinem Mund und fiel auf den Boden. Aus dem Vibrieren der Kuppel wurde ein heftiges Zittern; Staub und Gipsbrocken regneten herab.

M wurde von allen Seiten angegriffen. Sie leistete entschlossenen Widerstand, verschwand jedoch in der Menge. Vielleicht hatte sie ihre Kraft aus dem Zorn bezogen, der anderen galt. Wenn sie selbst zum Ziel wurde, so kam es zu Reflexionen, denen sie schutzlos ausgeliefert war.

»Wie könnt ihr es wagen?« kreischte sie. »Haltet euch von mir fern! Ich werde… Ich werde…« Aber niemand achtete auf ihre Warnungen.

Die Kuppel schüttelte sich regelrecht, und große Steine stürzten herab. Unter mir bildeten sich Risse im Boden. Ich trachtete danach, mich von ihnen zu entfernen, aber sie folgten mir wie Lebewesen.

Ich beobachtete, wie es M gelang, sich aus der Umklammerung des Mobs zu befreien. Ihr Gewand war zerrissen, das Haar zerzaust, und als sie mich sah, zeigte ihr Gesicht einen solchen Hass, dass ich lachte. Doch M hatte offenbar keinen Sinn für die humorvollen Aspekte der Situation. Feuer brannte in ihren Augen, und das meine ich nicht im übertragenen Sinne. Es brannte tatsächlich Feuer in ihren Augen. Zuvor war es ihr gelungen, den Zorn einigermaßen unter Kontrolle zu halten, aber jetzt wurde sie von ihm verzehrt. Ihr ganzer Körper geriet in Brand. Was für ein Anblick. M heulte, und eins weiß ich: Ihren Schrei werde ich nie vergessen. Der Todesschrei eines unsterblichen Wesens ...

Ich überlegte, wie mein eigener Todesschrei klingen mochte – und begriff, dass ich vielleicht schon bald eine Antwort auf diese Frage bekommen würde.

Es knirschte und knackte um uns herum, als das Gebäude auseinanderzubrechen begann. Und dann krachte es so laut, als füllte sich die ganze Umgebung mit Zorn.

Ich sah nach oben, als die Kuppel fiel. *Das Universum stirbt, und ich habe nichts zustande gebracht*, dachte ich. *Meine Frau und mein Sohn ... Sie haben sich Rettung von mir erhofft. Dies ist nicht fair. Dies sollte nicht geschehen. Ich würde alles tun, um dies alles zu beenden ...*

Plötzlich öffnete sich der Boden unter mir, und ich stürzte in eine finstere Tiefe. Aber ich schrie nicht. So ein würdeloses Verhalten überließ ich M.

Zu jenem Zeitpunkt hatte ich keine besonderen Erwartungen. Ich wusste nicht, was geschehen würde und wo meine Landung – wenn überhaupt – erfolgen mochte.

Aus irgendeinem Grund war ich überrascht, als ich mich mit dem Gesicht nach unten in einem Heuhaufen wiederfand.

Ein oder zwei Sekunden lang erschien mir die Situation ziemlich ironisch, und ich dachte an den Fallschirmspringer, dem ich vor vielen Jahrhunderten einen Streich gespielt hatte. Dann verdrängte ich diese Gedanken und konzentrierte mich auf andere Dinge, zum Beispiel aufs Atmen. Der Umstand, dass ich mit dem Gesicht nach unten lag, führte dabei zu gewissen Problemen. Die Vorstellung, in einem Heuhaufen zu ersticken, erschien mir nicht besonders attraktiv.

Ich bewegte mich und stellte fest: Es kann recht schwer sein, sich irgendwo abzustützen, wenn man in einem Heuhaufen liegt. Wenn ich versuchte, mich mit einer Hand hochzustemmen, sank ich nur noch tiefer. Heu war wie stoppeliger Treibsand. Schließlich gelang es mir, mich auf den Rücken zu drehen, und atmete Luft, in der es zum Glück keinen Rauch gab. Dafür bemerkte ich einen stark ausgeprägten Tiergeruch.

Ich setzte mich auf – und stieß einen schmerzerfüllten Schrei aus, dem es zugegebenermaßen an Würde mangelte. Mit der rechten Hand tastete ich nach hinten und fand eine Nadel.

»Das hätte ich mir denken können«, murmelte ich und warf die Nadel in den Heuhaufen zurück, damit sie den nächsten nichts ahnenden Narren pieksen konnte.

Nach den jüngsten Ereignissen erschien es mir überaus sonderbar, auf einem Heuhaufen zu sitzen. Es war irgendwie ... idyllisch. Der Himmel erwies sich als so hell, dass ich die Augen abschirmen musste. Einige Sekunden später wurde mir klar, dass trotz der Helligkeit eine Sonne fehlte.

Ich blickte mich um und sah einen großen Marktplatz mit Zelten und Verkaufsständen. Überall herrschte reger Betrieb. Nach den letzten beiden Orten, die ich besucht hatte, empfand ich es als Erleichterung, in einem harmlosen Basar materialisiert zu sein. Hunderte von Stimmen erklangen, als Leute über den Preis für diese oder jene Kinkerlitzchen feilschten.

Natürlich wartete ich darauf, dass irgendetwas Unheilvolles geschah – früher oder später war das in diesem andauernden Albtraum immer der Fall.

Etwas Großes und Warmes, das ziemlich übel roch, stieß an die Seite meines Kopfes. Ich drehte mich um und sah ein abscheuliches Tier, wie die Mischung aus einem irdischen Kamel und einem terwillianischen Dungwühler. Aus großen braunen Augen starrte mich das Wesen an und gab mir dann einen weiteren sanften Stoß. Offenbar hinderte ich es daran, an seine Nahrung zu gelangen.

Ich stand auf und beobachtete, wie das Maul des Tiers im Heu verschwand. Nur wenige Zentimeter von der Stelle entfernt, an der sich eben noch mein Gesicht befunden hatte, entdeckte das Geschöpf ein Nest mit Larven, die es genüsslich verspeiste. Während ich dem Tier bei der Mahlzeit zusah, erklang eine Stimme auf der anderen Seite des Heuhaufens. »*Merde!* Von wem stammt diese verdammte Nadel?«

»Picard!« rief ich, und er war es wirklich. Er kam um den Heuhaufen herum, und sein kahler Schädel glänzte im hellen Licht. Wenige Sekunden später erschien auch Data. Beide wirkten ebenso überrascht wie ich.

»Q! Sie haben es geschafft! Wie ...«

»Allmählich glaube ich, dass der Sinn dieses Abenteuers darin besteht, uns mit möglichst vielen Rätseln, Mysterien und verwirrenden Dingen zu konfrontieren – um festzustellen, wie wir darauf reagieren«, sagte ich und sah mich erneut um. Dann musterte ich Data. Er wirkte wieder völlig gelassen; sein Gesicht war keine Grimasse mehr.

»Fühlen Sie sich jetzt etwas besser, Mr. Data?« fragte ich.

»Ich ›fühle‹ mich gut, danke«, erwiderte der Androide ruhig.

»Sie haben Hervorragendes geleistet, Data«, sagte ich. »Ich hoffe, dass wir nicht noch einmal auf Ihre Hilfe zurückgreifen müssen.«

Picard war sowohl beeindruckt als auch besorgt. »Was ist mit Ihnen geschehen, Data? Ich habe Sie nie zuvor in einer solchen Verfassung gesehen.«

»Sie war auch neu für mich, Sir. Nun, meine Entscheidung, das Potenzial des Gefühlschips und meine schauspielerischen Fähigkeiten zu nutzen, ging einher mit der Entwicklung einer Theorie, die unsere gegenwärtige Situation betrifft.«

»Ich bin ganz Ohr«, sagte ich.

»Bei der Analyse unserer bisherigen Odyssee habe ich mich an die Untersuchungen einer Ärztin aus dem zwanzigsten Jahrhundert auf der Erde erinnert. Doktor Kübler-Ross stellte fest, dass unheilbar Kranke angesichts des bevorstehenden Todes fünf Stadien durchlaufen: Ungläubigkeit oder Ablehnung; Zorn; Verhandeln; Verzweiflung; und schließlich Akzeptierung. Wir sehen uns nicht nur der Möglichkeit unseres eigenen Todes gegenüber – das Ende des ganzen Universums steht bevor. Das ist sicher keine geringe Angelegenheit. Bei unserer Reise erleben wir die physische Verwirklichung jener Stufen, die ein unheilbar Kranker auf dem Weg zum Tod erfährt. Jeder Schritt beziehungsweise jede Ebene wird von einer anderen Existenzsphäre repräsentiert, und in jeder Sphäre treffen wir Personen an, deren Verhalten der jeweiligen Stufe entspricht.«

Ich starrte Data groß an. »Wundervoll. Wenn ich Sie richtig verstehe, sind wir in einer riesigen Metapher gefangen.«

»Ich würde es nicht so simplifizierend ausdrücken, aber letztendlich läuft es darauf hinaus, ja.«

»Das ist doch absurd, Data«, kommentierte ich.

Picard sah mich an. »Haben Sie eine bessere Erklärung?«

»Ja. Meine Erklärung lautet: Das Universum ist verrückt. Es ist immer verrückt gewesen, und in seinem Todeskampf erreicht es die glorreichen Höhen des Wahnsinns. Nun, mir ist gleich, wo wir sind und aus welchem Grund wir uns hier aufhalten. Mir geht es einzig und allein um ...«

Ich unterbrach mich. Weil ich etwas spürte.

Wenn jemand ein Glied verliert – einen Arm, ein Bein, was auch immer –, so kann es geschehen, dass der Betreffende es trotzdem noch fühlt. Man spricht in diesem Zusammenhang von Phantomschmerzen. Der abgetrennte Arm juckt, obwohl er irgendwo verrottet. Das Knie tut weh, obwohl das entsprechende Bein gar nicht mehr existiert.

Ein ähnliches Empfinden offenbarte sich mir jetzt. Ich spürte ein sonderbares Prickeln und hatte das Gefühl, etwas berühren zu können, das von mir getrennt worden war. Der Eindruck hätte deutlicher nicht sein können, und ich wusste genau, dass es sich dabei nicht um eine Illusion oder Halluzination handelte.

»Mein Sohn«, sagte ich. »Er ist hier. Mein Sohn q befindet sich hier irgendwo.«

»Wo?« fragte Picard.

»Welchen Teil des Wortes ›irgendwo‹ verstehen Sie nicht, Picard?« erwiderte ich scharf. »Seinen genauen Aufenthaltsort kenne ich nicht. Vielleicht sitzt er in einem Zelt oder wandert irgendwo herum. Nur in einem Punkt bin ich absolut sicher: Er befindet sich in dieser Existenzsphäre.«

»Und seine Mutter?«

Ich schüttelte den Kopf. »Nein. Nein, sie ist nicht hier. Sie hält sich ... woanders auf. Und fragen Sie mich jetzt bloß nicht, wo ›woanders‹ ist. Ich kann an einem Tag nur eine bestimmte Menge Begriffsstutzigkeit ertragen – das gilt auch für einen Ort, an dem Tag und Nacht keine Rolle spielen.«

»Woher wissen Sie das mit Ihrem Sohn?« erkundigte sich Data.

»Ich spüre seine Präsenz wie ... ein mentales Jucken. Wie etwas, das ich fast berühren kann.«

»Phantomschmerzen«, sagte Picard.

»Ausgezeichnet, Jean-Luc. Vergleichen Sie es mit den Gelegenheiten, bei denen Sie den Drang verspüren, Ihr Haar zu kämmen.«

Data dachte noch über den Haar-Witz nach, als Picard erwiderte: »In welche Richtung sollen wir uns wenden?«

Ich blickte mich nachdenklich um. »Wenn man sich möglichst viele Antworten wünscht, sollte man einen Ort aufsuchen, wo sich möglichst viele Personen aufhalten.«

Ich deutete zu einem etwa hundert Meter entfernten Turm. »Wahrscheinlich markiert der Turm dort das Zentrum des Marktplatzes. Gehen wir dorthin.«

»Ein Ort ist so gut wie jeder andere«, sagte Picard, und wir brachen sofort auf.

Während wir uns dem Turm näherten, erklangen Stimmen von Zelten und Buden – Verkäufer boten uns ihre Waren an. »Hierher! Kommen Sie hierher!« ertönte es. »Die günstigsten Preise in der ganzen Stadt! Sie werden es nicht bereuen!«

Wir schenkten diesen Aufforderungen keine Beachtung und setzten den Weg fort.

Kurze Zeit später erreichten wir den Turm, neben dem ein großes, buntes Zelt stand. Wesen aus allen Teilen des Universums bildeten davor eine Schlange, die sich vom Eingang bis weit über den Marktplatz erstreckte. Ich ignorierte die Wartenden und näherte mich dem Zelt.

»Wohin wollen Sie?« fragte Picard.

»Zum Anfang der Schlange.«

»Hier warten ziemlich viele Leute.«

»Na und?« erwiderte ich ungeduldig.

Picard seufzte. »Q ... sehen Sie sich um. Einige der Wartenden sind ziemlich groß, und ihre Fingerknöchel berühren den Boden, und das ist kein gutes Zeichen. Sollten wir nicht wenigstens einmal versuchen, einen Kampf zu vermeiden? Ehrlich gesagt: Ich bin ein wenig erschöpft.«

Ich verstand, was er meinte. Sein Anliegen war durchaus vernünftig, und außerdem bewegte sich die Schlange erstaunlich schnell. Fast zu schnell. Zuerst glaubte ich, dass sich im Innern des Zelts seltsame Dinge zutrugen, aber dann sah ich, wie die Leute auf der gegenüberliegenden Seite durch den Ausgang traten. Sie alle lächelten so, als sei eine schwere Last von ihnen genommen.

»Na schön, Picard. Gehen wir so vor, wie Sie es für richtig halten.«

»Gut. Wir stellen uns an, dort neben der Kuh.«

»Eine Q ist hier?« fragte ich. »Wo?«

»Sie steht dort drüben, direkt neben dem Ende der Schlange.«

»Dort sehe ich nur eine dumme wiederkäuende Kuh, keine Q.«

Picard seufzte erneut und führte uns zum Ende der Schlange. »Wir stellen uns *hier* an, in Ordnung?«

Glücklicherweise blieb die Schlange in Bewegung, und wir kamen dem Zelt schnell näher.

In seinem Innern erwartete uns muffige Dunkelheit. Der Geruch war nicht besonders angenehm, aber auch nicht so schlimm wie der an einigen anderen Orten, die wir bisher besucht hatten. In der Mitte gab es einen kleinen, durch Vorhänge abgetrennten Bereich, in dem offenbar private Audienzen stattfanden. Ich bekam jetzt Gelegenheit, die Leute genauer zu beobachten, und dabei fiel mir der erstaunliche Wandel auf, der bei ihnen stattfand. Wenn sie den abgetrennten Bereich betraten, wirkten sie besorgt und schienen sich nicht besonders wohl in ihrer Haut zu fühlen. Aber wenn sie ihn verließen, waren sie munter und unbeschwert. Ein faszinierendes Phänomen.

Schließlich kamen wir an die Reihe, und Picard flüsterte: »Nun, Q ... Offenbar begegnen wir jetzt dem Mann hinterm Vorhang.«

»Herein!« erklang eine Stimme aus dem Innern des Audienzbereichs.

Wir kamen der Aufforderung nach – und sahen den verschrumpeltsten Ferengi, dem ich je begegnet bin. Er trug einen üppig verzierten Umhang, der den Eindruck erweckte, mindestens fünf Nummern zu groß zu sein. Er bleckte die krummen, spitz zulaufenden Zähne zu einem typischen Ferengi-Lächeln, ohne uns dabei anzusehen. Seine Aufmerksamkeit galt stattdessen Wertgegenständen, die links von ihm einen großen Haufen bildeten – er war nur ein wenig kleiner als der ebenfalls aus Wertgegenständen bestehende Haufen rechts von ihm. Nun, wenn ich von ›Wertgegenständen‹ spreche, so verwende ich dieses Wort ganz bewusst. Als ich mir den ›Schatz‹ ansah, dachte ich daran, dass es manchmal hieß: »Was für den einen Gold, ist für den anderen Abfall.« In Gold gepresstes Latinum, Diamanten, Rubine, Sand, Dungfladen, Elvis-Bilder, Zweige, getrocknete Spucke – es spielte keine Rolle. Dieser Ferengi nahm alles, was irgendjemand für wertvoll hielt.

»Gibt es Bezahlungsformen, die Sie nicht akzeptieren?« fragte ich.

»Kreditchips«, antwortete der Ferengi. »Und auf extragalaktische Banken ausgestellte Schecks. Abgesehen davon bin ich ...« Er sah auf, musterte uns, richtete den Blick auf mich ...

Und stieß einen schrillen Schrei aus.

Er versuchte aufzustehen und zu fliehen, was aber nur dazu führte, dass er zusammen mit dem Stuhl nach hinten kippte. »Tun Sie mir nichts!« blökte er. »Tun Sie mir nichts, Q!«

Ich blickte auf das armselige, von panischer Angst heimgesuchte Geschöpf auf dem Boden hinab. »Das nenne ich Respekt«, sagte ich zu Picard. »Gelegentlich ist es ganz angenehm, so etwas zu sehen. Nehmen Sie sich ein Beispiel daran.«

Picard zuckte mit den Schultern.

Ich wandte mich wieder an den Ferengi. »Sind wir uns schon einmal begegnet?« fragte ich.

»Nein! Aber ... aber Quark ... Nach Ihrem Erscheinen an Bord von *Deep Space Nine* ließ er bei uns Ferengi ein Bild von Ihnen zirkulieren! Er bezeichnete Sie als das gefährlichste Wesen im ganzen Kosmos!«

Sein Jammern ging mir allmählich auf die Nerven, aber das Entsetzen genoss ich regelrecht. »Oh, Schmeicheleien.« Ich seufzte. »Es würde Sie überraschen, wie weit Sie damit kommen.«

Der Ferengi kniete nun und flehte um sein Leben. Es war ein herrlicher Anblick. »Hören Sie ... Bestimmt können wir irgendwie eine Übereinkunft erzielen ... Nehmen Sie die Hälfte meiner Einnahmen. Nein, nein, nehmen Sie alles. Ich überlasse Ihnen sogar mein Geschäft, wenn Sie möchten. Ich bitte Sie nur darum, mich nicht mit einem Ihrer Gedanken zu töten. Quark meinte, dass Sie zu so etwas fähig sind ...«

»Derzeit nicht«, sagte Data. »Hier hat er keine Macht. Zumindest keine nennenswerte.«

»Data!« brachte ich zwischen zusammengebissenen Zähnen hervor. »Halten Sie den Mund!«

Der Ferengi zitterte nicht mehr und sah den Androiden aus weit aufgerissenen Augen an. »Er hat hier keine Macht? Wirklich nicht?«

Ich bedachte Data mit einem durchdringenden Blick. »Herzlichen Dank.«

Der verschrumpelte Ferengi verlor seine Angst, klopfte sich Staub vom Umhang und hob den Stuhl. »Nun, was führt Sie zum Großen Nagus? Möchten Sie einen Ablass?«

»Der Große Nagus«, wiederholte Picard überrascht. Und zu mir: »Der Große Nagus ist das Oberhaupt ...«

»Ich weiß, ich weiß. Der oberste Ferengi. Das ist mir bekannt, obwohl ich nie das ... ›Vergnügen‹ hatte, ihn kennen zu lernen.«

»Von Ihnen habe ich gehört, Q, aber wer sind Ihre beiden Begleiter?« fragte der Große Nagus ungeduldig.

»Das ist Sherlock Holmes«, sagte ich und meinte Picard. Dann zeigte ich auf Data und fügte hinzu: »Dieser redselige Bursche ist Doktor Watson.«

»Eigentlich bin ich Sher ...«, begann Data.

»Diesmal nicht, Watson.« Ich sah den Nagus neugierig an. »Was meinten Sie eben mit ›Ablass‹?«

»Das ist mein Geschäft: Ich verkaufe Ablässe. Falls Sie das nicht wissen sollten: Ich regiere nicht nur die

Ferengi-Allianz, sondern bin auch ihr religiöses Oberhaupt.«

»Bei Ihnen gibt es eine Religion?« fragte Picard überrascht. »Ich dachte, Ferengi verehren nur Geld.«

Der Große Nagus musterte ihn verwirrt. »Was wollen Sie damit sagen?«

»Oh, nichts weiter.«

»Gut. Wie dem auch sei ...« Der Nagus klopfte sich selbstgefällig auf die Brust. »Ich bin die einzige religiöse Persönlichkeit im ganzen Basar. Zum Glück kenne ich mich mit den Religionen von mehr als dreihunderttausend verschiedenen Spezies aus. Und wenn ich einmal nicht Bescheid weiß, improvisiere ich einfach.«

»Was hat das alles mit ... Ablässen zu tun?«

Der Nagus strich seinen Umhang glatt und nahm wieder Platz. »Ich befreie die Leute von ihren Sünden. Sie kommen zu mir, allein oder in kleinen Gruppen, und bitten um Absolution. Es ist eine sehr unterhaltsame Angelegenheit. Ich bin sehr ernst, höre mir die Sünden an und spreche dann irgendeinen Hokuspokus, der die Schuld tilgt. Meine Kunden sind dann sehr glücklich, gehen fort, versündigen sich erneut und kehren zurück, um noch mehr Ablässe zu kaufen. Eine großartige Abzockerei ... Äh, ich meine, ein gutes Geschäft.«

»Jedes Mal bezahlt man Ihnen eine Gebühr.« Picard lachte bitter. »Nagus ... Haben Sie jemals gehört, dass man Reichtum nicht ins Grab mitnehmen kann?«

»Erwerbsregel Siebenundneunzig: Wenn du es nicht mitnehmen kannst, so geh nicht weg«, sagte der Nagus.

»Diesmal bleibt Ihnen keine Wahl«, sagte Data. »Das Ende des Universums steht bevor.«

Daraufhin lachte der Nagus. »Ich weiß, was Sie beabsichtigen. Sie versuchen, mich mit irgendeiner großen Lüge einzuschüchtern.«

»Nein, das stimmt nicht.«

»Noch eine Lüge! Einige weitere, einigermaßen überzeugend vorgetragen, und Sie gäben einen passablen Ferengi ab.«

Data wirkte ein wenig verwirrt und beschloss, die Worte für ein Kompliment zu halten. »Danke.«

»Sind Sie gekommen, um einen Ablass zu erwerben?« Der Nagus richtete einen interessierten Blick auf mich. »Ich habe nie zuvor die Sünden eines allmächtigen Wesens vergeben. Das schließt auch allmächtige Geschöpfe mit ein, die ihre Macht verloren haben. So etwas erfordert natürlich einen höheren Preis. Welcher Religion gehören Sie an?«

»Wenn ich Dummheit anbeten würde, wären Sie mein neuer Gott. Ich suche meinen Sohn, Sie aufgeblasener Wichtigtuer.«

»Sie suchen Ihren Sohn? Warum sollte ich etwas über ihn wissen?«

»Viele Leute kommen in Ihr Zelt und erzählen Ihnen viele Dinge. Vielleicht hat jemand etwas erwähnt.« Ich gab dem Nagus eine Beschreibung meines Jungen. Er hörte aufmerksam zu, strich sich nachdenklich übers Kinn und nickte mehrmals. Als ich fertig war, blieb er einfach reglos sitzen und schwieg.

»Nun?« fragte ich.

»Es klingt irgendwie vertraut«, sagte der Nagus langsam. »Ich bin natürlich nicht sicher, aber vielleicht habe ich wirklich etwas über einen solchen Jungen gehört.«

»Wären Sie so nett, uns seinen Aufenthaltsort zu nennen?« fragte ich in einem besonders freundlichen Tonfall.

Der Ferengi rieb sich die Hände. »Was haben Sie anzubieten?«

»Was ich anzubieten habe?«

»Ja.«

Ich wollte über den Tisch springen, um dem kleinen Blödmann den Hals umzudrehen, aber Picard hielt mich zurück.

»Fahren Sie fort ...«, krächzte ich.

»Was haben Sie anzubieten?« wiederholte der Ferengi noch einmal. »Als Bezahlung für die Informationen.« Er lachte verächtlich. »Sie haben doch nicht etwa gedacht, dass ich Ihnen umsonst Auskunft gebe, oder?«

»Dieser Gedanke kam mir tatsächlich in den Sinn.«

»Nun, es war ein falscher Gedanke. Allein die Vorstellung kommt einer Beleidigung gleich. Ich soll Ihnen etwas geben, ohne etwas dafür zu bekommen? Absurd. Also: Was haben Sie anzubieten?«

»Ich habe meine Brieftasche in der anderen Hose gelassen«, sagte ich. »Hören Sie, in bin nicht in der richtigen Stimmung, um mich auf solche Spielchen einzulassen ...«

»Und ich habe keine Lust, meine Zeit zu vergeuden!« Der Nagus sah Data an und schien eine Idee zu haben. »Er ist doch eine Art Maschine, nicht wahr?«

»Ja«, bestätigte Data. »Ich bin ein Androide.«

»Was hat das denn mit dieser Sache zu tun?« fragte Picard.

Der Nagus achtete nicht auf ihn. »Ich nehme den Androiden als Bezahlung. Na? Ein faires Geschäft, nicht wahr?«

»In Ordnung, nehmen Sie ihn.«

»Q!« stieß Picard empört hervor. »Data ist keine Handelsware!«

»Ich verlasse das Zelt nicht ohne die gewünschten Informationen. Die Zeit läuft, Mr. Holmes.«

»Data bleibt auf keinen Fall hier zurück«, knurrte Picard.

Ich atmete tief durch und ließ die Luft voller Ungeduld zwischen den Zähnen entweichen. Dann wandte ich mich an den Ferengi. »Was halten Sie von einer Wette?«

»Eine Wette? Wie meinen Sie das?«

»Bestimmt finden Sie die Sache sehr faszinierend. Vergessen Sie den Androiden. Ich biete mich selbst an. Ich, eins der mächtigsten Wesen in der Galaxie, bin Ihr Diener, wenn Sie die Wette gewinnen.«

»Sie meinen wohl ›früher‹ eins der mächtigsten Wesen«, korrigiere mich der Nagus. »Ein interessanter Vorschlag«, fuhr er fort und lächelte hintergründig. »An was dachten Sie dabei? An ein geistiges Kräftemessen?«

»Einfach ausgedrückt, ja. Ich nenne die Zahl, an die Sie denken.«

»Irgendeine Zahl?«

»Ja.«

»Und Sie verfügen über keine besondere Macht. Stimmt das?«

Ich seufzte. »Wenn ich meine Macht hätte, würde ich Sie einfach in eine Pfütze aus geschmolzenem Fleisch verwandeln. Wenn mir alle meine besonderen Fähigkeiten zur Verfügung stünden, Sie gehirnamputierter Zwerg – würde ich dann ausgerechnet zu *Ihnen* kommen, um nach meinem Sohn zu fragen?«

»Guter Hinweis«, räumte der Nagus ein. »Na schön, ich glaube Ihnen. Äh, Sie nennen also die Zahl, an die ich denke?«

»Ja.«

»Und wenn Sie das nicht schaffen, sind Sie mein Diener. Für immer.«

»Stimmt.«

»Q ...«, warf Picard besorgt ein. »Wissen Sie, worauf Sie sich da einlassen?«

»Ich weiß es genau.«

»Na schön«, sagte der Nagus nach kurzem Überlegen. »Ich bin so weit.«

»Sechs«, sagte ich, ohne zu zögern.

»Haaaa haaa haa!« Der Nagus schüttelte sich vor

Lachen. »Die Zahl lautet eine Million und drei! Sie Narr! Ihnen ist ein klassischer Fehler unterlaufen! In diesem Zusammenhang lautet die bekannteste Regel: Man lasse sich nie in einen Landkrieg auf Vulkan verwickeln. Aber einen guten zweiten Platz belegt: Man versuche nie, einen Ferengi zu überlisten, wenn es um Geld geht.«

Er lachte auch weiterhin, bis ich ruhig sagte: »Eine Million und drei. Und nun: Wo ist mein Sohn?«

Das Gackern des Nagus' hörte auf, und er runzelte die Stirn. »Wie bitte?«

»Eine Million und drei. Habe ich zu leise gesprochen? Sie denken doch an diese Zahl, oder?«

»Ja, aber ...« Verwirrung zeigte sich im Gesicht des Ferengi. »Weil wir jetzt darüber reden, ja, aber ...«

»Ich habe die Wette gewonnen.«

»Nein, das haben Sie nicht!« Die Stimme des Nagus kletterte eine Oktave nach oben. »Sie sollten die Zahl raten!«

»Davon war in unserer Vereinbarung keine Rede.« Ich sah Data an. »Wie verlief mein Gespräch mit dem Großen Nagus, Wort für Wort?«

Data war ganz in seinem Element, als er erwiderte: »Sie sagten: ›Ich nenne die Zahl, an die Sie denken.‹ Der Nagus fragte: ›Irgendeine Zahl?‹ Sie sagten: ›Ja.‹ Der Nagus fragte: ›Und Sie verfügen über keine besondere ...‹«

»Ich weiß, was ich gesagt habe!« ereiferte sich der Nagus. Vorher hatte er aus Furcht gezittert; jetzt ließ ihn Zorn am ganzen Leib beben. »Aber was soll das für eine Wette sein, wenn Sie die Zahl sagen, nachdem ich sie Ihnen genannt habe?«

»Ich habe nie darauf hingewiesen, die Zahl vorher nennen zu wollen. Für Ihre falschen Schlussfolgerungen bin ich nicht verantwortlich. Wie dem auch sei: Ich suche meinen Sohn. Wir hatten eine Wette, und Sie haben verloren. Sagen Sie mir jetzt, wo sich mein Sohn befindet.«

»Nein!« Der Nagus verschränkte trotzig die Arme. »Ich sage Ihnen überhaupt nichts! Sie haben gemogelt! Die Wette gilt nicht – und diese Audienz ist hiermit vorbei!«

Picard trat einen Schritt vor. Er lächelte, doch sein Lächeln wirkte irgendwie unangenehm. »Nagus ...«

»Großer Nagus!«

»Großer Nagus«, verbesserte sich Picard und zuckte mit den Schultern, »bestimmt haben Sie über die Umstände nachgedacht, die Sie hierher brachten.«

»Ja, natürlich. Mein Raumschiff leitete den Warptransfer ein, und plötzlich fand ich mich hier wieder. Es gibt keine einzige Person, die genau weiß, wie sie hierher kam.« Für ein oder zwei Sekunden schien ihn dieser Gedanke zu beunruhigen, doch dann verdrängte er ihn. »Es spielt keine Rolle. Es ist mir gelungen, gute Geschäfte zu machen, und nur darauf kommt es an.«

»Nun, ich möchte Ihnen einige Dinge erklären. Wir haben Ihnen die Wahrheit gesagt – es steht tatsächlich das Ende des Universums bevor. Ob Sie das glauben oder nicht, ist nicht weiter wichtig. Wir versuchen, das Ende des Universums zu verhindern, und ob Sie uns das glauben, ist ebenfalls unwichtig. Es gibt allerdings einen Punkt, über den Sie nachdenken sollten.« Picard beugte sich vor, kam dem Nagus dadurch noch etwas näher. Seine Züge verhärteten sich, und ein drohender Unterton ließ sich nun in seiner Stimme vernehmen. »Wenn wir Erfolg haben, kehrt das Universum zu seinem früheren Zustand zurück, und in dem Fall wird Q wieder allmächtig. Ich kenne ihn schon seit einer ganzen Weile, Großer Nagus, und daher weiß ich: Wenn ihn jemand geärgert hat, aus welchen Gründen auch immer, so vergisst er das nie. In diesem Fall ist die Sache besonders ernst, denn es geht um Wettverpflichtungen, die Sie nicht einhalten, außerdem auch noch um Ihre Weigerung, ihm bei der Suche nach seinem Sohn zu helfen.« Picards Stimme wurde immer leiser, und die Drohung in ihr wuchs exponenziell. »Was er mit Ihnen machen kann ... Ihre Vorstellungskraft reicht nicht aus, um sich alles auszumalen. Aber Sie werden es zumindest versuchen. Ob Sie noch einen Tag, eine Woche, ein Jahr oder eine ganze Ewigkeit hier verbringen – die ganze Zeit über werden Sie daran denken, auf welche Weise sich Q rächen wird. Und ganz gleich, was Ihnen dabei einfällt: Ich versichere Ihnen, dass die Wirklichkeit weitaus schlimmer sein wird. Nun, vielleicht bleiben unsere Bemühungen vergeblich. Die Lage scheint praktisch hoffnungslos zu sein. Aber vielleicht erzielen wir doch einen Erfolg. Sind Sie bereit, sich auf ein solches Risiko einzulassen?«

Der Nagus schwieg eine Zeitlang. Er blieb so lange still, dass draußen einer der Wartenden rief: »Warum dauert es so lange?«

»Ruhe!« rief der Nagus, und mit zittriger Stimme fügte er hinzu: »Die Richtungsangaben sind ziemlich kompliziert.«

»Ich werde mich an alle Einzelheiten erinnern«, sagte Data.

»Ja, kein Zweifel, nicht wahr?« erwiderte der Nagus verärgert und fügte diesen Worten einige Beschreibungen hinzu, die tatsächlich recht kompliziert klangen. »Sobald Sie dort eintreffen, sollte der Herr jenes Ortes in der Lage sein, Ihnen weiterzuhelfen. Ein junger Bursche befindet sich in seinen Diensten. Es könnte durchaus Ihr Sohn sein.«

»Danke«, sagte Picard.

Der Nagus schüttelte den Kopf. »Man hat mich, den Großen Nagus, überlistet. Unglaublich.«

»Aber wahr«, fügte Data mit entwaffnender Offenheit hinzu.

Ich trat näher an Picard heran. »Herzlichen Glückwunsch, Picard. Sie sind außerordentlich geschickt gewesen.«

»Elementar, mein lieber Q.« Als wir gingen, wandte er sich noch einmal dem Nagus zu. »Der ›Herr‹ des Ortes ... Hat er einen Namen?«

»Ja«, antwortete der Ferengi. »Er heißt Gott. Den Nachnamen nannte er nicht.«

Das Heim Gottes wirkte ein wenig heruntergekommen.

Es handelte sich nicht nur um das größte Zelt des Basars, sondern vermutlich auch um das größte im ganzen Kosmos. Es reichte so weit in die Ferne, dass ich das Ende überhaupt nicht sehen konnte. Darüber hinaus war es der Wolkenkratzer aller Zelte: Die Stangen ragten so weit auf, dass sie im wahrsten Sinne des Wortes in den Wolken verschwanden.

Aber wie ich schon sagte: Das Zelt befand sich nicht im besten Zustand. Der Rand war zerfranst, und es gab viele Löcher, manche von ihnen geflickt, andere nicht.

Picard, Data und ich versuchten, einen Weg ins Innere zu finden. An einem großen Zelt entlangzugehen und nach einer Öffnung in der Plane zu suchen ... Nun, es mag Dinge geben, die noch ärgerlicher sind, aber derzeit fiel mir keins ein.

Wir hatten eine halbe Ewigkeit gebraucht, um diesen Ort zu erreichen – zum Glück erinnerte sich Data an alle Einzelheiten der Richtungsangaben. Auf uns allein gestellt hätten wir uns sicher hoffnungslos verirrt. Ich spielte mit dem Gedanken, unter der Plane hindurch ins Zelt zu kriechen, aber ihr Rand war so gut am Boden befestigt, dass eine solche Möglichkeit nicht in Frage kam. Also blieb uns nichts anderes übrig, als den Marsch fortzusetzen.

Ich dachte noch einmal an das Gespräch mit dem

Nagus. Beim Verlassen seines Zelts hatte er gesagt: »Sie glauben mir nicht, oder?«

»Nicht unbedingt. Aber wenn sich tatsächlich mein Sohn dort befindet, so spielt nur das eine Rolle. Und wenn nicht ... Nun, dann kehre ich früher oder später zu Ihnen zurück, was für Sie alles andere als angenehm sein dürfte.«

»Es ist wirklich Gott!« betonte der Nagus. »Wir unterhielten uns kurz nach meiner Ankunft! Er war es, der mir das Geschäft mit den Ablässen vorschlug! Ich glaube an Ihn, weil Er an Profit und an mich glaubt! Sie sollten besser auf der Hut sein. Wenn Sie Ihm nicht gefallen, so straft Er Sie vielleicht.«

»Soll Er es nur versuchen«, hatte ich schlicht geantwortet, weil mir nichts daran lag, das Gespräch mit dieser niederen Lebensform fortzusetzen.

Hintereinander wanderten wir an dem riesigen Zelt entlang. Picard ging vor mir und war tief in Gedanken versunken. »Woran denken Sie, Picard?«

»Woher sollen wir wissen, dass sich ›Gott‹ in diesem Zelt aufhält?« fragte er. »Wozu braucht Gott ein Zelt?«

»Wozu braucht Er Kirchen oder Synagogen? Wozu benötigt Er Engel?«

»Stimmt«, sagte Picard. »Aber ein Zelt?«

»Wir versuchen herauszufinden, wer oder was für das bevorstehende Ende des Universums verantwortlich ist.«

»Ja«, pflichtete Picard mir bei. »Und die Existenz eines archetypischen ›Gottes‹ könnte uns einen Hinweis auf die Ursache der gegenwärtigen Ereignisse bieten. Vielleicht gibt es gar einen direkten Zusammenhang zwischen diesem ›Gott‹ und der sich anbahnenden Katastrophe.«

»Spricht da die Vernunft oder der Glaube?« Ich schüttelte den Kopf. »Kaum sehe ich ein wenig Hoffnung für Sie, Picard, schon enttäuschen Sie mich. Ein

Schritt nach vorn, zwei zurück. Das wird allmählich zur Geschichte Ihres Lebens. Hören Sie, Picard, ich weiß, dass die gegenwärtige Situation fast unverständlich für Sie ist, und übrigens auch für mich. Aber ein tief in Ihnen verwurzelter Instinkt sorgt dafür, dass Sie unter solchen Voraussetzungen in den Bahnen Ihrer primitivsten Vorfahren denken, um Trost und Erklärungen zu finden, ganz nach dem Motto: ›Da ich nicht weiß, was es ist, muss es sich um Gott handeln.‹ Hübsch einfach und dumm. ›Blitze kommen von den Göttern. Regen besteht aus göttlichen Tränen.‹ Und so weiter, und so fort. Doch das Universum ist anders beschaffen, und je eher Sie sich damit abfinden, umso schneller kann es bei Ihrer Spezies zu einer echten Weiterentwicklung kommen.«

»Sie meinen also: Um uns weiterzuentwickeln, müssen wir sowohl die Religion überwinden als auch den Glauben an etwas, das größer ist als wir selbst?«

»Genau. Glauben Sie etwa, wir Q hätten es so weit gebracht, weil wir von der Existenz irgendeiner höheren Macht überzeugt waren? Nein, natürlich nicht. Wir übernahmen die Verantwortung dafür, die größte Macht im Universum zu sein, und siehe da: Wir sind es tatsächlich. Wir schaffen unsere eigene Realität, Picard. Wir lassen sie nicht von einer unbekannten, unfassbaren Entität formen.«

»Wenn Sie wirklich die größte Macht im Universum sind, Q...«, sagte Picard ruhig. »Wieso können Sie dann nicht einmal einen Weg in dieses verdammte Zelt finden?«

Leider fiel mir keine passende Antwort ein. Allerdings war das Glück auf meiner Seite: Plötzlich bildete sich in der Zeltplane neben uns dort eine Öffnung, wo bis eben keine existiert hatte.

»Genau aufs Stichwort«, sagte ich und vollführte eine einladende Geste. »Nach Ihnen, *mon capitaine*.«

»Sie überlassen mir immer dann den Vortritt, wenn wir es mit einer unbekannten Situation zu tun haben. Ist Höflichkeit der Grund, oder verwenden Sie mich als Kanonenfutter?«

»Schicken Sie Data als ersten hinein. Wenn wir ein Knurren hören und sein Kopf ins Freie rollt, gehen wir davon aus, dass dies nicht das richtige Zelt ist.«

Picard seufzte. In meiner Gesellschaft seufzte er ziemlich oft. Und dann, ohne ein weiteres Wort, trat er durch die Öffnung, gefolgt von Data. Ich bildete fröhlich die Nachhut.

Dunkelheit erwartete uns. Offenbar hatte Gott seine Stromrechnung nicht bezahlt. Ich bemerkte ein mattes Glühen, ohne seinen Ursprung feststellen zu können. Es reichte gerade aus, damit wir uns gegenseitig erkennen konnten. Einzelheiten der Umgebung blieben uns verborgen, aber ich fühlte etwas: Macht.

Ich konnte sie nicht anzapfen, sie nicht für mich verwenden. Doch sie existierte, und Picard schien ebenfalls etwas zu spüren. Er richtete einen fragenden Blick auf mich.

»Macht«, sagte ich leise. »Überall um uns herum.«

»Macht?«

Ich hörte etwas in seiner Stimme. »Lassen Sie uns das nicht noch einmal durchkauen, Picard. Auch in Ms Bastion gab es Macht, aber sie war wohl kaum ein göttliches Wesen.«

»Aber Sie können nicht sicher sein, Q.«

»Nein, Picard, das kann ich nicht«, erwiderte ich und merkte, wie meine Geduld rasch zur Neige ging. »Doch im Gegensatz zu Ihnen greife ich nicht auf irgendwelche Märchen zurück, um mit Dingen fertig zu werden, die ich nicht verstehe. Ich versichere Ihnen: Ich bin mit allen Geschöpfen auf dem Machtniveau vertraut, von dem wir hier sprechen. Anders ausgedrückt: Ich kenne alle meine Ebenbürtigen und auch jene, die sich dafür halten. Wenn einer von ihnen hier ist, plaudern wir ein wenig miteinander, und ich verspreche Ihnen, Sie vorzustellen.«

»Aber warum verfügen die anderen in dieser Existenzsphäre über Macht und Sie nicht?« fragte Data.

»Vielleicht bekommen Leute wie ich ihre besonderen Fähigkeiten zurück, wenn sie lange genug hier bleiben«, spekulierte ich. »Möglicherweise ...«

»Ja?« drängte Picard.

»Vielleicht gewinnt man Macht, wenn man beschließt, in einem Bereich zu bleiben. Wir sind schnell von einer Sphäre zu anderen gewechselt, ohne uns lange an einem Ort aufzuhalten. Deshalb hatten wir keine Gelegenheit, Klarheit zu gewinnen. Vielleicht ist das der Grund, warum mir mein allmächtiges Potenzial fehlt.«

»Wie lange müssten wir in einer Existenzsphäre bleiben, damit Sie es zurückbekommen?«

»Keine Ahnung«, sagte ich. »Die Zeit ist hier anders beschaffen und verstreicht nicht auf die gleiche Weise wie in der externen Welt. Außerdem sind uns in dieser Hinsicht Grenzen gesetzt. Das Universum kollabiert; vielleicht trennen uns nur noch wenige Minuten oder gar nur Sekunden vom absoluten Ende. Wir können es uns nicht leisten, Zeit zu verlieren.«

Picard nickte.

Genau in diesem Augenblick wurde es hell. Picard und ich zuckten zusammen und schirmten uns die Augen ab. Vielleicht hatte es sich Gottes Stromlieferant anders überlegt.

Ich drehte den Kopf und sah mich selbst – ich stand neben mir. Besser gesagt: Zahllose Q standen neben mir. Und bei allen wurde das Haar schütter.

Für einen Augenblick fasste ich neuen Mut. Die Vorstellung, auf die Hilfe eines ganzen Heeres meiner Doppelgänger zurückzugreifen, hob meine Stimmung.

Doch unmittelbar darauf erwartete mich eine Enttäuschung, denn ich begriff, dass ich in einen Spiegel blickte. Ich hatte einen falschen Eindruck gewonnen, aber dieser Fehler spiegelte keineswegs mangelnde Aufmerksamkeit wider. (Sie haben das Wortspiel sicher bemerkt, oder?)

Picard war ebenfalls von dem Anblick einer endlosen Wiederholung der eigenen Person erstaunt. Data neigte den Kopf ein wenig zur Seite, und ich ahnte, dass er die Spiegelbilder zählte.

Ich konnte der Versuchung nicht widerstehen. »Wie viele, Data?« fragte ich.

»Eine Milliarde, siebenhundert Millionen ...«

»*Danke* ...«, sagte ich und brachte ihn damit zum Schweigen.

Wir schienen uns in einer Art Spiegelkabinett zu befinden, aber es gab einen wichtigen Unterschied: Niemand von uns rechnete damit, an diesem Ort Spaß zu haben. Vor uns sah ich einen sich hin und her windenden Gang. Der Boden war schwarz wie die Nacht, überall standen Spiegel, und ich wusste noch immer nicht, woher das Licht kam.

**»Das Licht ... kommt von mir.«**

Ich sah mich um. Niemand von uns hatte gesprochen. Und es war recht beunruhigend, eine Frage beantwortet zu bekommen, ohne sie gestellt zu haben.

**»Tretet vor. Ich habe auf euch gewartet und bin bereit, euch zu empfangen.«**

Picard und Data sahen mich an. »Klingt vertraut, nicht wahr?« fragte Picard.

»Vage«, erwiderte ich. Es klang tatsächlich vage vertraut. Ich hatte das Gefühl, eine solche Stimme und ähnliche Worte schon einmal gehört zu haben. »Es gibt mehrere Möglichkeiten, was die Identität des Sprechers betrifft. Klarheit bekommen wir nur, wenn wir den Weg fortsetzen.«

Wir gingen weiter. Ich beobachtete die Spiegelbilder und stellte fest, dass sie sich veränderten, während wir einen Fuß vor den anderen setzten. Mein ›Heer‹ war zuerst enorm groß und dann winzig klein; die anderen Q präsentierten sich dick, dünn und verzerrt. Die Verzerrungen wirkten immer scheußlicher und hatten nichts mit den Darstellungen zu tun, die man in einem gewöhnlichen Spiegelkabinett erwartete. Diese Spiegel veränderten mein Gesicht so, dass ich wie das Unheil selbst aussah.

Ich blickte zu Data und Picard, deren Gesichter in den Spiegeln unverändert blieben. Ihre Reflexionen waren so wenig bemerkenswert, dass sie ihnen überhaupt keine Beachtung mehr schenkten. Die Sache wurde immer unheimlicher ...

Nach einer Weile fühlte sich der Boden unter unseren Füßen nicht mehr glatt an und schien aus Kies oder Schotter zu bestehen. Wir brachten eine Ecke hinter uns, und die Spiegel verschwanden ...

Ebenso das Zelt.

Vor uns erstreckte sich eine weite, zerklüftete Ebene, und es wehte ein ziemlich starker Wind. Nirgends zeigte sich Vegetation. In der Ferne erhob sich ein kleiner Hügel, und auf der Kuppe saß jemand. Die Entfernung war zu groß, als dass wir ihn hätten erkennen können, aber der Fremde wirkte entspannt und schien in unsere Richtung zu sehen.

»Data«, sagte Picard leise, »befinden wir uns in einer anderen Existenzsphäre?«

»Nach dem Muster von Kübler-Ross müsste dies das Land der Verzweiflung sein«, erwiderte der Androide.

»Eigentlich fühle ich mich nicht besonders verzweifelt«, meinte Picard.

»Ich auch nicht«, sagte Data. »Obgleich ich in dieser Hinsicht weniger Erfahrung habe als Sie.«

»Nein, wir sind noch immer in der Welt des Basars«,

stellte ich fest. »Wir haben keinen anderen Ort aufgesucht. Nur unsere Umgebung hat sich verändert.«

»Woher wollen Sie das wissen?«

»Weil ich nach wie vor die Nähe meines Sohns spüre. Er ist hier irgendwo ...«

Ich blickte erneut über die finstere Ebene, zu der Gestalt auf dem Hügel ... Und plötzlich verstand ich.

»Er ist es«, raunte ich.

»Wie bitte?« fragte Picard verwirrt. »Was ist er? Wer ...« Dann ging ihm ein Licht auf. »Das dort drüben ist Ihr Sohn?«

Ich nahm mir nicht die Zeit für eine Antwort und lief los. Mehrmals stolperte ich, und einmal fiel ich sogar, wobei ich mit dem Knie an einen spitzen Stein stieß. Aber ich kümmerte mich nicht darum, spürte es kaum, lief einfach weiter. Picard folgte mir. Data schloss zu mir auf und blieb an meiner Seite, als hielte er es für unhöflich, die Spitze zu übernehmen.

Die Gestalt auf dem Hügel rührte sich nicht, blieb so unbewegt wie eine Statue aus Marmor oder Elfenbein. Als ich mich weiter näherte, erklang ihre Stimme.

»Langsam, Vater«, ertönte es, und ich vernahm einen Hauch Verachtung. »Wenn du länger leben willst.«

Ich blieb vor dem Hügel stehen, sah nach oben und konnte es kaum fassen. Picard erreichte mich. »Ist er wirklich ...?«

Ich nickte.

»Ich habe Ihren Sohn für ein Kind gehalten«, fügte er hinzu.

»Ich ebenfalls«, lautete meine Antwort.

Die Verwirrung war verständlich, denn bei der Person auf dem Hügel handelte es sich gewiss nicht um ein Kind. Ja, es war mein Sohn. Auf der Kuppe saß eindeutig q – daran konnte ebenso wenig Zweifel bestehen wie an meinem eigenen Buchstaben. Aber das Kind hatte sich in einen Erwachsenen verwandelt.

Sein Gesicht stellte eine perfekte Synthese aus den Zügen seiner Mutter und meinen eigenen dar. Das schwarze Haar reichte ihm bis auf die Schultern, und in den dunklen Augen zeigte sich ein besonderer Glanz. Die Lippen formten ein humorloses Lächeln, und in seiner tiefen Stimme erklang eine gewisse Schärfe.

»Willkommen in meinem Heim. Ich bedauere, dass es nicht sehr gemütlich ist.«

Ich war sprachlos und starrte fassungslos nach oben. Seit dem Beginn dieser Odyssee war ich von dem Wunsch beseelt gewesen, meine Frau und meinen Sohn zu finden. Darum ging es mir vor allem; die Rettung des Universums kam an zweiter Stelle. Und jetzt, als ich meinen Sohn gefunden hatte ... Ich wusste einfach nicht, was ich sagen sollte. Ich glaubte, einen Fremden zu sehen.

Nein, es war noch schlimmer. Ich stand jemandem gegenüber, der mich ... verachtete.

»Nun?« fragte er, ohne seinen Platz auf der Hügelkuppe zu verlassen. »Willst du nicht wenigstens ›Hallo‹ sagen?«

Nur mit großer Mühe fand ich die Stimme wieder. »Hallo, q«, brachte ich hervor.

Er schüttelte den Kopf. »Nein, ich bin jetzt Q. Bitte sprich mich mit diesem Namen an.«

Mit welcher Kühle er mir begegnete ... Eltern meinen oft, erst gestern sei ihr Kind noch ein liebevolles Geschöpf gewesen, das voller Bewunderung zu ihnen aufsah.

Für mich war es wirklich erst gestern gewesen.

»Na schön ... Q ...«, sagte ich. »Sohn, es ... freut mich ... dich wiederzusehen.«

Nun, Sie sollten wissen, dass ich nicht besonders sentimental bin. Ich neige nicht dazu, andere Leute zu umarmen oder ihnen in der Art von »Na, wie geht's, alter Knabe?« auf die Schulter zu klopfen. Aber trotz meiner

Zurückhaltung fühlte ich nun den Drang vorzutreten, die Arme auszubreiten ...

»Das ist weit genug«, sagte mein Sohn, und ich blieb wieder stehen.

»Was ist mit dir passiert?« fragte ich. »Wie bist du hierher gekommen? Weißt du denn nicht, dass ich ... dass wir ... nach dir gesucht haben?«

»Oh, und dabei hast du dir ja so große Mühe gegeben, Vater.« Langsam erhob er sich und blickte so auf uns herab, als wären wir nichts weiter als Käfer. »Wie heißt es so schön? Wenn man etwas sucht, so findet man es dort, wo man zuletzt danach Ausschau hält. Aber welchen Sinn hat das? Wer setzt die Suche fort, nachdem etwas gefunden worden ist?«

»Wissenschaftler suchen immer; es liegt in ihrer Natur«, sagte Data sofort.

Mein Sohn warf einen kurzen Blick auf den Androiden, und eine Explosion zerfetzte Data.

Es geschah so schnell, dass ich nicht einmal versuchen konnte, meinen Sohn daran zu hindern. Picard riss verblüfft und entsetzt die Augen auf. Wo eben noch Data gestanden hatte, zeigte sich nun ein rußiges Loch im Boden. Teile des Androiden regneten herab, so klein, dass sie sich nicht identifizieren ließen. Nur die Stiefel des Androiden blieben übrig: Qualmend standen sie da und kippten langsam um.

»Es war eine rhetorische Frage«, sagte Q, und seine Worte galten der leeren Stelle, die Data zurückgelassen hatte.

»Was haben Sie getan?« brachte Picard hervor.

Mein Sohn richtete einen warnenden Blick auf ihn. »Ihnen ergeht es ebenso, wenn Sie mich verärgern.«

Picard trat einen Schritt vor. »Ihr Vater hat Himmel und Erde in Bewegung gesetzt, um Sie zu finden. Warum verhalten Sie sich auf diese Weise?«

»Und mit wie vielen anderen Dingen hat er sich

während der Suche nach mir beschäftigt?« fragte Q. Seine Worte galten Picard, aber er sah mich an. »Ich traf als Kind hier ein, ohne zu wissen, wohin ich mich wenden sollte, ohne Hilfe. Ich war völlig auf mich allein gestellt und machtlos. Ich wartete ... und wartete ... und wartete, aber vergeblich.«

»Vergeblich? Was meinst du mit vergeblich? Ich bin hier, oder? Ich habe immer nur daran gedacht, dich und deine Mutter zu finden. Das Ende des Universums steht bevor, aber mir ging es vor allem um meine Familie.«

»Das Universum kann mir gestohlen bleiben. Und du auch«, fügte Q hinzu. »Ich brauchte kein Universum, nur dich. Dich und Mutter. Du ahnst nicht, wie lange ich auf dich gewartet habe. Eine Ewigkeit lang. Aber du bliebst fort. Erst jetzt bist du gekommen, in Begleitung von Menschen. Beziehungsweise eines Menschen. Picard! Natürlich musste er es sein. Gib es zu, Vater ...« Er senkte die Stimme zu einem zornigen Flüstern, und ich konzentrierte mich, um ihn auch weiterhin zu verstehen. »Die Menschen haben dir immer mehr bedeutet als ich.«

»Das ist doch lächerlich!« entfuhr es mir. »Begreifst du denn nicht, dass es in diesen Existenzsphären zu Verzerrungen aller Art kommt? Für mich bist du erst vor kurzer Zeit verschwunden, aber für dich verging viel Zeit, was ich sehr bedauere. Aber ich bin dafür nicht verantwortlich, ich ...«

Q achtete gar nicht auf meine Worte. Er kam vom Hügel herunter, ging langsam vor uns auf und ab. »Ich habe jemand anders gefunden. Als ich wartete und wartete und du nicht kamst ... Jemand anders nahm sich meiner an. Gott kam zu mir, Vater. Gott.«

»Unsinn!«

Q deutete mit dem Zeigefinger auf die verbrannte Stelle, wo eben noch Data gestanden hatte. »Nennst du das Unsinn, Vater? Derzeit verzichtest du darauf, mit deiner Macht anzugeben. Na los! Zeig mir, wozu du fähig bist!«

Ich versuchte, die Worte meines Sohns zu verstehen. »Soll das heißen, du erhältst deine Macht von ... ›Gott‹? Vom ›Schöpfer des Universums‹? Vom ›Allmächtigen‹?«

Q nickte. »Ja. Alles was ich bin ... verdanke ich Ihm.«

»Wo ist Er jetzt?« fragte ich. »Ich würde gern mit Ihm reden?«

»Er ist nicht an einem Gespräch mit dir interessiert.«

»Vielleicht hat ›Er‹ Angst«, sagte ich.

»Vielleicht ist es Ihm gleich, was du denkst«, erwiderte mein Sohn, doch in seinen Augen blitzte es drohend. Ganz offensichtlich gefiel es ihm nicht, dass man so respektlos über seinen Mentor sprach.

»Wo ist Er?«

»Er befindet sich hier«, sagte mein Sohn und breitete die Arme aus, eine Geste, die dem Firmament galt. »Er ist im Boden und im Himmel. Seine Macht durchdringt alles. Ich finde es nur bedauerlich, dass du Ihn nicht spüren kannst.«

»Und Er spricht direkt zu dir«, sagte ich.

»Und ich zu Ihm.«

Ich fand's widerlich. Die Situation war mir nur zu gut bekannt. »Ich bin der Prophet des Herrn, verbeuge dich vor mir, kriech vor mir auf dem Boden, gib mir dein Geld und dein Vertrauen, opfere dich für IHN.« Bei so was bekam ich Zahnschmerzen. Es musste eine Möglichkeit geben, meinen Sohn zur Vernunft zu bringen.

Ich legte die Hände auf den Rücken. »Na schön«, sagte ich nach kurzem Nachdenken. »Sag deinem Gott ...«

»Er ist auch dein Gott.«

»... deinem ›Gott‹«, fuhr ich fort, »dass ich diesen Ort nicht ohne meinen Sohn verlassen werde. Deshalb sollte Er dich gleich gehen lassen, denn ich habe zu viel hinter mir, um ohne dich zu gehen. Teil Ihm außerdem mit, dass ich nicht aufgeben und auch weiterhin versuchen werde, das Universum zu retten. Um Entropie schere ich mich ebenso wenig wie um göttliche Pläne und heilige Bestimmung. Für mich ist dein ›Gott‹ keine mysteriöse, unfassbare Entität. Ich werde mich Ihm widersetzen, wer oder was auch immer Er ist.«

»Das kannst du nicht.«

»Und ob ich das kann. Übrigens gilt das auch für dich, denn du wirst mich begleiten.«

»Ich gehe nirgendwohin, Vater. Ich werde hier gebraucht.«

Ich streckte die Hand aus und griff nach dem Unterarm meines Sohns. »Warum? Warum wirst du gebraucht? Aus welchem Grund braucht ein Gott einen irregeleiteten Jungen?«

»Ich bin kein Junge, und der einzige Irregeleitete weit und breit bist du!« erwiderte Q scharf und schüttelte meine Hand ab. »Ich bin hier, um mich Seiner Macht zu erfreuen. Ich bin hier, um Ihn zu verehren ...«

»Verehrung!« Ich gestikulierte voller Ekel. »Warum sollte sich ein höheres Wesen wünschen, dass niedere Lebensformen Es verehren?«

»Was ist mit dir selbst, Vater? Was ist mit jemandem, der sich nicht damit zufrieden gibt, bei seinem aus höheren Wesen bestehenden Volk zu bleiben, sich stattdessen auf die Suche nach neuem Leben und neuen Zivilisationen macht, um sich verehren zu lassen.«

»Ich strebe nach Wissen. Es geht mir nicht darum, angebetet zu werden.«

»Vielleicht gelingt es dir, dich selbst zu täuschen, Vater, aber mir machst du nichts vor! Gib es zu! Du bist erst dann zufrieden, wenn du irgendein armes, hilfloses Geschöpf findest, dass du mit deiner Präsenz in Angst und Schrecken versetzt. Deshalb sind Leute wie

Picard und Janeway so unwiderstehlich für dich. Weil sie dir die Stirn bieten. Du kehrst immer wieder zu ihnen zurück, nicht aus Neugier oder um zu forschen, sondern in der Hoffnung, dass sie sich dir früher oder später unterwerfen und vor deinem Altar niederknien.«

Picard trat noch einen Schritt vor. »Nein, Sie irren sich. Ihr Vater ist wohl kaum ein gutes Beispiel dafür, wie man vernünftig mit Macht umgeht, aber in ihm steckt mehr menschliches Gefühl, als Sie glauben – und als er selbst glaubt.«

»Ich weiß nicht, ob solche Bemerkungen hilfreich sind, Picard«, sagte ich leise.

»Und es geht Ihrem Vater tatsächlich nicht darum, verehrt zu werden«, fügte Picard hinzu.

Q wandte sich ab und blickte gen Himmel. »Ich habe eine Vereinbarung mit Ihm getroffen, Vater. Eine gute Vereinbarung. Ich versprach, Ihm zu dienen und Ihn zu verehren. Als Gegenleistung gab er mir Macht und das Versprechen, mich nie allein zu lassen. Du kannst Ihn spüren, wenn du es versuchst, Vater. Dazu solltest du eigentlich imstande sein. Fühle Ihn. Öffne dich für Ihn. Dann wirst du verstehen oder zumindest eine Ahnung davon haben, worüber ich rede.«

Er hatte Recht. Ich spürte tatsächliche eine andere Präsenz. Sie schwebte überall, steckte voller Macht ...

Und sie war bösartig. Ja, ein bösartiges, eitriges Etwas. Wenn das Wesen einen Namen gehabt hätte, so wäre er nicht mit Ehrfurcht ausgesprochen worden, sondern voller Entsetzen. Auch die Macht fühlte ich ganz deutlich ...

»Nein«, sagte ich leise.

»Nein was, Vater?« Q musterte mich neugierig.

Picard wandte sich mir zu. »Nehmen Sie ... etwas wahr?«

Ich nickte. »Ja, es gibt hier etwas. Aber seine Macht ...«

»Was ist damit?«

»Sie stammt nicht von ihm selbst.«

Dunkle Wolken ballten sich am Himmel zusammen, und Donner grollte in der Ferne. Das Geräusch gefiel mir überhaupt nicht.

»Wovon redest du da, Vater?« Kalter Hohn erklang in der Stimme meines Sohns.

»Ich rede über folgendes: Ja, es gibt hier ein fremdes Wesen, eine Entität. Aber ... du brauchst sie nicht.«

»Du meinst Gott, und ich brauche Ihn. Er ...«

»Nein.« Ich schüttelte den Kopf. »Die Entität braucht dich. Du verstehst nicht, was hier geschieht. Du verstehst es deshalb nicht, weil du bei deiner Ankunft an diesem Ort zu jung warst. Aber mir ist die Sache klar.«

»Was ist dir klar?« Q schien allmählich die Geduld zu verlieren, und gleichzeitig wuchs sein Ärger. »Wovon schwafelst du da ...?«

»Je länger du dich in dieser Existenzsphäre aufhältst und je mehr du dich an sie gewöhnst, um so größer wird deine Macht. Und jenes Wesen, das hier lebt ... Es schöpft Kraft von dir. Seine einzige Macht besteht darin, Macht von dir zu gewinnen, wenn du es verehrst. Die vermeintliche göttliche Allmacht, die du zu spüren glaubst, ist nichts weiter als eine Reflexion deines eigenen Potenzials!«

Blitze gleißten am dunklen Himmel.

»Du lügst, Vater!« rief Q und richtete einen zitternden Zeigefinger auf mich. »Und das ist typisch für dich – alles nur Lügen! Du hast es versprochen! Du hast versprochen, mich nie allein zu lassen! Aber dann warst du plötzlich nicht mehr da! Du hast dein Versprechen nicht gehalten, und dafür wirst du jetzt büßen, Vater! Bitte mich, dich am Leben zu lassen! Fleh mich an! Wenn du dir Mühe gibst, beschließe ich vielleicht, gnädig zu sein. Vielleicht bestrafe ich dich dann nur mit Einsamkeit, mit der gleichen Einsamkeit, die ich ertragen musste ...«

Vermutlich hätte ich meinem Sohn mit Anteilnahme begegnen sollen. Vielleicht wäre es angebracht gewesen, mitfühlende Worte an ihn zu richten, ihm zu verstehen zu geben, wie viel er mir bedeutete.

Stattdessen erwiderte ich scharf: »Hör auf! Hör auf mit dem Geplärre! Wie ein kleines Kind zu wimmern – das ist ungehörig! Du bist jetzt ein Q! Steh gerade! Und hör endlich mit dem Gejammere auf!«

Q erbleichte. Eigentlich überraschte mich das nicht. Ich hatte ihm gegenüber nie die Stimme gehoben, nicht ein einziges Mal. Noch mehr Blitze gleißten am Himmel, und das Donnergrollen wurde so laut, dass ich fast schreien musste.

»Habe ich dich nichts gelehrt? Bist du überhaupt nicht stolz darauf, wer und was du bist? Du bist Q, ein Mitglied des Q-Kontinuums, mit all der damit einhergehenden Verantwortung und dem Stolz. Du bist besser als dies – und besser als Er.« Ich zeigte zum Himmel hoch. »Und du bist zweifellos besser als das heulende Balg vor mir! Was ist, wenn ich dich nicht anflehe? Was dann? Willst du mich dann töten? Nur zu! Ich lasse mich lieber auslöschen, als mit dem Wissen weiterzuleben, ein so armseliges Geschöpf wie dich gezeugt zu haben! Na los.« Ich winkte ungeduldig. »Bring mich um!«

Mein Sohn stand wie erstarrt und schien keinen klaren Gedanken fassen zu können.

»Na los, worauf wartest du?« fuhr ich fort. »Bringen wir es hinter uns! Töte deinen Vater! Es entspricht doch dem Wunsch des *Dings* dort oben, oder? Aber denk daran: Es möchte auch, dass du es verehrst, was ihm Gelegenheit gibt, deine Kraft anzuzapfen und sich an jenem Selbst zu laben, das deine Identität ausmacht! Ich habe gekämpft, um bis hierher zu kommen, um mein Versprechen zu halten, dich nicht allein zu lassen. Ich musste dabei ohne meine Macht zurechtkommen, aber trotzdem ließ ich mich nicht entmutigen. Und weißt du warum? Weil ich die Liebe zu dir und deiner Mutter im Herzen trug; *das* gab mir die Kraft, alles zu überstehen. Wenn dir das und deinem ›göttlichen‹ Parasiten nicht genügt ... Na schön, dann will ich nichts mehr mit dir zu tun haben! Bleib mit deinem ›Gott‹ hier und fahr mit ihm zur Hölle, wenn das Universum kollabiert! Kommen Sie, Picard!« Ich drehte mich ruckartig um und ging in die Richtung, aus der wir gekommen waren. Picard zögerte nur kurz und schloss sich mir dann an.

»Bleib stehen! *Bleib stehen!*« Der Zorn meines Sohns kannte keine Grenzen, und um uns herum zuckten Blitze zu Boden. Es roch immer stärker nach Ozon. Ich achtete nicht darauf und ging weiter. Picard blieb an meiner Seite, und diesmal schwieg er, stellte mein Verhalten nicht in Frage ...

Und dann geschah etwas, an das ich mich kaum erinnere. Ich setzte einen Fuß vor den anderen, und im nächsten Augenblick flog ich durch die Luft, ohne irgendetwas zu hören. Unmittelbar vor der Landung begriff ich: Ich war von einem Blitz getroffen worden. Der Aufprall war hart und sorgte dafür, dass alles schwarz wurde.

Vielleicht hätte sich die Dunkelheit nie verflüchtigt, wenn nicht die Faust gewesen wäre, die mir immer wieder auf die Brust klopfte. Ich sah auf und beobachtete, wie Picard erneut ausholte und einmal mehr meine Brust traf. Daraufhin hustete ich, und er stellte fest, dass ich die Lider gehoben hatte. Er sah mich an, und in seinen Augen bemerkte ich eine stumme Frage, die meiner Gesundheit galt. Ich zwang mich zu einem Nicken und setzte mich auf. Alle Gelenke in meinem Leib schmerzten. Ich tastete nach meinem Haar, das sich aufgerichtet hatte. Hinzu kam eine versengte Braue. An der Stelle, wo ich vom Blitz getroffen worden war, zeigte sich ein glimmendes Loch in meinem Hemd. Ich schenkte ihm keine Beachtung und versuchte aufzustehen, was ich ohne Picards Hilfe vermutlich nicht geschafft hätte. Das Wetter war noch immer ziemlich übel: Ein fast völlig schwarzer Himmel wölbte sich über mir, und ständig flackerten Blitze.

Ich befeuchtete meine spröden Lippen und versuchte zu sprechen, brachte aber nur ein Krächzen zustande. Ich räusperte mich und brüllte dann, um das Heulen des Winds zu übertönen. Alles in mir drängte danach, eine längere Ansprache zu halten, etwas Denkwürdiges und Eindrucksvolles zu sagen. Letztendlich gelang es mir nur, drei Worte zu formulieren, und sie genügten, um meine Gefühle zum Ausdruck zu bringen.

»Ich liebe dich.« Dann wandte ich mich ab und wusste tief in meinem Herzen: Wenn mich ein weiterer Blitz traf, so war es mein Ende.

Und dann hörte ich die Stimme meines Sohns. Sie heulte durch den Sturm, klang wie ein Schrei aus dem schwarzen Abgrund, der uns alle verschlungen hatte.

»*Vater! Geh nicht!* Lass mich nicht allein.« Er begann zu laufen. Seine Beine pumpten wie Kolben, und die Arme schwangen hin und her, als er über die Ebene lief. Etwas Unglaubliches geschah: Mit jedem Schritt schrumpfte er ein wenig, als liefe er nicht nur durch den Raum, sondern auch durch die Zeit. Schmerz, Zorn und Pein verschwanden aus seinen Zügen. Als er mir in die Arme sprang, war er wieder der Junge, an den ich mich erinnerte, und er schluchzte so hingebungsvoll, dass sein ganzer Leib bebte. »Es tut mir leid, es tut mir leid, es tut mir leid, geh nicht, geh nicht, ich möchte bei dir bleiben, bitte, geh nicht.« Die Worte folgten so dicht hintereinander, dass sie sich kaum voneinander unterscheiden ließen.

Ich konnte ihn nicht beruhigen, und ich versuchte es auch gar nicht. Ich drückte ihn nur an mich, fester als jemals zuvor, flüsterte ihm dabei zu, dass alles ein gutes Ende nehmen würde.

»Q, sehen Sie nur!« rief Picard und deutete nach oben.

Eine gewaltige Flammensäule näherte sich uns, wie ein Tornado aus Feuer. Sie glitt schnell über die weite Ebene und hielt genau auf uns zu, begleitet von einem Heulen, wie ich es noch nie zuvor gehört hatte.

»Sodom und Gomorrha«, sagte Picard.

War das möglich? War es möglich, dass wir es hier mit einer Entität zu tun bekamen, die sich einst auf der Erde befunden und dort den Grundstein für eine Religion gelegt hatte? Oder handelte es sich um einen Imitator, der die Essenz eines anderen, größeren Wesens nachahmte? Es gab so viele Möglichkeiten. Allerdings: Keine einzige davon half uns bei der Lösung des Problems, das mit Theologie nur bedingt zu tun hatte.

»Wir müssen fort von hier!« rief ich.

»Da widerspreche ich Ihnen nicht!« erwiderte Picard und war bereits in Bewegung. Ich klemmte mir q unter den Arm und lief ebenfalls.

Die Flammensäule folgte uns, und eine wütende Stimme tönte nach biblischem Vorbild aus ihrem Innern: **»Du hast gegen die Vereinbarung verstoßen! Spüre nun meinen Zorn!«**

Wir erreichten das Zelt mit den vielen Spiegeln. Diesmal konnte ich keine Reflexionen erkennen, und das schien nichts Gutes zu bedeuten.

»Vielleicht folgt er uns nicht hierher«, spekulierte q.

»Darauf können wir uns nicht verlassen«, entgegnete Picard.

»Nein, das können wir nicht.«

Wir verließen das Zelt durch den vorderen Eingang und rannten, so schnell uns die Beine trugen. Ich riskierte einen Blick über die Schulter und sah, wie das ganze große Zelt heftig erzitterte. Lange Risse entstanden in den Planen; Flammen züngelten daraus hervor und Wind heulte aus großen Öffnungen. Ich begriff, dass wir es mit einem wirklich ernsten Problem zu tun hatten.

»Laufen Sie weiter!« rief ich.

»Wohin?«

»Irgendwohin. Nur weg vom Zelt!«

»Wo ist Mutter?« rief q. »Vielleicht könnte sie ...«

»Ich weiß nicht, wo sie ist! Ich wünschte, ich wüsste über ihren Aufenthaltsort Bescheid, aber leider ist das nicht der Fall!«

Wir liefen durch den Basar, stießen Verkaufsstände um und kollidierten mit diversen Personen. Die Leute wussten bereits, das etwas nicht mit rechten Dingen zuging. Viele von ihnen verneigten sich tief, sanken auf die Knie, beteten und wandten sich dabei dem riesigen Zelt zu.

Plötzlich öffnete es sich ganz oben, und eine Feuerkugel stieg empor. Einige Sekunden lang verharrte sie über dem Zelt, als hielte sie nach Beute Ausschau, und dann flog sie los – in unsere Richtung.

Wir stürmten weiter. Um uns herum herrschte Panik: Leute sprangen umher und wurden immer wieder zu Hindernissen für uns.

»Wir brauchen jemanden, der uns einen Weg bahnt!« rief Picard. »Wenn doch nur Data bei uns wäre!«

»In Ordnung«, sagte q und schnippte mit den Fingern. Picard war ebenso überrascht wie ich, als es blitzte und der Androide erschien. Er schien nicht verletzt zu sein, wirkte nur ein wenig verwirrt.

Ich sah q an. »Du verfügst über deine Macht?«

»Natürlich.« Er nickte. »Du hast es selbst gesagt. Je länger man sich an einem Ort aufhält, desto ...«

»Bring uns fort von hier!«

Der Boden zitterte. Die Feuerkugel hielt genau auf uns zu.

»Beeil dich!« drängte ich.

»Ich versuche es!« rief q. »Ich versuche es, aber es klappt nicht!« Er deutete auf die flammende Kugel. »Er blockiert meine Fähigkeiten! Er ist wirklich sauer auf mich, Vater!«

»Ich glaube, das ist mir inzwischen klar geworden.«

Einmal mehr klemmte ich mir meinen Sohn unter den Arm und lief wieder los. Ich wusste, dass uns höchstens noch einige Sekunden blieben. Die Säule aus ›göttlichem Zorn‹ loderte uns entgegen und zerstörte alles, was sie berührte. Der Boden bebte inzwischen so heftig, dass wir uns kaum mehr auf den Beinen halten konnten. Zelte, Gegenstände, Personen – alles wurde nach oben gerissen. Aus den Augenwinkeln sah ich, wie der Große Nagus ebenfalls den Halt verlor und die Reise nach oben antrat. »Warte!« quiekte er. »Warte! Ich schlage dir ein Geschäft vor!«

Und auf einmal steckten wir in einer Sackgasse fest. Eine Feuerwand so hoch wie ein Berg ragte vor uns auf. Gott hatte gewonnen. Wir hielten keine Trümpfe mehr in der Hand.

*Das Universum stirbt*, fuhr es mir durch den Sinn. *Ich umarme meinen Sohn, aber von meiner Frau fehlt noch immer jede Spur. Ich habe mir alle Mühe gegeben, aber es war nicht genug. Ich gebe auf ... Ich gebe auf ... Ich gebe auf ...*

Und dann stürzten wir plötzlich ins Leere, als der Boden unter uns verschwand. »Lass mich nicht los, Vater!« rief q, und ich hielt ihn fest.

Und alles wurde schwarz.

Mein nächster Gedanke war: Ich bin lebendig begraben.

Überall spürte ich Schmutz: in den Augen, in den Ohren, im Mund, überall. Ich bewegte die Arme, versuchte mich hochzustemmen und stellte erstaunt fest, wie weich der Boden um mich herum war.

Eine Hand berührte mich am Rücken, und eine Sekunde später wurde ich aus meinem nicht sehr tiefen Grab gezogen. Die Hand gehörte Data, und ich musste eingestehen, dass der Androide wirklich sehr nützlich sein konnte. Er war ebenso schmutzig wie ich, was den Schluss zuließ: Offenbar hatte er sich in der gleichen Situation befunden und aus eigener Kraft befreit.

»Haben Sie ihn?« fragte Picard.

»Ja«, bestätigte Data. Mit heftig klopfendem Herzen lag ich auf dem Boden; q lief zu mir und umarmte mich, und diesmal zögerte ich nicht, ihn ebenfalls zu umarmen, dem Jungen auf die Schulter zu klopfen und ihm ins Ohr zu flüstern, wie glücklich ich war, ihn wiederzusehen.

»Wo sind wir, Vater?« fragte er.

Ich hatte absolut keine Ahnung, was in der letzten Zeit viel zu häufig geschah.

Eins stand fest: Es war ziemlich schwül. Ganz offensichtlich hatte sich Data als erster befreit und anschließend uns geholfen. »Kannst du uns helfen, q, und von dem Schmutz befreien?«

Der Junge konzentrierte sich und wirkte dann sehr

überrascht. »Nein! Ich kann es nicht. Was ist passiert, Vater? Mache ich irgendetwas verkehrt? Warum bin ich nicht imstande …«

Ich legte ihm eine beruhigende Hand auf die Schulter. »Es liegt nicht an dir. Mir geht es so, seit ich in den Abgrund geklettert bin. Du hattest Glück, für eine gewisse Zeit. Doch jetzt hat es dich verlassen.« Ich sah mich mit wachsender Besorgnis um. »Hoffentlich gilt das nicht für uns alle.«

»Haben Sie das gehört?« fragte Data plötzlich und blickte in die Ferne.

»Was meinen Sie?« fragte ich und spitzte die Ohren. Kurze Zeit später hörte ich es ebenfalls: ein fernes Stöhnen.

Seltsamerweise waren mit diesem Stöhnen keine Emotionen verbunden. Sein Sinn schien allein darin zu bestehen, die Stöhnenden daran zu erinnern, dass sie noch am Leben waren.

»Vater …«, sagte q langsam. »Ich glaube … dieser Ort gefällt mir nicht.«

»Deine Mutter ist hier«, sagte ich.

Und q nickte langsam. »Ich weiß. Ich spüre es ebenfalls. Und deshalb …« Er brach ab; seine Stimme klang erstickt.

»Deshalb was, Sohn?«

»Deshalb möchte ich nicht hier sein.«

Ich glaubte, meinen Ohren nicht trauen zu können, sank auf ein Knie und sah dem Jungen in die Augen. »Warum sagst du so etwas, q? Soll das heißen, du möchtest ihr nicht helfen?«

»Niemand kann ihr helfen«, flüsterte q und zitterte. »Und ich … Ich möchte sie nicht auf diese Weise sehen.«

»Natürlich können wir ihr helfen, schon allein dadurch, dass wir einfach nur bei ihr sind«, sagte ich fest. »Immerhin sind wir Q.«

»Sind Sie sicher, dass Ihre Frau hier ist?« fragte Picard.

Ich nickte.

Und so machten wir uns auf die Suche nach ihr.

Es war eine einfache Reise, wenn man bedachte, was wir bisher überstanden hatten. Niemand griff uns an oder versuchte, uns zu töten. Wir begegneten keiner lebenden Seele. Um uns herum erstreckte sich eine leere Landschaft, die einst reizvoll gewesen sein mochte. Doch jetzt war die Vegetation abgestorben und verfaulte.

»Wissen Sie, welchen Eindruck ich habe?« fragte Picard nach einer Weile.

»Nein, Picard, das weiß ich nicht.«

»Die Pflanzen ... Sie scheinen einfach aufgegeben zu haben.«

»Ja«, pflichtete ich ihm bei. »Aber ist so etwas möglich?«

Er zuckte mit den Schultern, und wir setzten den Weg fort.

Als wir uns dem Stöhnen näherten, wurde es leiser, so als seien immer weniger Stimmen daran beteiligt. Hatten einige Leute aufgehört zu stöhnen? Vielleicht deshalb, weil sie gestorben waren?

Kure Zeit später bemerkten wir vor uns einige Hütten. Sie waren klein und schäbig. Manche von ihnen erweckten den Eindruck, jederzeit einstürzen zu können.

Personen saßen auf dem Boden.

Sie wirkten sehr krank.

Einige von ihnen kauerten zusammen. Andere hockten allein da und starrten ins Leere. Ich bemerkte eine Frau, die mit angezogenen Beinen dasaß, das Kinn auf die Knie stützte, sich langsam hin und her neigte und dabei leise sang.

Alle waren ausgezehrt und sahen aus wie Skelette, die versuchten, lebendig zu sein. In den meisten Fällen erinnerten nur noch Fetzen an die Kleidung. Viele waren nackt, wodurch alles noch grässlicher wurde. Die Augen lagen tief in den Höhlen, und gelbliche Haut spannte sich über deutlich sichtbaren Knochen. Einige von ihnen stöhnten; andere blieben stumm.

Picard versuchte, die Fassung zu bewahren, aber es fiel ihm sehr schwer, seine Bestürzung zu verbergen. Und Data ...

Er begann zu schluchzen.

Er vergoss keine Tränen, aber an seinem Kummer konnte kein Zweifel bestehen. Seine Brust hob und senkte sich, und er schloss die Augen, schien zu versuchen, auf diese Weise dem niederschmetternden Anblick zu entrinnen. »Ruhig, Data, ruhig«, sagte Picard, obwohl er selbst Mühe hatte, sich zu beherrschen.

Ich wusste genau, wie sie empfanden.

Wir hatten uns einer Herausforderung nach der anderen gestellt und Hindernisse überwunden, die allein den Zweck erfüllten, uns aufzuhalten und kleinzukriegen. Wir waren mehrmals durch die sprichwörtliche Mangel gedreht worden, und die ganze Zeit über hatte ich gehofft, dass es irgendwann besser würde und wir Antworten bekämen. Doch das schien nicht der Fall zu sein. Ganz im Gegenteil: Es wurde immer schlimmer.

Und dies war bisher das Schlimmste. Ein gelegentliches Wimmern machte die Stille nur noch bedrückender. Das Elend um uns herum war schier unerträglich.

»Wir haben den Grund erreicht«, hauchte Picard, und ich wusste, dass er Recht hatte. Dies war die letzte Sphäre. Schlimmer konnte es nicht werden. So lautete die schlichte Wahrheit.

Aufs Geratewohl wählte ich jemanden aus, einen apathisch dasitzenden Mann. Es handelte sich um einen Orioner. Orioner galten als besonders aggressiv. Sie genossen den zweifelhaften Ruf, ein sehr wildes Volk zu sein; angeblich wurde ihre Gemeinheit nur von den Klingonen übertroffen.

Dieser spezielle Orioner war unglaublich dürr. »Sie«, sagte ich freundlich. »Wir brauchen Antworten. Wer steckt hinter dieser Sache? Wie lange sind Sie schon hier? Wie kamen Sie hierher?«

Er kippte zur Seite. Nein, er starb nicht, kippte einfach nur zur Seite. Jener Rest von Kraft, der ihm bisher erlaubt hatte, aufrecht zu sitzen, schien zur Neige gegangen zu sein. Er wirkte wie eine Marionette mit plötzlich durchgeschnittenen Fäden. Und dann sah er zu mir auf ... Er sah zu mir auf und blickte durch mich hindurch. Vielleicht begriff er nicht einmal, dass ich ihn angesprochen hatte.

Um ihn herum schien sich der Boden zu verflüssigen, und er versank wie in Treibsand. Der Orioner protestierte nicht, unternahm nicht den geringsten Versuch, sich zu befreien. Stumm sank er in die Tiefe!

»Helfen Sie ihm!« entfuhr es Picard, und Data setzte sich sofort in Bewegung. Aber ich winkte ab. Es war bereits zu spät; diesem Mann konnte niemand mehr helfen.

Ein letztes Stöhnen kam von den Lippen des Orioners, aber es kündete nicht von Schmerz, sondern von Erleichterung. Dann verschwand er. Ich beugte mich vor und berührte die Stelle, an der er sich eben noch befunden hatte – meine Finger ertasteten festen Boden.

»Wahnsinn«, flüsterte ich. »Wahnsinn.«

»Q... wir müssen diesen Ort verlassen«, drängte Picard.

»Und wohin sollen wir uns wenden? Sie haben es selbst gesagt, Picard: Dies ist der Grund, die Endstation.«

»Das ändert nichts an unserer Mission. Wir müssen versuchen ...«

»Vater!«

Mein Sohn hatte etwas entdeckt. Ich blickte in die Richtung, in die er deutete, und mir stockte der Atem.

Ich sah Lady Q, die ebenso einsam und verlassen wirkte wie die anderen. Das lange, dünne Haar bedeckte ihre Blöße, und ihre Augen ...

Eine Kristallisierung hatte bei ihnen stattgefunden. Lady Q war blind.

»Sieh nicht hin«, flüsterte ich meinem Sohn zu. Aber er kam meiner Aufforderung nicht nach. Sein Blick klebte an seiner Mutter fest.

»Ist sie das?« Picards Stimme war kaum mehr als ein Hauch. Ich nickte, unfähig dazu, auch nur ein Wort hervorzubringen. »Mein Gott«, ächzte Picard.

Ich drehte den Kopf und musterte ihn. »Ihr Gott? Ihr Gott. Kommen Sie mir jetzt bloß nicht mit Ihrem Gott, Picard. Wenn er jetzt hier wäre, würde ich ihn ordentlich ins Gebet nehmen.«

»Mutter ...?« brachte q hervor. Lady Q antwortete nicht. »Mutter ...?« wiederholte der Junge.

Sie schwieg.

»Bleib hier«, forderte ich meinen Sohn auf, und diesmal gehorchte er. Was ihm nicht weiter schwer fiel, denn der Anblick entsetzte ihn. Ich konnte es ihm nicht verdenken, denn auch in mir selbst regte sich Grauen.

Langsam näherte ich mich Lady Q. Ich ging vorsichtig, trat über einige stöhnende Wesen hinweg, die irgendwann einmal intelligente Geschöpfe gewesen waren. In der Ferne begann es zu leuchten, aber den Ursprung des Lichts konnte ich nicht feststellen.

Ich kniete neben meiner Frau. »Q?« fragte ich.

Zu meiner großen Überraschung deuteten ihre Lippen ein Lächeln an. Ich begann wieder zu hoffen.

Erneut nannte ich ihren Namen, und diesmal gab sie leise Antwort. »Ich wusste, du würdest kommen. Ich wusste, dass ich früher oder später deine Stimme hören würde. Es ist doch kein Traum, oder?«

»Du träumst nicht. Ich bin es wirklich.«

»Nein, das ist unmöglich«, sagte sie. »Wir sind tot.

Wir alle. Du bist nicht hier. Du kannst gar nicht hier sein.«

»Ich bin hier.« Ich versuchte, nach ihren Händen zu greifen, aber erstaunlicherweise blieb sie außer Reichweite.

Ich schob mich etwas näher heran, aber Lady Q blieb ebenso weit entfernt wie vorher. Ich fühlte mich wie in Zenos Paradoxon gefangen: Immer wieder halbierte sich die Distanz, die mich von Lady Q trennte, aber ich erreichte sie nie.

»Ich bin tot, wir sind alle tot«, fuhr sie fort. »Es ist vorbei. Nichts spielt mehr eine Rolle. Alles hat seine Bedeutung verloren.« Sie schloss die blinden Augen und hauchte: »Es ist alles sinnlos.«

»Komm zu mir zurück«, sagte ich. »Komm zu uns zurück. Unser Sohn ist hier ... Ich habe ihn gefunden. Ich habe ihn gesucht, so wie auch dich. Diese Umgebung ... Sie ist nicht das, was sie zu sein scheint. Ein Kampf des Willens findet hier statt: unsere Entschlossenheit gegen die der sadistischen Entität, die dies alles geschaffen hat. Aber du kannst darüber hinwegkommen. Deine Willenskraft ist größer als ...«

Lady Q sank nach vorn auf den Boden – der sich unter ihr verflüssigte, so wie zuvor bei dem Orioner.

Ich hörte, wie q hinter mir schrie, und ich stieß ebenfalls einen Schrei aus, als ich nach vorn sprang und danach trachtete, die Entfernung zwischen Lady Q und mir mit einem Satz zu überwinden. Aber es gelang mir nicht. Dicht vor dem verflüssigten Bereich fiel ich auf den Boden, streckte den Arm aus und rief: »Hier! Greif in die Richtung, aus der du meine Stimme hörst! Ich bin hier! Ich bin hier! Ich bin ganz nahe bei dir!«

Sie gab die schlimmste aller denkbaren Antworten, nämlich gar keine. Immer schneller sank sie in den Boden, ohne zu versuchen, etwas dagegen zu unternehmen. Die Beine waren bereits verschwunden.

»Gib nicht auf!« heulte ich. »Lass mich nicht allein! Lass *uns* nicht allein! Wie verzweifelt du auch sein magst – du kannst die Verzweiflung besiegen, glaub mir! Ich helfe dir dabei!«

»Nichts«, raunte sie. »Es gibt nichts mehr, wofür es zu leben lohnt ...«

»Das stimmt nicht! Ich liebe dich!« Meine Stimme überschlug sich. Ich hörte das Schluchzen meines Sohns – er flehte mich an, seine Mutter zu retten. Auf dem Bauch rutschte ich nach vorn und streckte mich so weit ich konnte, um Lady Q zu erreichen. Wenn ich ihren Arm zu fassen bekam, gelang es mir vielleicht, sie aus dem Schlund im Boden zu ziehen.

Ich sprach vier Worte, die einem Anathema gleichkamen: »*Picard, helfen Sie mir!*«

Picard war bereits in Bewegung, ebenso Data. Sie schienen schrecklich weit entfernt zu sein, genauso weit wie zuvor ich selbst. Erneut schob ich mich nach vorn, bis sich mein ganzer Oberkörper über dem Grab befand. Ich drohte, das Gleichgewicht zu verlieren. Selbst wenn ich es jetzt schaffte, die Hand um Lady Qs Arm zu schließen – ich wäre gar nicht mehr imstande gewesen, sie aus dem Loch zu ziehen. Aber meine Verzweiflung war viel zu groß, um einen Gedanken daran zu vergeuden.

»Q!« rief ich. »Ich liebe dich! Komm zu mir zurück! Verlass mich nicht! Verlass uns nicht! Komm zurück! *Komm zurück!*«

Ihr Hinterkopf steckte bereits im hungrigen Boden, und nur noch das Gesicht war zu sehen, umrahmt vom Haar. Sie blickte ins Leere, holte noch einmal Luft für ein letztes, schrecklich klingendes Stöhnen ...

Und dann war sie verschwunden.

Der Boden schloss sich über ihr und wurde wieder fest. Ich hatte meine Frau verloren.

Ein schmerzerfüllter Schrei, wie ich ihn nie zuvor gehört hatte, löste sich von meinen Lippen, und wie ein Irrer begann ich zu graben. Picard und Data knieten neben mir, ebenso q, und gemeinsam kratzten wir im Boden. Stunden schienen zu vergehen, während wir gruben, bis schließlich jeder Quadratzentimeter unserer Haut von einer dicken Kruste aus Schmutz bedeckt war. Doch wir fanden nichts. Der Boden hatte Lady Q verschlungen, ohne eine Spur von ihr zu hinterlassen ...

»Q«, sagte Picard leise.

»Nicht jetzt, Picard! Ich ...«

»Q ...« Er legte mir die Hand auf den Arm. »Sehen Sie sich um«, fügte er mit fester Stimme hinzu.

Ich kam der Aufforderung nach.

Die letzten armen Seelen versanken gerade im Boden, in völliger Verzweiflung. Über ihnen schloss die Erde sich wieder ... und dann waren wir allein.

Ich blickte ins Loch, das wir gegraben hatten – es war tief genug für mich, um darin zu stehen. Mein Sohn sah mich an und begann zu weinen. Selbst Data wirkte betroffen, denn der Kummer um uns herum gewann eine fast greifbare Intensität.

»Q ... es tut mir sehr leid«, sagte Picard.

Hundert Antworten fielen mir ein. Fast alle von ihnen hätten mir Gelegenheit gegeben, dem bitteren Zorn Ausdruck zu verleihen, der mich erfüllte. Doch die einzigen Worte, die mir angemessen erschienen ...

»Danke, Jean-Luc.«

Dann streckte ich meinem Sohn die Hand entgegen, und er griff danach. Ich schwieg. Es gab nichts zu sagen.

Eine Zeitlang standen wir stumm da, tief in Gedanken versunken. Dann beendete Picard das Schweigen.

»Das Licht dort drüben ...«

»Ich habe es gesehen.«

»Vielleicht ...«

»Vielleicht was, Jean-Luc?« fragte ich müde. »Glauben Sie, dass es möglicherweise zu einem anderen Ort führt, wo wir uns noch hilfloser fühlen und beobachten können, wie weitere Personen sterben?«

»Nun«, erwiderte Picard. Er wölbte eine Braue. »Haben Sie eine bessere Idee?«

Ich lachte bitter. »Nein. Nein, ich habe keine bessere Idee. Und mir liegt gewiss nichts daran, noch länger hier zu bleiben.«

Wir gingen in Richtung des Lichts, und ich fragte mich, ob wir es mit dem gleichen Problem zu tun bekommen würden wie bei meinem Versuch, Lady Q zu erreichen. Aber das war nicht der Fall. Wir brachten die Strecke ohne irgendwelche Schwierigkeiten hinter uns. Fast schien es, als seien wir dazu bestimmt, das Licht zu erreichen.

Seltsamerweise fühlte ich immer mehr mein Alter, und wenn man so lange gelebt hat wie ich, gibt es in diesem Zusammenhang eine ganze Menge zu spüren. Es begann mit subtilen Anzeichen, doch nach einer Weile wurde jeder Schritt anstrengender als der vorherige. Meine Füße schienen bleischwer zu sein, und den Beinen widerstrebte es offenbar immer mehr, den Befehlen des Gehirns zu gehorchen. Ich blickte zu q und stellte fest, dass auch er müde und erschöpft aussah. Aber er erwies sich als erstaunlich stoisch und beklagte sich nicht. Ich verharrte kurz, um ihn hochzuheben und den Rest des Weges zu tragen, aber er entwand sich meinem Griff und straffte die Schultern, als hätte er neue Kraft geschöpft. Wie lieb von ihm.

»Schon gut, Vater«, sagte er. »Ich komme auch allein zurecht.«

In diesem Augenblick war ich besonders stolz auf ihn. Aus den Augenwinkeln sah ich, wie Picard lächelte, und seltsamerweise freute es mich, dass er meinen Sohn mochte.

Wir kamen dem Licht näher. Es interessierte mich immer weniger, was wir dort finden würden und wie wir unsere Mission fortsetzen sollten. Vor meinem inneren Auge sah ich immer wieder, wie Lady Q im Boden versank und bereitwillig das Leben aufgab. Die ganze Zeit über quälte ich mich mit Was-wenn-Fragen. Was wäre geschehen, wenn ich jenen Ort nur wenige Minuten früher erreicht hätte? Was wäre geschehen, wenn ich Lady Q von meiner Existenz überzeugt hätte? Was ... wenn ...?

Und was wäre, wenn sie Recht hatte? Wenn wir wirklich nicht mehr lebten? War ich tot, ohne mir dessen bewusst zu sein?

Ich verdrängte diesen Gedanken, aber er kehrte mit verblüffender Beharrlichkeit zurück und widerstand allen meinen Versuchen, ihn zu verbannen.

»Ich sehe etwas«, sagte Data.

»Was sehen Sie?«

»Ein Haus, Captain. Ein kleines Haus mit einem weißen Palisadenzaun.«

»Ich sehe es ebenfalls«, sagte Picard und spähte ins Licht.

Auch meinen Blicken bot sich das Gebäude dar: ein hübsches kleines Haus mit einem gepflasterten Weg, der zur Tür führte.

Und dann blieb mir das Herz stehen, oder es schlug mir bis zum Hals, oder es sprang mir aus der Brust –

oder wie man es auch formulieren mag, wenn man große Überraschung zum Ausdruck bringen möchte.

Vor der Tür des Hauses stand Lady Q und winkte. »Siehst du sie?« flüsterte ich q zu.

»Ja«, brachte er hervor. »Eine schöne Frau. Wer ist sie?«

»Wie bitte?« Ich verstand nicht, was er meinte. »Es ... es ist deine Mutter ...«

»Nein, das stimmt nicht.« q schüttelte den Kopf. »Es ist nicht meine Mutter, sondern jemand anders. Eine sehr schöne Frau ... mit langem schwarzem Haar. Und sie lächelt.«

Unmöglich. Vielleicht machten sich die Anstrengungen auch bei ihm bemerkbar, armer Junge. »Picard«, sagte ich, »wen sehen Sie?«

»Vash«, murmelte Picard.

»Was?« Ich musterte ihn. »Wie meinen Sie das? Wo?«

»Dort!« Picard streckte die Hand aus und deutete zum Haus. Diese Sache wurde immer rätselhafter. Ich sah Lady Q, mein Sohn sah eine ihm unbekannte Frau, und Picard sah Vash! Ich wagte kaum daran zu denken, wen Data sah.

»Vash«, sagte Picard. »Es ... tut mir so leid, dass ich nicht früher gekommen bin ... Sehen Sie sie, Q?«

»Nein. Für mich scheint das nicht notwendig zu sein.« Ich wandte den Blick von Lady Q ab. »Und Sie brauchen sie ebenfalls nicht zu sehen, Picard. Vash fiel diesem Ort zum Opfer, so wie meine Frau. Ihnen blieb zumindest erspart zu beobachten, wie sie in einem Grab versank. Da können Sie von Glück sagen.«

»Von Glück?« Picard schien es kaum fassen zu können. »Glück? Wie können Sie so etwas behaupten? Wenn ich rechtzeitig zur Stelle gewesen wäre ...«

»Dadurch hätte sich nichts geändert. Es hätte in keinem Fall einen Unterschied gegeben. Das ist mir jetzt klar. Alle unsere Bemühungen sind vergeblich gewesen. Auf Schritt und Tritt hat uns Sinnlosigkeit begleitet.«

»Nein, Vater, das stimmt nicht«, widersprach q. »Was ist mit mir? Du hast mich gefunden! Du ...«

»Ja, ich habe dich gefunden, und das ist wundervoll, aber um ganz ehrlich zu sein, Sohn: Ich glaube nicht, dass wir diese ... Unterwelt jemals verlassen können. Unser Schicksal ist besiegelt.«

»Nein, ausgeschlossen!« erwiderte q mit grimmiger Entschlossenheit. »Du wirst einen Weg finden. Ich weiß es. Du bist Q. Für dich ist nichts unmöglich.«

Kindliche Unschuld. Naivität. Früher einmal hätte ich so etwas reizend und erfrischend gefunden. Jetzt schien daraus eine weitere Bürde für mich zu werden, eine Erwartung, der ich nicht gerecht werden konnte. Ich sah erneut zum Haus und stellte fast, dass Lady Q nicht mehr vor der Tür stand. Sie war verschwunden, und Picards Gesichtsausdruck wies darauf hin, dass auch Vash nicht mehr existierte.

»Kommen Sie«, sagte ich. »Es dürfte nicht mehr lange dauern, bis sich uns das Ende dieser Farce offenbart.«

Ich ging über den gepflasterten Weg zur Haustür. Mit der Hand am Knauf zögerte ich und fragte mich, welche Falle gleich zuschnappen würde und ob es mich kümmerte?

Ich öffnete die Tür.

Das Zimmer enthielt nur vier Stühle, war ansonsten leer. Vier einfache Metallstühle. Wir traten ein. Auf der gegenüberliegenden Seite bemerkte ich eine zweite Tür und näherte mich ihr. Während ich einen Fuß vor den anderen setzte, dachte ich: Ist es jetzt so weit? Ist dies das Ende? Spüre ich den endgültigen Kollaps des Universums? Löst sich einfach alles auf? Existiere ich lange genug, um zu wissen, dass es geschehen ist? Muss q leiden? Abgesehen von ihm war mir alles gleich.

Ich wünschte mir nur eins: ein rasches Ende.

Meine Hand schloss sich um den Knauf der zweiten Tür und drehte ihn. Nichts zu machen. Verschlossen.

»Data«, sagte Picard und deutete zur Eingangstür.

Der Androide durchquerte den Raum, aber nicht schnell genug. Die vordere Tür fiel zu. Und ganz gleich, wie sehr sich der Androide auch bemühte, sie zu öffnen – sie blieb geschlossen. »Ich bekomme sie nicht auf, Captain.«

»Na schön«, sagte Picard nach kurzem Nachdenken. »Die Tür nützt uns ohnehin nicht viel – sie führt in die Richtung, aus der wir kommen. Ich glaube, wir …«

Er unterbrach sich. Ich drehte den Kopf, um festzustellen, was dem redselige Picard die Sprache verschlagen hatte, und sofort sah ich das Problem: Die Tür war verschwunden. Wir befanden uns in einem Haus mit einer verschlossenen Hintertür und einem nicht mehr existierenden Eingang. Die Situation verbesserte sich nicht.

»Und jetzt?« fragte q.

Ich sah mich in dem Zimmer um und sagte: »Es spielt keine Rolle.«

Im Anschluss an diese Worte nahm ich auf einem der Stühle Platz. Ich fühlte mich völlig ausgelaugt.

Picard trat an mich heran. »Das wär's?« fragte er skeptisch.

»Ja, Picard«, antwortete ich. »Das wär's. Wir sind fertig.«

»Nein, das sind wir noch nicht«, erwiderte Data. »Es gibt noch viel zu tun. Zum Beispiel …«

»Was ist mit Ihrem Sohn?« fragte Picard aufgebracht. »Er dürfte Grund genug sein, um nicht aufzugeben, oder?«

Ich schwieg.

»Wissen Sie, Q, Sie sind gut dran. Ich habe keinen Sohn … keine Familie. Ich bin allein, im ganzen Universum. Sie haben wenigstens jemanden, für den es zu kämpfen lohnt. Ich weiß, der Verlust von Lady Q muss ein sehr harter Schlag für Sie gewesen sein, aber Sie dürfen deshalb nicht verzagen.«

»In Ordnung, Picard. Wie Sie meinen.«

Meine Antwort überraschte ihn.

»Was soll das heißen?« fragte er.

»Ich habe es satt, mit Ihnen zu streiten. Ich habe es satt, einen sinnlosen Kampf nach dem anderen zu führen, nur um festzustellen, dass die Dinge immer schlimmer werden.«

»Das ist noch lange kein Grund aufzugeben.«

»Nun, Picard, wissen Sie was? Es könnte doch Grund genug sein. Nehmen wir einmal an, dass ich vielleicht – nur vielleicht – weitaus länger gelebt habe, als Sie es sich vorstellen können. Nehmen wir weiter an, dass ich vielleicht – nur vielleicht – eine solche Situation besser verstehe als Sie. Picard ... es ist hoffnungslos. Verstehen Sie? Muss ich es Ihnen Wort für Wort erklären? Wie Sie selbst sagten: Wir haben den Grund erreicht. Und wenn nicht? Vielleicht wartet noch Schlimmeres auf uns. Was dann? Was ist, wenn der nächste Ort einen Schrecken bereit hält, neben dem sich das hier wie ein harmloser Urlaub ausmacht? Ich bin nicht daran interessiert, es herauszufinden. Es hat keinen Sinn, begreifen Sie das denn nicht? Es hat überhaupt keinen Sinn.«

»Wir müssen herausfinden, wer hinter dieser ganzen Sache steckt ...«

»Siehst du, q?« Ich wandte mich an meinen Sohn und schenkte Picard keine Beachtung. »Das ist das Erstaunliche an Menschen. Ihr Leben ist so jämmerlich kurz – für Mitglieder des Q-Kontinuums würde eine solche Zeit gerade genügen, sich die Nase zu putzen –, aber sie sind bereit, alles zu tun und alles zu leugnen, um nicht aufzugeben. Nun, zum Glück weiß ich es besser.

Ich erspare uns eine Menge Ärger, Elend und noch mehr Elend.«

»Und wie sieht Ihre Alternative aus?« fragte Picard. »Wollen Sie einfach hier herumsitzen und warten?«

»Picard ... eins von zwei Dingen wird passieren«, erwiderte ich. »Entweder sorgt die Entropie für das Ende das Universums – oder es kollabiert, weil irgendein fremdes Wesen oder eine unbekannte Kraft es so will. Ich bin bereit, sowohl das eine als auch das andere hinzunehmen. Verstanden?« Ich hob die Stimme und rief gen Himmel: »Ich finde mich damit ab! Hast du mich gehört? Ich finde mich damit ab!« Ich sah wieder Picard an. »Ich weigere mich, umherzulaufen wie eine Maus in einem Labyrinth. Das ist eine sehr erschöpfende und sinnlose Art und Weise, die letzten Momente zu verbringen. Nein, davon halte ich nichts.«

Meine Stimme verklang – mit diesem letzten Vortrag schien ich meine ganze Kraft verausgabt zu haben. Ich hob die Hände vors Gesicht, weil ich Picards Anblick nicht mehr ertragen konnte; q ging neben mir in die Hocke und klammerte sich regelrecht an meinem Bein fest. Mitgefühl kam in dieser Geste ebenso zum Ausdruck wie Furcht vor dem, was uns bevorstehen mochte.

»Q ...«

»Ja?«

»Ich habe nachgedacht ...«

»Oh, wie entzückend.«

»Sie sind verzweifelt«, sagte Picard mit jener gewissen Autorität, die ihn überallhin zu begleiten schien. »Wenn es noch eine Existenzsphäre gibt, so könnte sie dem Stadium der Akzeptierung entsprechen. Wenn das der Fall ist ...«

»Picard ... es ist mir gleich. Diese Dinge interessieren mich nicht mehr.«

Und dann schwieg ich endgültig.

Picard versuchte, den Panzer meiner Apathie zu durchbrechen. Er ermutigte mich und schmeichelte mir. Er drohte und appellierte, benutzte die ganze Skala der menschlichen Überzeugungstechniken. Aber in mir gab es einfach nichts mehr, das darauf reagieren konnte. Mein Sohn kniete auch weiterhin neben mir und schwieg ebenfalls, gab sich damit zufrieden, Picards Bemühungen zu beobachten, die letztendlich erfolglos bleiben mussten.

Schließlich gab Jean-Luc auf. Data hielt sich klugerweise aus der ganzen Angelegenheit heraus.

Irgendwann merkte ich, dass schon seit einer ganzen Weile Stille herrschte. Picard hatte auf dem Stuhl mir gegenüber Platz genommen und schien zu erschöpft zu sein, um seine Anstrengungen fortzusetzen. Er wirkte wie jemand, der alles gegeben hatte, ohne etwas zu gewinnen. Auf dem anderen Stuhl saß q und beobachtete mich aufmerksam. Auch in seinen Augen zeigte sich Hoffnungslosigkeit. Data stand direkt hinter Picard und erweckte den Eindruck, auf Anweisungen zu warten.

»Haben Sie nichts mehr zu sagen, Picard?« fragte ich.

»Es ist bereits alles gesagt«, erwiderte er.

»Gut.«

Es folgte noch mehr Stille, begleitet von einer sich überall ausbreitenden Hoffnungslosigkeit.

Es gab Licht im Zimmer, obgleich mir rätselhaft blieb, woher es kam – immerhin gab es weder Fenster noch Lampen. Jetzt verblasste dieses Licht langsam. Bestimmt dauerte es nicht mehr lange, bis wir im Dunkeln saßen. Und wenn schon. Auch das spielte keine Rolle. Nichts war mehr wichtig. Und wir schwiegen.

Schließlich erklang Datas Stimme. Was er sagte, eignete sich nicht gerade dazu, die allgemeine Stimmung zu heben.

»Die gegenüberliegende Wand ist uns zwei Komma

drei vier drei Zentimeter näher als noch vor einigen Minuten.«

Wir drei sahen uns an. Data hatte recht. Die Wand kam näher.

»Das verheißt nichts Gutes«, meinte Picard klugerweise.

Die Wand bewegte sich auch weiterhin, und zwar völlig geräuschlos. Ein Kratzen oder Knirschen blieb aus. Nichts deutete darauf hin, dass sich irgendwo Zahnräder drehten. Alles blieb still.

Wir brauchten nicht lange, um zu begreifen: Wenn sich dieser Vorgang fortsetzte, mussten wir damit rechnen, zwischen den Wänden zerquetscht zu werden.

»Wir müssen etwas unternehmen«, sagte Picard.

»Warum?« fragte ich.

Picard bedachte mich mit einem giftigen Blick. »Ich bin nur ein Mensch, Q. Ich habe nicht die Möglichkeit, einfach aufzugeben.«

»Vielleicht sind Sie zu dumm«, sagte ich, stand aber ebenfalls auf. Ich sah nicht den geringsten Sinn in dem Versuch, das Unvermeidliche hinauszuzögern. Wir befanden uns ganz offensichtlich in einer hoffnungslosen Situation, und ganz gleich, wie sehr wir uns auch bemühten, daran etwas zu ändern – wir konnten unmöglich einen Erfolg erzielen. Trotzdem war ich auf den Beinen!

Die Wand näherte sich uns auch weiterhin. Picard stemmte sich dagegen, und Data folgte seinem Beispiel. Es war natürlich sinnlos, so sinnlos wie alles andere. Was Picard und Data keineswegs daran hinderte, sich noch entschlossener gegen die Wand zu stemmen. Wenn ich ihre Versuche nicht so absurd gefunden hätte, wäre ich vielleicht bereit gewesen, mich ihnen anzuschließen.

»Q, verdammt, kommen Sie her und helfen Sie uns!« rief Picard.

Mein Sohn sah mich wortlos an und wartete darauf, dass ich die Initiative übernahm. Ich seufzte, und als ich zum mittleren Bereich der Wand trat, folgte mir q sofort. Nach kurzem Zögern stemmte ich mich ebenso wie Picard und Data gegen die Mauer.

Es war natürlich nutzlos. Meine Füße rutschten über den Boden. Ich drückte so fest ich konnte, doch tief in meinem Innern wusste ich, dass wir scheitern mussten.

Die Anstrengung ließ Picard keuchen; dünner Schweiß glänzte auf seinem Kopf und bildete kleine Rinnsale in seinem schmutzigen Gesicht. »Nicht aufgeben!« rief er. Die Mauer kam immer näher. Nur noch anderthalb Meter trennten die vordere von der hinteren Wand. »Wir können es schaffen!«

»Picard ... Sie sind ein Idiot!« brummte ich. »Es ist hoffnungslos! Wir sind erledigt! Verstehen Sie denn überhaupt nichts, Mensch? Wir sind erledigt!«

»Sie wollen wissen ... was ich verstehe?« erwiderte Picard, ohne in seinen Bemühungen nachzulassen. »Ich verstehe ... Menschlichkeit, Q! Sie ... sind angeblich allwissend, aber ... bis zum heutigen Tag haben Sie uns nicht verstanden. Sie ... verstehen uns genauso wenig wie bei ... unserer ersten Begegnung! Ich bin ein Mensch ... Ich gebe nie auf ...«

»Wenn Sie tot sind, bleibt Ihnen gar nichts anderes übrig!« konterte ich und drückte mit ganzer Kraft. Nur noch wenige Minuten trennten uns davon, zerquetscht zu werden.

»Nein!« rief Picard. »Ich kapituliere nicht einmal im Tod ...«

»Bei unserer ersten Begegnung *haben* Sie kapituliert, Picard – Sie überließen mir Ihr Schiff. Kommen Sie mir jetzt nicht auf die heroische Tour!«

»Ich habe kapituliert, um etwas zu erreichen, um Leben zu schützen.«

Die Rückwand befand sich direkt hinter uns. Wir

drehten uns um, pressten den Rücken an die vordere Mauer und stützten uns mit den Füßen an der hinteren Wand ab. Data nahm die gleiche Position ein, aber diesmal konnte er mit seiner Androidenkraft nichts ausrichten.

Und während Picard versuchte, dem Tod zu entrinnen ... sprach er die ganze Zeit über. »Aber ... wir gewinnen nichts ... wenn wir jetzt kapitulieren! Nein ... dadurch ist nichts zu gewinnen!«

»Mag sein«, räumte ich ein. »Aber manchmal ist auch mit einem Kampf nichts zu gewinnen. Unsere Situation bietet ein gutes Beispiel dafür ...«

»Q ...!«

Jetzt befanden wir uns genau dazwischen: Die verschlossene Tür berührte uns auf der einen Seite und die vordere Wand auf der anderen. Es gab kein Entrinnen mehr. Ich umarmte q und versuchte, ihn zu schützen. »Es tut mir leid, Picard ... Ich schätze, Sie können es einfach nicht verstehen.«

Ich gab q einen Kuss, schloss die Augen und ergab mich meinem Schicksal.

Genau in diesem Augenblick sprang die Tür auf.

Wir taumelten ins Freie, als hinter uns ein grässliches Geräusch erklang: Fleisch und Knochen wurden zwischen zwei Wänden zermalmt; q und ich waren mit heiler Haut davongekommen, im Gegensatz zu Picard und Data. Eigentlich hätte ich froh sein sollen, nie mehr Picards Gejammere hören zu müssen, aber ... Ich fühlte mich so, als hätte ich meinen besten Freund verloren.

q und ich fielen nach vorn ... in eine Pfütze. In ein Schlagloch, um ganz genau zu sein. Um uns herum erklangen jubelnde Stimmen und ein donnerndes gemeinsames Zählen: »Zehn ... neun ... acht ...«

Hupen ertönten. Überall herrschte Ausgelassenheit.

Verwirrt blickte ich mich um.

Wir befanden uns wieder auf dem Times Square. Wir

waren ins Q-Kontinuum zurückgekehrt, und es bot sich uns so dar wie zu Beginn unserer Reise.

Q – der blonde Q, der mir zur Flucht verholfen hatte und dafür von einem Energieblitz in Asche verwandelt worden war – fuhr mit einem Taxi auf uns zu, hielt an und lächelte schief. »Freut mich zu sehen, dass Sie sich endlich mit dem Unvermeidlichen abgefunden haben, Q. Sie kommen gerade rechtzeitig ...« Er deutete zur großen schwarzen Kugel ganz oben an dem hohen Gebäude – sie senkte sich dem Boden entgegen. »Das Finale steht unmittelbar bevor.«

Denken Sie an den Buchstaben ›Q‹, das Symbol unseres Kontinuums.

Beim Schreiben beginnt man rechts unten, bewegt den Stift dann gegen den Uhrzeigersinn im Kreis, bis man zum Ausgangspunkt zurückkehrt und noch einen kleinen Schweif hinzufügt.

Ich verstand. Unser Buchstabe war ein Symbol, ein sehr mächtiges Symbol. Er kam einer Prophezeiung gleich, die uns alle – insbesondere mich – auf diesen besonderen Tag vorbereitet hatte. Auf diesen letzten Tag. Ich verstand endlich.

»Sie ließen mich mit dem Wissen und dem Einverständnis der anderen gehen«, wandte ich mich an den blonden Q. »Um mich beschäftigt zu halten. Sie selbst haben den großen Spalt und alles darin erschaffen. Damit ich zu tun hatte, nicht auf dumme Gedanken kommen und versuchen konnte, das Ende zu verhindern, stimmt's?«

Der Sprechchor wurde immer lauter. Die Mitglieder des Kontinuums bildeten ein so dichtes Gedränge, dass sie sich gar nicht mehr bewegen konnten. »Sieben ... sechs ...«

»Vielleicht«, erwiderte Q. »Aber vielleicht halten Sie uns für zu gescheit. Vielleicht sind die gegenwärtigen Ereignisse für uns ebenso ein Rätsel wie für Sie. Vielleicht gibt es letztendlich einige Dinge, die wir einfach nicht verstehen sollen. Wir haben vor langer Zeit gelernt, diese Tatsache zu akzeptieren, Q. Im Gegensatz zu Ihnen. Aber möglicherweise können Sie sich jetzt, da das Ende unmittelbar bevorsteht, zu einer solchen Erkenntnis durchzuringen.« Er schüttelte den Kopf, und so etwas wie Trauer huschte durch sein Gesicht. »Finden Sie sich damit ab, Q. Lady Q hätte sich bestimmt gewünscht, dass Sie Ihrem Sohn q ein Beispiel geben. Zeigen Sie es ihm. Zeigen Sie ihm, dass ein wahrhaft allwissendes Wesen seinen Platz im Universum kennt. Das ist vielleicht das größte Geschenk, das Sie ihm machen können. Es wird ganz gewiss das letzte sein.«

»*Fünf ... vier ... drei ...*« Die schwarze Kugel sank unaufhaltsam nach unten, näherte sich immer mehr dem Boden.

»Ist es ... so weit, Vater?« fragte q.

»Ich ... ich ...«

Ich sah die strahlenden Gesichter der anderen Q, die ich seit einer Ewigkeit kannte. Sie hatten Frieden mit sich selbst geschlossen, und darum beneidete ich sie. Mein Blick kehrte zu q zurück. »Ich ... glaube ja, Sohn. Ja.«

»*Zwei ... eins ... Frohes Ende!*« riefen alle wie aus einem Mund.

Die schwarze Kugel erreichte den Boden und platzte mit einem Lichtblitz auseinander, was sofort zu einer Verzerrung der Realität führte. Durch das Gleißen glaubte ich, im Zentrum der Kugel etwas zu erkennen: der Spalt, die Leere darin, eine Art Abfluss, in dem zuvor ein Meer verschwunden war und der nun das ganze Universum zu verschlingen begann. Alles drehte sich, schneller und immer schneller.

Das Q-Kontinuum brach auseinander, und dieser Vorgang betraf nicht nur uns, sondern alles und jeden, in jedem Winkel des Universums. Wer das aktuelle Geschehen verstand, wer nichts vom Ende wusste, wer über eine besondere Verbindung mit dem Kosmos verfügte, wer sich nur um seine eigenen Angelegenheiten gekümmert hatte ... Sie alle wurden fortgerissen. Ja, dies war das Ende, daran konnte kein Zweifel bestehen. Das Ende des Universums!

Mein Sohn hielt sich an mir fest, als das Q-Kontinuum um uns herum zerriss. Wir beobachteten, wie sich die Gebäude des Times Square auflösten und im Strudel verschwanden. Ich sah, wie sich Mitglieder des Kontinuums voller Freude ins Nichts stürzten. Alles wurde zerfetzt. Nur mein Sohn und ich hielten dem Wüten stand – vielleicht sollten wir bis zum Schluss aufgespart werden.

q sah zu mir auf. »Vater«, sagte er. Zwar sprach er leise, aber ich verstand ihn ganz deutlich. »Vater ... Ich habe Angst. Ich ... möchte mich nicht mit dem Ende abfinden. Aber wenn du meinst, dass ich das sollte, wenn deiner Meinung nach alles in Ordnung ist ... Dann versuche ich es. Bitte sag mir, was ich tun soll, Vater.«

Ich blickte ihm in die Augen und sah darin Spiegelbilder des Kontinuums, das sich spiralförmig drehte und im Trichter der endgültigen Auflösung verschwand. An den Rändern des Universums begann die Realität damit, sich zusammenzufalten.

Ich hatte keine echten Erinnerungen an meinen eigenen Beginn und fühlte mich so, als sei ich von Anfang an dabei gewesen. In gewisser Weise gab es dadurch in der Vorstellung meines eigenen Selbst keinen persönlichen Aspekt. Doch als ich nun in das Gesicht meines Sohnes sah ... da gewann ich den Eindruck, mich selbst zum ersten Mal zu sehen. Ich fühlte einen Beginn, den Anfang eines echten persönlichen Ich. Dies war auch mein Universum. Oh, alle anderen wollten, dass ich die Hände in den Schoß legte und aufgab – das wusste ich. Und ich hatte auch versucht, mich mit dem Ende abzufinden. Aber es widersprach meiner Natur! Wer oder was auch immer hinter dem Chaos steckte und welche Gründe es dafür geben mochte: Ich wollte gewährleisten, dass sich zumindest eine Stimme des Protestes erhob. Jemand musste aufstehen und stolz rufen:

»*Nein!!!*« »*Nein!!!*« »*Nein!!!*«

»Nein!« zum großen, wogenden Mahlstrom.

»Nein!« zum Abgrund.

»Nein!« zur Launenhaftigkeit des ganzen Vorgangs.

»Nein!« zu allem, an das ich bisher geglaubt hatte. Ich war sicher gewesen, dass die Q immer und in jeder Hinsicht die entscheidende Macht waren. Dass es im ganzen Universum niemanden gab, der es mit uns aufnehmen konnte. Aber als ich jetzt in die Leere starrte, konnte ich nicht länger an dieser Überzeugung festhalten. Denn es ergab nicht den geringsten Sinn, dass all dies rein zufällig geschah. Es musste das Werk irgendeiner großen, übergeschnappten Entität sein. Eines Wesens, das verrückt war, vielleicht aus Kummer, so wie ich. Verrückt aus Kummer über den Tod meiner Frau. Verrückt aus Kummer über das Ende von Picard und Data. Verrückt aus Kummer darüber, dass mein Sohn keinen weiteren Tag erleben konnte. Verrückt aus Zorn über das grässliche Schicksal, das uns erwartete.

»**Ich finde mich nicht damit ab!**« heulte ich in das Tosen. »**Ablehnung, Zorn, Verhandeln und Verzweiflung – das alles habe ich erfahren und hinter mich gebracht. Aber Akzeptierung? Niemals! Auf keinen Fall nehme ich das Ende stumm hin! Ich erhebe meine zornige Stimme dagegen, gegen das Nichts, das alles verschlingen will, und mit meiner letzten Kraft spucke ich der Leere ins Gesicht!**« Ich drückte meinen Sohn an mich. »**Du willst mich? Dann komm und hol mich! Zeig mir dein Gesicht! Komm und hol mich, aber rechne nicht damit, dass ich mich kampflos ergebe! Wer und was und wo auch immer du bist: Ich gebe nicht auf! Niemals! Aus den unergründlichen**

Tiefen des Jenseits werde ich aufsteigen und gegen dich antreten. Nein, ich finde mich nicht mit dem Ende ab! Ich bin Q, ich existiere für immer und ewig!«

Ich streckte die Hand aus, und eine Flasche erschien ... eine Flasche, die ein Manuskript enthielt. Es berichtete von den Dingen, die ich durchgemacht, die wir erlitten hatten.

**»Hier! Dies sind meine Bedingungen! Lies sie und weine. Lies sie und wisse, dass ich Q, der Lächelnde Gott bin, der Herr des Chaos. Ich trotze dir bis in alle Ewigkeit, und wenn du glaubst, durch das Ende des Universums mit mir fertig werden zu können, so möchte ich dir hiermit sagen: Lass dir etwas Besseres einfallen!«**

Als sich das Tosen von allen Seiten näherte, holte ich aus und warf die Flasche mit ganzer Kraft in den Abgrund. Im gleichen Augenblick wurde mir mein Sohn aus den Armen gerissen, während sich die Flasche drehte und im Herzen des Mahlst...

Heh

Heh, heh …

Heh, heh, heh, heh …

Sie begriff, seit langer, langer Zeit nicht mehr gelacht zu haben. Es fühlte sich gut an, das Lachen. Dadurch vergaß sie sich selbst, fühlte sich leicht, lustig und ... attraktiv.

»Ich hätte es wissen sollen«, sagte sie, und nach all der Zeit fand sie Gefallen am Klang ihrer Stimme. »Ich hätte es wissen sollen ... Wenn es jemanden gibt, der mich zum Lachen bringen kann, so bist du es, der ›Lachende Gott‹.«

Sie hatte am Strand gesessen, ihre Beine umschmeichelt von Wellen, und jetzt stand sie auf und streckte sich. In der einen Hand hielt sie die Flasche und in der anderen das Manuskript. Nachdenklich ging sie los. Wohin?

Nun, sie wusste natürlich wohin, denn ... sie wusste alles. Deshalb wusste sie auch, was sie finden würde. Sie wusste, wer auf sie wartete. Also ging sie los und genoss es, wie sich das Meerwasser zwischen ihren Zehen bewegte.

Nach einer Weile fand sie ihn. Der Junge lag am Strand, wie ein Stück Treibholz ans Ufer gespült. Er war bewusstlos, atmete aber. Sie kleidete sich in Schaum, weil es ihr so gefiel. Äonenlang war sie nackt gewesen, aber jetzt hielt sie es für angemessen, sich zu bedecken. Dann kniete sie neben dem Jungen und rüttelte ihn an der Schulter.

Er hustete mehrmals, öffnete die Augen und sah verwundert auf. »Du ...«, brachte er hervor.

»Lass dir Zeit, um wieder zu Kräften zu kommen«, sagte sie ruhig.

Er beherzigte ihren Rat und setzte sich langsam auf. »Ich habe dich gesehen ... am letzten Ort ... vor dem kleinen Haus. Du hast gelächelt.«

»Ja«, sagte sie.

»Warum warst du dort?«

»Weil es mir so gefiel.«

»Du bist sehr hübsch. Du hast schöne Augen. Sie sind sehr blau.«

»Danke.« Sie neigte den Kopf ein wenig zur Seite und musterte den Jungen. »Du hast viel von deinem Vater. Auch etwas von deiner Mutter. Aber die Ähnlichkeit mit deinem Vater ist größer.«

»Du kennst meine Eltern? Meinen Vater?«

»Oh, ja. Ich beobachte deinen Vater schon seit einer ganzen Weile. Wir sind uns einmal begegnet, von Angesicht zu Angesicht, aber er verstand nicht die Bedeutung jenes Treffens. Er glaubt, so viel zu wissen. Aber er weiß so wenig.«

»Er weiß alles«, sagte der Junge in einem herausfordernden Tonfall.

»Ich glaube dir.« Sie lächelte.

Eine Zeitlang saßen sie schweigend da. »Und jetzt?« fragte der Junge.

Sie dachte nach. »Weißt du, dass Sodom und Gomorrha verschont worden wären, wenn es dort auch nur einen anständigen Menschen gegeben hätte?«

»Wen meinst du?«

»Ich spreche von zwei Städten.«

»Oh.« Er musterte sie neugierig. »Soll das heißen, dass du meinen Vater für anständig hältst?«

»Meine Güte, du bist schnell von Begriff, nicht wahr? Ein kluger Junge.« Sie zerzauste ihm liebevoll das Haar. »Ganz so einfach ist es nicht«, fuhr sie fort. »Dein Vater mag anständig sein, aber er ist auch stur und ... kann einem auf die Nerven gehen. Welcher Stolz! Bis zum Schluss kämpfte er, und dann ... rang er sich zu Anerkennung durch. Er betete sogar, in gewisser Weise. Er gab sich ziemlich aggressiv und streitlustig, aber es handelte sich doch um ein Gebet. Es fiel ihm bestimmt nicht leicht. Und ... er brachte mich zum Lachen. Ich hatte ganz vergessen, wie sich so etwas anfühlt. Ich habe ... viele Dinge vergessen, mehr als ich für möglich hielt. Ich glaube, sie sollten noch einen weiteren Tag leben.«

»Ich verstehe nicht.«

»Gut. Ausgezeichnet. Du bist wirklich ein intelligenter Junge. Darin besteht der ewige innere Konflikt der Allwissenheit. Wahres Wissen offenbart sich nur demjenigen, der weiß, dass er nichts weiß.«

»Ich verstehe noch immer nicht.«

»Mach dir nichts draus. Ich verstehe es ebenfalls nicht, und ich habe länger darüber nachgedacht als du.«

Sie nahm das letzte Blatt des Manuskripts, hielt plötzlich einen Stift in der Hand und schrieb drei Worte auf die letzte Seite. Dann rollte sie das Blatt zusammen, schob es in die Flasche und verschloss sie mit dem Korken.

»Sie stammt von meinem Vater«, sagte der Junge. »Er warf die Flasche ...«

»Ich weiß. Und ich werfe sie zurück. Ich sorge auch für deine Rückkehr. Oh, ich würde dich gern bei mir behalten, aber ich muss mich damit begnügen, dich hier zu wissen.« Sie klopfte sich an die Brust. »Hier bist du für immer in Sicherheit.«

Sie nahm Sand, härtete ihn und formte ein Boot daraus, groß genug für den Jungen. Erstaunlicherweise schwamm es. Dann gab sie die Flasche dem Knaben und sprach: »Hier, nimm dies mit. Steig ein und kehr nach Hause zurück.«

»Aber ...«

»Kein Aber.« Sie hauchte dem Jungen einen Kuss auf die Stirn und half ihm beim Einsteigen. »Sag deinem Vater ...« Sie zögerte und dachte nach.

Das Boot glitt übers Meer.

»Was soll ich ihm sagen?« rief der Junge. Er wurde müde, und das erschien ihm seltsam – eben war er noch hellwach gewesen. »Was soll ich ihm sagen?« wiederholte er und gähnte.

»Bestell ihm einen Gruß von ... Melony.« Sie warf ihm einen Kuss zu, und daraufhin schlief der Junge ein. Sie sah dem Boot nach, bis es verschwunden war, und dann lachte sie erneut, lauschte dabei dem Klang der eigenen Stimme und fand Gefallen daran. Sie spürte ... Freude.

Sie hielt es für außerordentlich ironisch und amüsant, dass ihre Gebete erhört worden waren. Vor allem deshalb, weil ihr gar nicht klar gewesen war, dass sie gebetet hatte.

Einmal mehr lachte sie, streifte das Gewand aus Schaum ab, ging fort ...

... und verschwand im Universum.

Das Deck der *Hornblower* hob und senkte sich langsam, als Picard blinzelte und sich verwirrt umsah. Das Meer war so glatt und blau wie zu Beginn der Angeltour. Ein wolkenloser Himmel erstreckte sich darüber. Alles schien in bester Ordnung zu sein.

Er sah an sich selbst herab. Nirgends klebte Schmutz an der Haut, und es gab auch keine blauen Flecken, Abschürfungen oder Schlimmeres. Er war, soweit er das feststellen konnte, völlig unverletzt.

»Data, Data …?«

»Ich bin hier unten, Captain.« Die Stimme des Androiden erklang unter Deck. »Ich glaube, Sie sollten sich das hier ansehen, Sir.«

Picard stand auf und fühlte sich ein wenig wackelig auf den Beinen, als er die Treppe hinabging. Data deutete zum rückwärtigen Teil der Kabine. Dort auf dem Boden lagen … Lady Q und ich. Picard hielt uns für tot. Nun, noch vor einigen Sekunden hatte er sich selbst für tot gehalten.

»Q«, sagte er.

Ich setzte mich langsam auf, tastete nach meiner Brust und konnte es kaum fassen, dass ich noch existierte. Dann sah ich mich um – und schnappte nach Luft, als mein Blick auf Lady Q fiel.

Sie setzte sich ebenfalls auf, und wir umarmten uns mit solcher Hingab, dass Picard zu Tränen gerührt war. Schließlich sagte er leise: »Q …«

»Ja?« fragten meine Frau und ich gleichzeitig.

»Was ist geschehen? Meine letzten Erinnerungen ...«

»Wir alle erinnern uns an verschiedene letzte Dinge«, sagte ich. »Wo sind wir?«

»Auf dem Holodeck der *Enterprise* – glaube ich wenigstens«, antwortete Picard.

»Wo ist mein Sohn?«

»Ich weiß nicht, ob er sich an Bord befindet«, sagte Data. »Ich habe noch nicht überall nachgesehen ...«

»Worauf warten wir dann noch?« ließ sich Lady Q vernehmen. »Beginnen wir mit der Suche! Sofort!«

Unter normalen Umständen hätte Picard einer solchen Anweisung vielleicht widersprochen, aber von normalen Umständen konnte wohl kaum die Rede sein. Wir durchsuchten die Yacht vom Bug bis zum Heck, ohne etwas zu finden.

Keine Spur von q.

Lady Q stand an der Reling, und ich hielt sie an den Schultern und versuchte, sie zu trösten. Dann entdeckte ich plötzlich etwas. »Dort!« rief ich und deutete in die entsprechende Richtung. »Dort draußen!«

Alle blickten übers Meer, und tatsächlich: Ein kleines Boot trieb auf dem Wasser, und darin befand sich q. Er lag auf dem Rücken und schlief. Seine Hände waren um einen Gegenstand geschlossen.

»Data! Hart Backbord! Bringen Sie uns ... *Ach, zum Teufel damit! Computer, Programm beenden!*« Diesmal gehorchte das Holodeck. Das Meer, die *Hornblower* ... Alles verschwand. Zusammen mit Lady Q, Picard und Data stand ich auf dem glühenden Boden des Projektionsraums.

Und q war ebenfalls zugegen. Erstaunlicherweise lag er noch immer in dem Boot, und seine Hände hielten nach wie vor den Gegenstand, der sich als Flasche erwies. Die Verwirrung in Picards Zügen deutete darauf hin, dass er nicht verstand, warum weder das eine noch das andere verschwunden war. Nun, in der letzten Zeit hatten nur wenige Dinge einen Sinn ergeben – warum sollte es diesmal anders sein?

Meine Frau und ich liefen zu dem Jungen, und Lady Q schloss ihn in die Arme. Müde öffnete er die Augen, und zuerst begriff er gar nicht, was um ihn herum geschah. Als er seine Mutter erkannte, schlang er ihr fest die Arme um den Hals. Die Flasche fiel mit einem dumpfen Pochen zu Boden, zerbrach aber nicht.

»Was ist passiert, Vater?« flüsterte q. »Was hat das alles zu bedeuten?«

»Ich weiß es nicht«, erwiderte ich. »Vielleicht erfahren wir es nie.« Ich hob die Flasche auf und betrachtete sie. »Da steckt ein Blatt Papier drin.«

»Mit einer Nachricht. Die Frau hat etwas für dich geschrieben.«

»Die Frau?« fragte ich. »Welche Frau?«

»Sie ... sie meinte, ihr wärt euch einmal begegnet. Sie heißt Melony.«

Picard hatte mich noch nie so verblüfft gesehen wie in diesem Augenblick. »Sagt Ihnen der Name etwas, Q?«

»Ich bin einer Melony begegnet, vor Jahrhunderten ... auf dem Times Square. Aber sie ...«

Erneut blickte ich auf die Flasche hinab, wandte mich dann an Picard. »Hier. Ich überlasse es Ihnen, sie zu öffnen.«

»Warum ausgerechnet ich?«

»Picard«, sagte ich langsam, »während meiner ganzen Existenz habe ich nach Antworten gesucht. Ich glaube, diese Flasche ... enthält eine. Und ich weiß nicht, ob ich bereit bin, sie zu empfangen.«

Picard gab nicht vor zu verstehen. Stattdessen entfernte er den Korken und zog das Blatt aus der Flasche. Er entrollte es und las den Text. Drei Worte. Nur drei Worte.

Picard lächelte.

»Nun, Q ...«, sagte er sanft. »Ich glaube, Sie sollten es lesen. Vielleicht ist es die einzige Antwort, die Sie jemals bekommen werden.« Er reichte mir das Blatt, und ich las die Nachricht.

»*Es werde Licht.*«

# STAR TREK™

in der Reihe
HEYNE SCIENCE FICTION & FANTASY

STAR TREK: CLASSIC SERIE
*Vonda N. McIntyre*, Star Trek II: Der Zorn des Khan · 06/3971
*Vonda N. McIntyre*, Der Entropie-Effekt · 06/3988
*Robert E. Vardeman*, Das Klingonen-Gambit · 06/4035
*Lee Correy*, Hort des Lebens · 06/4083
*Vonda N. McIntyre*, Star Trek III: Auf der Suche nach Mr. Spock · 06/4181
*S. M. Murdock*, Das Netz der Romulaner · 06/4209
*Sonni Cooper*, Schwarzes Feuer · 06/4270
*Robert E. Vardeman*, Meuterei auf der Enterprise · 06/4285
*Howard Weinstein*, Die Macht der Krone · 06/4342
*Sondra Marshak & Myrna Culbreath*, Das Prometheus-Projekt · 06/4379
*Sondra Marshak & Myrna Culbreath*, Tödliches Dreieck · 06/4411
*A. C. Crispin*, Sohn der Vergangenheit · 06/4431
*Diane Duane*, Der verwundete Himmel · 06/4458
*David Dvorkin*, Die Trellisane-Konfrontation · 06/4474
*Vonda N. McIntyre*, Star Trek IV: Zurück in die Gegenwart · 06/4486
*Greg Bear*, Corona · 06/4499
*John M. Ford*, Der letzte Schachzug · 06/4528
*Diane Duane*, Der Feind – mein Verbündeter · 06/4535
*Melinda Snodgrass*, Die Tränen der Sänger · 06/4551
*Jean Lorrah*, Mord an der Vulkan Akademie · 06/4568
*Janet Kagan*, Uhuras Lied · 06/4605
*Laurence Yep*, Herr der Schatten · 06/4627
*Barbara Hambly*, Ishmael · 06/4662
*J. M. Dillard*, Star Trek V: Am Rande des Universums · 06/4682
*Della van Hise*, Zeit zu töten · 06/4698
*Margaret Wander Bonanno*, Geiseln für den Frieden · 06/4724
*Majliss Larson*, Das Faustpfand der Klingonen · 06/4741
*J. M. Dillard*, Bewußtseinsschatten · 06/4762
*Brad Ferguson*, Krise auf Centaurus · 06/4776
*Diane Carey*, Das Schlachtschiff · 06/4804
*J. M. Dillard*, Dämonen · 06/4819
*Diane Duane*, Spocks Welt · 06/4830
*Diane Carey*, Der Verräter · 06/4848
*Gene DeWeese*, Zwischen den Fronten · 06/4862
*J. M. Dillard*, Die verlorenen Jahre · 06/4869
*Howard Weinstein*, Akkalla · 06/4879
*Carmen Carter*, McCoys Träume · 06/4898
*Diane Duane & Peter Norwood*, Die Romulaner · 06/4907

# STAR TREK™

*John M. Ford*, Was kostet dieser Planet? · 06/4922
*J. M. Dillard*, Blutdurst · 06/4929
*Gene Roddenberry*, Star Trek I: Der Film · 06/4942
*J. M. Dillard*, Star Trek VI: Das unentdeckte Land · 06/4943
*Jean Lorrah*, Die UMUK-Seuche · 06/4949
*A. C. Crispin*, Zeit für gestern · 06/4969
*David Dvorkin*, Die Zeitfalle · 06/4996
*Barbara Paul*, Das Drei-Minuten-Universum · 06/5005
*Judith & Garfield Reeves-Stevens*, Das Zentralgehirn · 06/5015
*Gene DeWeese*, Nexus · 06/5019
*D. C. Fontana*, Vulkans Ruhm · 06/5043
*Judith & Garfield Reeves-Stevens*, Die erste Direktive · 06/5051
*Michael Jan Friedman*, Das Doppelgänger-Komplott · 06/5067
*Judy Klass*, Der Boaco-Zwischenfall · 06/5086
*Julia Ecklar*, Kobayashi Maru · 06/5103
*Peter Norwood*, Angriff auf Dekkanar · 06/5147
*Carolyn Clowes*, Das Pandora-Prinzip · 06/5167
*Michael Jan Friedman*, Schatten auf der Sonne · 06/5179
*Diana Duane*, Die Befehle des Doktors · 06/5247
*V. E. Mitchell*, Der unsichtbare Gegner ·06/5248
*Dana Kramer-Rolls*, Der Prüfstein ihrer Vergangenheit · 06/5273
*Barbara Hambly*, Der Kampf ums nackte Überleben · 06/5334
*Brad Ferguson*, Eine Flagge voller Sterne · 06/5349
*J. M. Dillard*, Star Trek VII: Generationen · 06/5360
*Gene DeWeese*, Die Kolonie der Abtrünnigen · 06/5375
*Michael Jan Friedman*, Späte Rache · 06/5412
*Peter David*, Der Riß im Kontinuum · 06/5464
*Michael Jan Friedman*, Gesichter aus Feuer · 06/5465
*Peter David/Michael Jan Friedman/Robert Greenberger*, Die Enterbten · 06/5466
*L. A. Graf*, Die Eisfalle · 06/5467
*John Vornholt*, Zuflucht · 06/5468
*L. A. Graf*, Der Saboteur · 06/5469
*Melissa Crandall*, Die Geisterstation · 06/5470
*Mel Gilden*, Die Raumschiff-Falle · 06/5471
*V. E. Mitchell*, Tore auf einer toten Welt · 06/5472
*Victor Milan*, Aus Okeanos Tiefen · 06/5473
*Diane Carey*, Das große Raumschiff-Rennen · 06/5474
*Margaret Wander Bonanno*, Die Sonde · 06/5475
*Diane Carey*, Kirks Bestimmung · 06/5476
*L. A. Graf*, Feuersturm · 06/5477

# STAR TREK™

*A. C. Crispin*, Sarek · 06/5478
*Simon Hawke*, Die Terroristen von Patria · 06/5479
*Barbara Hambly*, Kreuzwege · 06/5681
*L. A. Graf*, Ein Sumpf von Intrigen · 06/5682
*Howard Weinstein*, McCoys Tochter · 06/5683
*J. M. Dillard*, Sabotage · 06/5685
*Denny Martin Flinn*, Der Coup der Promethaner · 06/5686
*Diane Carey/Dr. James I. Kirkland*, Keine Spur von Menschen · 06/5687
*William Shatner*, Die Asche von Eden · 06/5688
*William Shatner*, Die Rückkehr · 06/5689
*William Shatner*, Der Rächer · 06/5690
*Peter David*, Die Tochter des Captain · 06/5691
*Dean Wesley Smith/Kristine Kathryn Rusch*, Die Ringe von Tautee · 06/5693
*Diane Carey*, Invasion – 1: Der Erstschlag · 06/5694
*Dean Wesley Smith/Kristine Kathryn Rusch*, Tag der Ehre – 4: Das Gesetz des Verrats · 06/5702
*William Shatner*, Das Gespenst · 06/5703

STAR TREK: THE NEXT GENERATION
*David Gerrold*, Mission Farpoint · 06/4589
*Gene DeWeese*, Die Friedenswächter · 06/4646
*Carmen Carter*, Die Kinder von Hamlin · 06/4685
*Jean Lorrah*, Überlebende · 06/4705
*Peter David*, Planet der Waffen · 06/4733
*Diane Carey*, Gespensterschiff · 06/4757
*Howard Weinstein*, Macht Hunger · 06/4771
*John Vornholt*, Masken · 06/4787
*David & Daniel Dvorkin*, Die Ehre des Captain · 06/4793
*Michael Jan Friedman*, Ein Ruf in die Dunkelheit · 06/4814
*Peter David*, Eine Hölle namens Paradies · 06/4837
*Jean Lorrah*, Metamorphose · 06/4856
*Keith Sharee*, Gullivers Flüchtlinge · 06/4889
*Carmen Carter u. a.*, Planet des Untergangs · 06/4899
*A. C. Crispin*, Die Augen der Betrachter · 06/4914
*Howard Weinstein*, Im Exil · 06/4937
*Michael Jan Friedman*, Das verschwundene Juwel · 06/4958
*John Vornholt*, Kontamination · 06/4986
*Mel Gilden*, Baldwins Entdeckungen · 06/5024
*Peter David*, Vendetta · 06/5057

# STAR TREK™

*Peter David*, Eine Lektion in Liebe · 06/5077
*Howard Weinstein*, Die Macht der Former · 06/5096
*Michael Jan Friedman*, Wieder vereint · 06/5142
*T. L. Mancour*, Spartacus · 06/5158
*Bill McCay/Eloise Flood*, Ketten der Gewalt · 06/5242
*V. E. Mitchell*, Die Jarada · 06/5279
*John Vornholt*, Kriegstrommeln · 06/5312
*David Bischoff*, Die Epidemie · 06/5356
*Peter David*, Imzadi · 06/5357
*Laurell K. Hamilton*, Nacht über Oriana · 06/5342
*Simon Hawke*, Die Beute der Romulaner · 06/5413
*Rebecca Neason*, Der Kronprinz · 06/5414
*John Peel*, Drachenjäger · 06/5415
*Diane Carey*, Abstieg · 06/5416
*Diane Duane*, Dunkler Spiegel · 06/5417
*Jeri Taylor*, Die Zusammenkunft · 06/5418
*Michael Jan Friedman*, Relikte · 06/5419
*Susan Wright*, Der Mörder des Sli · 06/5438
*W. R. Thomson*, Planet der Schuldner · 06/5439
*Carmen Carter*, Das Herz des Teufels · 06/5440
*Michael Jan Friedman & Kevin Ryan*, Requiem · 06/5442
*Dafydd ab Hugh*, Gleichgewicht der Kräfte · 06/5443
*Michael Jan Friedman*, Die Verurteilung · 06/5444
*Peter David*, Q² · 06/5445
*Simon Hawke*, Die Rückkehr der Despoten · 06/5446
*Robert Greenberger*, Die Strategie der Romulaner · 06/5447
*Gene DeWeese*, Im Staubnebel verschwunden · 06/5448
*Brad Ferguson*, Das letzte Aufgebot · 06/5449
*Kij Johnson/Greg Cox*, Die Ehre des Drachen · 06/5751
*J. M. Dillard/Kathleen O'Malley*, Wahnsinn · 06/5753
*Dean Wesley Smith/Kristine Kathryn Rusch*,
   Invasion – 2: Soldaten des Schreckens · 06/5754
*Pamela Sargent/George Zebrowski*, Verhöhnter Zorn · 06/5756
*J. M. Dillard*, Star Trek VIII: Der erste Kontakt · 06/5757
*Diane Carey*, Tag der Ehre – 1: Altes Blut · 06/5763
*John Vornholt*, Der Dominion-Krieg – 1: Hinter feindlichen Linien · 06/5765
*John Vornholt*, Der Dominion-Krieg – 3: Sternentunnel · 06/5766
*Peter David*, Imzadi II · 06/5767
*John de Lancie/Peter David*, Ich, Q · 06/5768
*J. M. Dillard*, Star Trek IX: Der Aufstand · 06/5770

# STAR TREK™

**STAR TREK: DIE ANFÄNGE**
*Vonda N. McIntyre*, Die erste Mission · 06/4619
*Margaret Wander Bonanno*, Fremde vom Himmel · 06/4669
*Diane Carey*, Die letzte Grenze · 06/4714

**STAR TREK: DEEP SPACE NINE**
*J. M. Dillard*, Botschafter · 06/5115
*Peter David*, Die Belagerung · 06/5129
*K. W. Jeter*, Die Station der Cardassianer · 06/5130
*Sandy Schofield*, Das große Spiel · 06/5187
*Dafydd ab Hugh*, Gefallene Helden · 06/5322
*Lois Tilton*, Verrat · 06/5323
*Esther Friesner*, Kriegskind · 06/5430
*John Vornholt*, Antimaterie · 06/5431
*Diane Carey*, Die Suche · 06/5432
*Melissa Scott*, Der Pirat · 06/5434
*Nathan Archer*, Walhalla · 06/5512
*Greg Cox/John Gregory Betancourt*, Der Teufel im Himmel · 06/5513
*Robert Sheckley*, Das Spiel der Laertianer · 06/5514
*Diane Carey*, Der Weg des Kriegers · 06/5515
*Diane Carey*, Die Katakombe · 06/5516
*Dean Wesley Smith/Kristine Kathryn Rusch*, Die lange Nacht · 06/5517
*John Peel*, Der Schwarm · 06/5518
*L. A. Graf*, Invasion – 3: Der Feind der Zeit · 06/5519
*Michael Jan Friedman*, Saratoga · 06/5721
*Diane Carey*, Neuer Ärger mit den Tribbles · 06/5723
*L. A. Graf*, Tag der Ehre – 2: Der Himmel von Armageddon · 06/5725
*Diane Carey*, Der Dominion-Krieg – 2: Verlorener Friede · 06/5727
*Diane Carey*, Der Dominion-Krieg – 4: Beendet den Krieg! · 06/5728

**STAR TREK: STARFLEET KADETTEN**
*John Vornholt*, Generationen · 06/6501
*Peter David*, Worfs erstes Abenteuer · 06/6502
*Peter David*, Mission auf Dantar · 06/6503
*Peter David*, Überleben · 06/6504
*Brad Strickland*, Das Sternengespenst · 06/6505
*Brad Strickland*, In den Wüsten von Bajor · 06/6506
*John Peel*, Freiheitskämpfer · 06/6507
*Mel Gilden & Ted Pedersen*, Das Schoßtierchen · 06/6508
*John Vornholt*, Erobert die Flagge! · 06/6509
*V. E. Mitchell*, Die Atlantis Station · 06/6510

# STAR TREK™

*Michael Jan Friedman*, Die verschwundene Besatzung · 06/6511
*Michael Jan Friedman*, Das Echsenvolk · 06/6512
*Diane G. Gallagher*, Arcade · 06/6513
*John Peel*, Ein Trip durch das Wurmloch · 06/6514
*Brad & Barbara Strickland*, Kadett Jean-Luc Picard · 06/6515
*Brad & Barbara Strickland*, Picards erstes Kommando · 06/6516
*Ted Pedersen*, Zigeunerwelt · 06/6517
*Patricia Barnes-Svarney*, Loyalitäten · 06/6518
*Diana G. Gallagher*, Tag der Ehre – 5: Ehrensache · 06/6530

STAR TREK: VOYAGER
*L. A. Graf*, Der Beschützer · 06/5401
*Dean Wesley Smith/Kristine Kathryn Rusch*, Die Flucht · 06/5402
*Nathan Archer*, Ragnarök · 06/5403
*Susan Wright*, Verletzungen · 06/5404
*John Betancourt*, Der Arbuk-Zwischenfall · 06/5405
*Christie Golden*, Die ermordete Sonne · 06/5406
*Mark A. Garland/Charles G. McGraw*, Geisterhafte Visionen · 06/5407
*S. N. Lewitt*, Cybersong · 06/5408
*Dafydd ab Hugh*, Invasion – 4: Die Raserei des Endes · 06/5409
*Karen Haber*, Segnet die Tiere · 06/5410
*Jeri Taylor*, Mosaik · 06/5811
*Melissa Scott*, Der Garten · 06/5812
*David Niall Wilson*, Puppen · 06/5813
*Greg Cox*, Das schwarze Ufer · 06/5814
*Michael Jan Friedman*, Tag der Ehre – 3: Ihre klingonische Seele · 06/5815
*Christie Golden*, Gestrandet · 06/5816
*Dean Wesley Smith/Kristine Kathryn Rusch/Nina Kiriki Hoffman*, Echos · 06/5817

STAR TREK: DIE NEUE GRENZE
*Peter David*, Captain Calhoun · 06/6551
*Peter David*, U.S.S. Excalibur · 06/6552

DAS STAR TREK-UNIVERSUM, 2 Bde.,
von *Ralph Sander* · 06/5150
DAS STAR TREK-UNIVERSUM, 1. Ergänzungsband
von *Ralph Sander* · 06/5151
DAS STAR TREK-UNIVERSUM, 2. Ergänzungsband
von *Ralph Sander* · 06/5270